春夏秋冬あやかし郷の生贄花嫁

琴織ゆき

STARTS
スターツ出版株式会社

目次

春夏秋冬あやかし郷の生贄花嫁

四季幕　花緋金風の盟約

——むかし、むかし。

これは、人と妖が、まだ手を取り合って暮らしていた頃のお話です。

現世に生きる、人。幽世に生きる、妖。

普段は異なる世界に生きている彼らですが、お互いの生活を助け合いながら、それはそれは仲よく過ごしておりました。

しかし、そんな穏やかな日常は、唐突に終わりを告げることになります。

人の長と妖の長が、ひょんなことから仲違いをしてしまったのです。

それからというもの、人と妖は決別し、争うようになってしまいました。

失われた平和な日々。時間と共に激しさを増す戦。

毎日、たくさんの命が夜に散ってゆきます。

そうしてとうとう、争いのきっかけとなった長たちも、最期まで仲直りすることはないまま戦場で命尽きてしまいました。

ですが、人は妖を憎み、妖は人を恨み、もう後戻りはできません。

残された人と妖は、争う理由さえもわからないまま、戦い続けます。

この悲しい諍いを嘆いたのは、新しく長になった妖でした。

彼は、とある人の子とひそかに想いを寄せ合っておりました。けれど、争う者同士——その恋の縁は、決して結ばれてはならないものだったのです。

――やがて、妖側の勝利で戦が終幕します。

そこで妖の長が人との間に交わしたのは〝人妖盟約〟。

両者の世界を完全にわかつための約束事でした。妖が現世から離れる代わりに、人側から〝生贄〟を差し出させ、二度と争いを起こさぬようにしたのです。

妖の長は自身が愛した娘を選び、彼女を花嫁として迎えました。ようやく結ばれることができた彼らは、死がふたりをわかつまで幸せに暮らしたといいます。


――そうして、どのくらいの時が流れたのでしょう。

幽世内で勃発した戦乱により、あやかし郷は四つの地にわかたれ、四季の領主が生まれました。彼らは盟約に従い、妖を率いる者として人に贄を求めます。

それが現在の四季を巡る〝花緋金風の盟約〟のはじまりです。


今でも、四季の領主に求められれば、生贄を差し出さなければなりません。

そして、長い長い歴史を紡いできたこの盟約を決して潰やすことのないよう、はじまりの郷の民は、責任を持って後世に語り継いでいく義務があります。

このお話を読んだあなたも、例外ではありません。

どうか、己に課せられたその使命を、未来永劫お忘れなきよう……――。

『あやかし郷と盟約のはじまり』

――これは、江櫻郷に伝わる〝絵双紙〟である。

いくらか改編されてはいるが、嘘偽りのない史実だ。

江櫻郷に生まれた子どもたちは、幼い頃よりこの絵双紙を読み聞かされ育つ。

俗世から隔絶されたその郷は、〝すべてが始まった地〟であった。

巡りゆく歳月のなかで人の記憶から妖の存在が忘却された今でも、そこに生まれた者だけは、人と妖が交わした凄惨な諍いを語り継ぐ。

それはひとえに、いまだ執行され続ける、花緋金風の盟約を守るため。

二度と妖が人の世に魔の手を伸ばさぬよう。

ようやく訪れた平和な世をおびやかすことがないよう。

はじまりの郷の民は、可能な限り外界と接触を絶ち、極めて隔たれた世界のなかで生活を築きながら〝人〟が背負った宿命を果たし続けるのだ。

――新たな〝生贄〟を求められるそのときを、恐れ待ちながら。

春暮　花水木

「嫌っ！　嫌よ！　離してお父さんっ……お姉ちゃん！」

「姉さん……なんで」

「おねちゃ、どこいく？」

　悲痛な声をあげる妹たちを振り返ることなく、深風は方舟に乗り込んだ。

　身に纏うのは、江櫻郷で大切に紡ぎ上げられた絢爛な色打掛。繊細ながら華やかな髪飾りは、背中に流したままの長い朽葉色の髪によく映えていた。

（……死に向かうには、あまりにも不謹慎な格好だけれど）

　いっそ白無垢の方がよほど合っていると、深風は自嘲気味に思う。

　深風が乗った方舟には、溢れんばかりの花水木の花々が添えられている。まるで供花だ、とこの場の誰もが思っているであろうが、あいにく口に出す者はいない。

　――花緋金風の盟約。

　それは、かつて人と妖の間で結ばれた〝平和のための約束事〟である。

　春、夏、秋、冬――それぞれの季節の花が冥楼河を流れてきたとき、江櫻郷ではそれを盟約執行の合図と捉える。そうして人は、現世の安寧を保つために、その花が示す季節の地に対して、年頃の娘……〝生贄〟を差し出す決まりであった。

（前回は二年前の冬の地――こうも連続するなんて、やっぱり少し不吉ね。妖さまはなにかにお怒りなのかしら……）

江櫻歴一一九三年。今回、冥楼河の河畔に流れ着いたのは一輪の花水木。つまり、生贄を求めてきたのは春の地である。

江櫻郷では花水木ノ里と呼んでいるその地からは、およそ百二十年ぶりの盟約執行の合図となる。だが、二年という直近で盟約が執行されているこの状況は、江櫻郷にとって異常な事態だった。あまりにも間隔が近すぎる、と。

(なんにせよ、考えてもどうしようもないことだわ)

この冥楼河は妖の住む異世界、幽世へ続いていると言われている。

かつて、人妖大戦乱により隔絶されることとなった〝幽世〟と〝現世〟――このふたつの世界を繋ぐ河は、やはりどこまでも異様だった。

常に視界を遮る深い霧が立ち込め、先まで見通すことは叶わない。澄んでいるのか濁っているのか判別のつかない水中も、ときおりなにかに弾かれるような動きを見せる水面も、まるで近づく者を拒絶するかの如く静謐な膜を纏ってそこにある。

そんな異界の入口を前に、深風は首だけ振り返りながら告げた。

「文乃、ごめんね。真人も玄太も、どうか元気で」

思うことはたくさんある。伝えたいことも、伝えなければならないことも。

けれど、それらはすべて手紙にしたためて部屋に置いてきた。深風が残していく家族にかけられるのは、せいぜい別れの言葉だけだ。

「それから、お父さん。今まで、私を育ててくれてありがとう」

「……なにもまだ、決まったわけじゃない」

皺の寄った顔をさらにしかめた父親が、苦々しく言葉を落とす。

「うん、そうね。でも、言っておきたくて」

「お、ねえちゃん……」

「どうかみんなをよろしくね、文乃」

限界がきたのか、文乃はとうとう崩れ落ちて両目を覆ってしまった。

真人はそんな文乃の背に寄り添いながら唇を噛みしめるが、まだ幼い末っ子の玄太はきょとんとしている。けれども、この場の異様さは感じているようだった。

郷の人々も、誰もが沈痛な表情だった。それが宿命だとわかっていながら、やはり現実に直面すると受け入れがたいのだろう。

なんといっても小さな郷内だ。深風も幼い頃からの知り合いばかりである。

(……二年前。あの子のときは、悲しむ人も少なかったけれど)

本来ならば、今ここに文乃がいるはずだった。

もう数週間前になるだろうか。十六歳になったばかりの妹が、春の第一生贄候補として名を挙げられたことを、深風は偶然にも知ってしまったのだ。

——大事な妹が生贄になるくらいなら、自分が。

悩むことなくそう郷長に直談判しに行った結果、今に繋がっている。

「さて、深風よ。そろそろだな」

「はい、郷長。今までお世話になりました」

「いや……それはこちらの台詞だ。母を亡くし、幼い妹弟たちの面倒を見るのは大変だっただろうに、そなたはよく働いてくれたよ。わしや郷民の手伝いはもとより、あの子のことも誰より気にしてくれておったしな……」

そこで郷長は口ごもり、哀愁漂う眼差しを冥楼河の先へと向ける。

「──まだそなたが生贄と決まったわけではないが、もしも向こうであの子に相まみえることがあったら、どうかよろしく伝えておくれ」

「もちろんです。彼女は──霞ちゃんは、私がきっとお守りしますから」

さあ出してください、と微笑む深風に、郷長は複雑そうにうなずいて、方舟を繋ぐ紐を解くよう配下に指示を出した。その声音は重いが、迷う様子はない。

放たれた方舟は、自然と動き出す。さほど流れは強くないはずだけれど、不思議と霧の奥へと引き寄せられるように、ゆっくりと揺らぎ進み始めた。

（もとより私は、そのために行くのよ）

生贄の対象となるのは、十六歳から十八歳の年頃の娘。今年十九を迎える深風は、生贄としては少々ぎりぎりの年齢だった。ゆえにまだ身の自由が利く文乃に白羽の矢が立ったのも、道理は理解できる。

けれど、長女の身でありながら、妹を先に犠牲にするなどありえなかった。

自ら志願して流されたいと言う娘なんて聞いたことがない、と郷長は頭を抱えていたけれど、さもありなん。はじまりの郷――江櫻郷で生まれ育った娘である限り、深風も等しく〝生贄候補〟だ。その要求を、彼が呑まないはずがなかった。

霧に完全に包み込まれる寸前、不意に河畔で見送る父から声がかかった。それは寡黙な父にしてはずいぶんと荒ぶった声色で、思わず深風は弾かれるように振り返る。

「――今までもなにも、これから先だってずっと、おれは深風の父親だぞ！」

喉が擦り切れるくらいに叫んだ父は、泣いていた。

文乃も、真人も、ようやくなにかを察したらしい玄太まで。

つられて涙がこぼれそうになるけれど、決して見せまいとすぐに前を向き直す。

『……なにもまだ、決まったわけじゃない』

父の言葉を頭のなかで反芻し、深風はぐっと紅を這わした唇を噛んだ。

――そうだ、まだ生贄になると決まったわけではない。

冥楼河は摩訶不思議な河だ。通常時にこの霧のなかを進もうとすると、いつの間にかもとの岸へと戻されるという奇妙な性質を持つ。

そしてそれは、この盟約の儀式においても同様だった。仮に舟に乗っている者が

〝生贄〟として認められなければ、流されたとて送り返されてしまう。

当然そうなれば、盟約は不成立。次の生贄候補が流される運びとなる。

二年前に〝冬の地〟から生贄を求められた際もそうだった。

（あのときは、私を含め、流された生贄候補が誰も受け入れられなかったのよね）

深風は前回、齢十七になる年にも冥楼河に流されている。けれど、あのときは散々で、とにかく生贄の返還が相次いだのだ。

生贄候補を流しては返され、流しては返され――結果的に対象年齢の娘がいなくなるという前代未聞の事態に陥った。郷内はそれはもう大変な混乱で、一時は盟約が破棄されたのではないかと騒然としたものだ。

（だけど、結果的には霞ちゃんが選ばれた。基準はなんなの……？）

最後の最後、苦肉の策として江櫻郷が生贄候補に選んだのは、その年にようやく十六歳を迎える〝霞〟という名の少女だった。

ゆえあって『霞だけはありえない』と、みなから言われていた彼女。しかし、だめ元で流された結果、霞はそのまま二度と帰ってこなかった。

――帰ってこない。

それはこの儀において〝受け入れられた〟と同義。

ようするに、彼女は正式に生贄として幽世に迎えられたことになる。

(……私が返還されれば、次こそは文乃が流される。そんなこと、絶対にさせない)

身がはち切れそうな緊張に、深風は胸の前で指を絡ませ、ひたすら祈った。

――どうか私を生贄として選んでください、と。

そんな切なる願いと祈りが伝わったのだろうか。深風は待てど暮らせど河畔に戻ることはなく、順調に冥楼河を進んでいた。

(前はたしか瞬きの間に戻っていたから、きっと大丈夫……よね?)

呼吸すら苦しくなりそうな深く濃い霧のせいで、前後左右、もはやどう方舟が流れているのかも定かではない。だからといって、小さな方舟の上だ。少しでも動けばあっという間に転覆しかねないため、確認する術もなかった。

手元の花水木でさえ見えない状況は、どうしても深風の不安を増長させる。

だが、果てしなく続くようにも感じられた霧道は、次第に晴れ始めた。

「っ……え?」

まず初めに、香りが変わる。ふわりと鼻腔をくすぐったのは、花水木の甘い匂いに交わった爽やかさを孕む新緑の木の香だった。

やがておぼろげな視界が明瞭さを増し、その景色を映し出す。

深風は、思わず息を呑んだ。

頭上を囲むのは、若々しくさやめく枝垂れ柳。まるで翠緑で築かれた洞のような空間を、方舟はゆっくりゆっくりと揺蕩うように進んでいた。澄み切って透明な河水のなかには、蔓延る丸い水草がまっすぐに岸辺への道筋を描いている。

とても、とても、美しい光景だった。

けれど、深風の視線は一点——方舟の進む先。おそらくは終着点であろう河畔に吸い寄せられていた。正確には、そこに悠然と佇んでいたモノたちに。

当然、父でも文乃でも弟たちでもない。

(……まさか、本当に)

——盟約を、信じていなかったわけではない。

江櫻郷で生まれた人の子は物心つく前から、人と妖の逸話を聞かされ育つ。とりわけ生贄候補となる娘にとっては、過去の産物でも他人事でもない。人妖大戦乱から盟約制定に至るまでの伝承を綴った絵双紙は、暗唱すらできてしまうほどだ。

ただ……だからといって、それを本気で信じられるかといえば、べつの話で。

幼い頃はそれなりに信じていたし、底知れぬ恐怖も感じていた。だが、大人になるにつれ、見たことがないものを信じ続けるのは難しくなる。

だから、妖も盟約も幽世という世界も、深風は正直なところ懐疑的だった。

——二年前、霞が冥楼河に流され帰ってこなかったときだって、深風は霞がつらさに耐えかねて自害した可能性を考えていたくらいだ。

(もしすべて真実なら……あの方々は、妖なの?)

方舟はゆったりと水上を進む。焦る様子はない。どうせいつかは着くのだからと言わんばかりに、深凪に心の準備をする時間を与えてくれた。

近づくにつれ、次第にぼやけていた輪郭がしっかりと縁取られてゆく。

三名だ。中央には、濡羽色の髪をそよ風になびかせる男。左側には、その彼に和傘を手向ける巨躯の男。対する右側には、まだ子どもながら澄ました表情の男児。

中央の彼の端麗な容姿はさておき、和装を纏った彼らの四肢の造形は限りなく人に近いものだった。ただ、やはり、人ではない。はっきりとそれはわかった。

なぜなら彼らは、その背中に、大きな深淵の黒翼を携えていたから。

「……来たか。影千代、方舟を」

呆然としているうちに河畔まで辿り着いてしまった方舟は、影千代と呼ばれた男児により受け止められる。指示を出したのは、中央で白皙の美貌を携える彼だった。

(ということは、この方が〝領主さま〟なの?)

彼の声はしっとりと低音ながら耳心地がよく、どこか品位を感じられる響きを伴っていた。その泰然とした態度は、故郷の郷長を思わせる貫禄もある。

「ようこそいらっしゃいました。春の花嫁さま」

「……えっ」

思わぬ言葉に、深風は身を固くした。それを怯えと受け取ったのか、影千代はかわいらしい顔立ちに存外大人びた表情を浮かべて微笑む。

「遠い道のりでしたでしょう。酔ってはおられませんか？」

「え、ええ。……大丈夫、です」

「それはよかった。さあ、こちらへお上がりください。心許なくて申し訳ないのですが、揺れて危ないので僕の手に掴まってくださいね」

そうは言われても、と深風は大いにためらった。なにせ相手は六歳くらいの見目をした子どもだ。差し出された手は、明らかに深風のものよりも小さい。少しでも力をかけようものなら倒れてしまいそうだった。

「あ、あの……」

しかし、その迷いをどう受け取ったのか、深風より先に黒髪の彼が動いた。

「ああ。その着物では動きづらいか」

「っ……!?」

彼が指先をちょいっと動かした次の瞬間、深風の身体は宙に浮いていた。優しい風が深風の全身を包み込み、そのまま彼らのいる河畔へと運ばれる。

まさかの出来事に悲鳴をあげる余裕もなく、深風は絶句して地へと降り立った。

だが、緊張が増して足に力が入らず、その場で崩れ落ちてしまう。

「おっと」

前のめりに倒れた深風をとっさに支えたのは、左側に控えていた巨躯の男だった。

「っ、申し訳ありませ……」

「いや、構わんが。舟で運ばれてくる間、ずっと同じ体勢でいたんだろう。身体が固まるのも無理はねぇよ。さて、立てるか？」

「は、はい。大丈夫です、ありがとうございます」

目尻にわずかな皺の跡が窺える、渋くも精悍な顔立ちのおじさまだ。人間でいえば五十代半ばくらい。ちょうど深風の父親くらいの年齢だろうか。漂う大人の色香にドキマギしてしまいながら、なんとか足腰を奮い立たせて、深風は立ち上がる。

そうして見上げた先には、〝領主さま〟らしき彼。

「………」

蜂蜜を煮詰めたような黄金の瞳が、癖のない前髪の間から深風を捉えた。

（さっきの風は、この方が――）

緩急を描く輪郭と、すっと通った鼻筋、薄めながら形のよい唇。

目を疑うほどの美丈夫だ。彼ほどではないが、控える影千代もおじさまも端正な顔立ちで、危うく近寄れぬほどの麗しい並びだった。

（で、でも、相手は人ではなく妖さまだし……）

地獄の入口かもしれない、とは覚悟していた。だが、あまりにも予想していなかった出迎えに許容量を超えたのか、思考がなかなかついていかない。

そんな深風を探るように見つめていた彼が、不意に口火を切った。

「俺の名は朔弥という。あなたの名を聞かせてくれないか」

それは意外にも、こちらへの気遣いが垣間見える穏やかな物言いだった。

(あれ……怖く、ない?)

不思議と、荒ぶっていた心が静まってゆく。

なんだか妙な心地になりながらも、ようやく落ち着きを取り戻した深風は、しゃんと姿勢を正し、一度小さく深呼吸してから頭を垂れた。

「お見苦しいところをお見せしてしまい、大変失礼いたしました。改めまして、お初にお目にかかります。このたび、春の地へ生贄として差し出されました深風と申します。不束者ではございますが、何卒よろしくお願い申し上げます」

「…………。そうか」

しばしの間の後、彼はなぜかぎこちなくうなずいた。

もしやなにか間違えただろうかと深風が焦る一方、傍らの影千代が嘆息する。

「花嫁さまが困っていらっしゃるではないですか。なんです、その腑抜けた返事は」

「しっかりしろ。こういうのは初対面の印象が大切だって言ったろうが」

「わ、わかっている」

左右からせっつかれて、朔弥は一歩、深風の方へと踏み出した。思わずびくりと肩を跳ね上げてしまった深風に、申し訳なさそうな眼差しを向けてくる。

「その、すまない」

端的に謝罪を述べながら、朔弥はそっと腕を伸ばし、深風の手を取った。さらにぎょっとした深風に対し、朔弥は追い打ちをかける。

「俺の花嫁となる者が、まさかこんなに清廉で美しい女性だとは思わなくて」

「え……!?」

「慣れないことも多いだろうが、どうかこれからよろしく頼む」

一拍、二拍、三拍——そうして、ようやく深風は反応を示す。心よりも先に身体が急激な熱を帯びて火照り、追い詰められた思考が混沌としてパニックに陥った。

（……あ、無理）

ただでさえ緊張続きで、おそらくとうに限界は迎えていたのだろう。

——次の瞬間、深風は仰向けにぶっ倒れていた。

「お、おいっ!?」

無理もない。てっきり物理的に〝喰われる〟とばかり思っていた深風には、いささか刺激が強すぎた。単純に、脳の処理が追いつかなかったのだ。

（ああ、こうして人は呆気なく気絶するのね……）

ぼんやりとそんなことを思いながら、深風はそのまま意識の手綱を手放した。

――人の世でいう花水木ノ里は、こちらでは天狗山と呼ばれている。

緊張過多で倒れた深風が目を覚ましたときには、すでに身体は花水木ノ里に運び込まれていた。現在、深風がいるのは上山にそびえ建つ朔弥の屋敷だ。

そこで影千代から聞かされたのは、このあやかし郷の成り立ちだった。

「こちらの四季の名称は、季節ではなく土地を指します。ですから、天狗山も略して〝春〟と呼ばれることが多いのです。他の領地も同様ですね」

もとはといえばその名称も、現世の季節になぞらえたものらしい。

ゆえにこの地は、その名の通り、心地がよく過ごしやすい春の気候だった。

「古来よりここら一帯は天狗族の縄張りだったのですが、四季領争いの結果、春は正式に我ら天狗族が有するものとして定められました。そのため、民は九割が天狗です。残りの一割は、嫁入りなどで外から入った他種族の者となります」

「なるほど……。他種族との婚姻も認められているのですね」

「まあ、そうですね。一応は。ですが、あまり推奨されてはおりません」

深風の髪を丁寧に櫛で梳かしながら、影千代は苦笑しつつ肩を竦める。

「天狗族は、三大妖でもとくに仲間意識が強い一族なんです。同じ天狗に対しては、たとえ血縁関係がなくとも家族のように接しますが、どうにも他種族には厳しい一面がありまして。なにかと秩序と伝統を重んじる一族ゆえに、他とは相容れないものがあるのかもしれません」

梳かし終わったのか、影千代は髪飾りを選び始める。

「もっとも、長に嫁入りした人の子はそれに限りませんが」

ちなみに深風は今、改めて朔弥に対面するべく身なりを整えられている最中だ。目覚めるや否や、あれよあれよと女中の者たちに着せ替えられ、今の深風は淡い若草色の小紋を身につけている。卸したてゆえか、布の触感はまだ少し固い。

「三大妖というのは、ええと……天狗に、鬼、それから河童でしたっけ?」

「いえ、河童は違いますね。こちらの世界の三大妖は天狗、鬼、そして妖狐──狐です。かつては河童族も繁栄していましたが、四季領争いの際に妖狐とやり合い、一族ごと壊滅しました。現在は、わずかに子孫が残っているくらいかと」

影千代は、耳を疑いたくなるようなことを淡々と語る。

ヒヤリと背筋を冷やしながら、深風は思考を巡らせた。

(四季領争いって、たしか人妖大戦乱の後に起こったあやかし郷内の争いよね。それで四つの領地にわかたれたから、人妖盟約が花緋金風の盟約に更改されたって教わっ

たけど……。まさか、そんなに苛烈なものだったなんて）

　黒翼こそあれど、見た目が幼い影千代はまだ緊張せずしゃべりやすい。けれど、この流暢な口ぶりは決して幼い子どものそれではないし、言葉の節々には独特な貫禄すら感じさせる。おそらく、外見通りの年齢ではないのだろう。

「――うん、この簪が似合いそうですね」

　鏡を前に頭に添えられた簪は、小花がささやかにあしらわれ、なんとも初々しさを引き立てる意匠のものだった。小紋の和柄にもよく似合っている。

「とてもかわいくて綺麗な簪……」

「よかった、気に入っていただけたようですね。若もずいぶんと悩んで選んでおられましたので、きっとお喜びになりますよ」

「えっ、これ、朔弥さまが選んでくださったのですか？」

　影千代はうなずきながら左右の髪を取り、器用に簪を留める。

「深風さまへの贈り物はすべて、若がお選びになったものです。さすがに自身の花嫁ですからね。他の者に選ばせるほど、無粋な方ではございません」

　ふふ、とどこか含みを持たせて微笑んだ影千代は、深風の肩に藤色の羽織りをかけると「綺麗です」と笑みを濃くした。

「では、改めて若のもとへ参りましょうか」

「は、はい」

至れり尽くせりとはこのことだ。まさかこれが喰われるための下準備だったらどうしよう、と内心は恐々としつつ、影千代の手を取って立ち上がる。

やはりその手は深風よりもずっと小さいものだったが、少しも揺らぐことなくしっかりと支えてくれたのだった。

深風が通されたのは、朔弥の執務室だった。そばには例のおじさま——禅と名乗った彼がどっしりと控えている。彼もまた、朔弥の側近らしい。

座卓を挟み対面に向き合った状態で、目前の朔弥の様子に深風は困惑していた。

「先ほどは不躾に申し訳なかった。どうにも、俺はなにかを間違えてしまったらしく——不快な思いをさせたかもしれない。許してくれるだろうか……」

「い、いえ、そんな！　許すもなにも、私が勝手に倒れただけですから……！」

まさか謝罪されるとは思わず、深風はむしろ恐縮してしまう。

斜めうしろに控えていた影千代が、小声で「禅さんのお叱りを受けたのですよ」と補足しながら嘆息した。どうやら沈んで見えたのは気のせいではなかったらしい。

（見た目のわりに、そんなに怖い方ではない……のかも）

本当にへこんでいる様子の朔弥に、わずかながら身体の緊張が解ける。

「た、たしかに驚きはしましたが、なにも不快な思いはしておりませんから」

「……そうか？」

「はい。むしろこちらの方こそ、大変ご迷惑をおかけしました」

深風が肩をすぼめて萎縮すると、朔弥は「いや」と緩慢に首を横に振る。

「あなたの気持ちへの配慮が足りなかったこちらが悪い。――そうだな、なにか訊いておきたいことはないか？　こちらとあちらでは異なることも多いだろう」

「……訊いておきたいこと……」

そのとき、深風の顔つきが変わったことに気づいたのだろう。朔弥の背後に控えていた禅がすっと双眸を眇めた。そこには深風すら肌で感じるほどのあからさまな警戒が浮かんでいたが、絶好の機会を前に怖気づくわけにはいかない。

「――では、ひとつだけ。二年前に冬の生贄となった子をご存じでしょうか」

「……冬の？」

「はい。名は霞といいます。当時十六だったので、今年で十八になるかと」

深風の言葉に朔弥は眉根を寄せ、禅は怪訝そうな表情を浮かべた。

「たしかに、霞殿なら知っている。冬の花嫁として迎え入れられた際に行われた四季領会議で、たった一度だけ顔を合わせた程度だが……」

「っ……！　では、生きているのですね!?」

思わず勢いよく身を乗り出してしまった深風は、しかしすぐにその失態に気がついて慌てて姿勢を正す。簪の飾りがしゃらりと揺れて、一瞬の静寂を打ち消した。

「も、申し訳ありません。はしたない真似を」

「いや、構わない。だが――」

朔弥はひとつ息を吐くと、どこか憂いをまぶした眼差しで深風を射抜く。

「……あなたは自分の心配よりも、他者の心配を優先するのだな」

「っ、へ？」

「それほどまでに霞殿を心配するということは、この幽世に対してよい印象を持っていなかったのだろう？　自分のことは心配しないのか？」

図星だった。狼狽えた深風は、返答に困って左右に目を泳がせる。

「あなたにとって、この盟約の儀は〝生贄〟という認識だった。それがどういう意味の贄なのかはわからないが、少なくとも嫁入りではなかったのでは？」

「……っ、はい。この盟約の始まりに嫁入りがあったことは伝えられておりますが、今では言葉通りの意味です。人と妖がもう二度と違えないように、その命を以って人の誠意を示すための〝生贄〟とでも言いましょうか……」

気まずさから言葉に詰まりそうになるが、深風は自分を叱咤して続ける。

「もしも盟約を破るようなことがあれば、今度こそ妖は現世を征服するため、人を喰らいに来るだろうと――幼い頃から、そう教えられていたのです」

「……それはまた、ずいぶんと湾曲しましたね。偏見も甚だしい」

背後で影千代がどこか忌々しそうに吐き捨てる。それを視線で咎めながら、朔弥は深風に先を促した。どうやら最後まで聞く姿勢らしい。

「あの、ですが、致し方ない部分もありまして。なにせこちらからは、流された者の安否を確認する術はありませんから……」

過去に生贄として流された娘の安否は、いずれも不明のまま。一度とて現世に帰ってきた例もなく、生贄がその後どうなったのかなど知る由もない。

人は臆病な生き物だ。そんな状況で導き出される憶測など、たかが知れていた。

「……なるほど。人の認識とは、時の流れでそこまで変わるものなのだな」

やがて朔弥が落としたつぶやきは、どこか寂寞を含んでいた。

怒りを買うかもと身構えていた深風は、その意外な反応に戸惑ってしまう。

「まず、そうだな。少なくとも、こちら側では現世から人を迎えることを〝生贄〟とは捉えていない。盟約上の取り決めであることはたしかだが、花緋金凮――四季の領主が花嫁を迎えるんだ。あくまで祝福されるべきこととして認識されている」

「ああ。いくら相手が人の子だからって、頭が迎えた花嫁を生贄なんて呼ぶ愚か者はいねえだろうなあ。不敬罪で罰せられかねん」

朔弥の言葉に、禅が苦笑しながら補足する。いつの間にか、彼の態度からは突き刺すような警戒が消えていた。おかげで、緊迫した空気もいくらか和らぐ。

「一族経営のうちに限らず、どこも領主は絶対的存在ですからね。当然、奥方という立場も特別なものなのですよ。権力的には領主に次ぎますし」

「領主に次ぐ……!?」

深風がぎょっとして影千代の方を振り向くと、彼は小さく口許に笑みを作った。

「ええ。ですから、そんなに萎縮なさらないでください。あなたは春に迎え入れられた、正式な若の花嫁。怖がることなどなにもありません」

「では、あの、冬も？　霞ちゃんは冬の花嫁になったということですよね？」

急くように尋ねた深風に答えたのは、影千代ではなく朔弥だった。

「──あなたは、朧という名に聞き覚えはあるか？」

思わぬ問い返しに一瞬だけ思考が止まるが、すぐにうなずいてみせる。

「朧さまはかつて人妖大戦乱に終止符を打った方、ですね」

「ああ。人妖盟約を定め、かつてあやかし郷を治めていた竜の大妖。彼は四季領争いで命を落としたが、現在の冬の領主は朧さまの後継なんだ」

「冬は名残の地だからな」

朔弥の言葉を自然な形で継いだのは禅だ。

「春、夏、秋の地は、それぞれ三大妖が占拠して独立しちまったから、残る冬の領地では種族に縛られず多種族が生活を共にしてんだ。だから、領地の広さも民の多さも他とは比べ物にならねえ。そこは覚えておくといいかもな」

「……そうだな。四季領とは言うが、権力的にも冬が断トツ上だ。さすがに多種族を纏めているだけあって、領主の閏は申し分ない実力も兼ね備えている。朧さまの実の弟、というのも納得できるくらいには」

そんな絶対的な権力者のもとに嫁入りしたのかと思うと、深風は血の気が引く思いがした。繊細を硬い殻で覆ったような霞には、さすがに酷ではなかろうか。

漂った深風の不安を感じ取ったのか、朔弥は「心配ない」とすぐに続ける。

「彼自身は基本的に温厚で心優しい妖だ。民思いで信頼度も高い。俺が見た限り、花嫁殿のこともとても大切にしているようだったぞ」

「とても、大切に……」

――ああ、と。

身体中から一気に力が抜けていくような心地に、深風は息を詰まらせる。

（……生きていてくれたのね、霞ちゃん）

ずっとずっと、後悔していた。

悔やんでも悔やみきれない苦しさが、深風の心を蝕んでやまなかった。

冥楼河に流されていく彼女の孤独に満ちた背中を、何度夢に見たかわからない。

——だけれど、霞は今も生きていた。

それは深風にとって、あまりにも奇跡のような出来事で。

そして……——ひどく信じがたいことだった。

「大丈夫か？」

その声にはっと我に返る。いつの間にか思考に耽っていたらしい。脱力したまま反応しなくなった深風を心配したのか、朔弥が座卓に身を乗り出していた。

細くも骨ばった彼の指先が、どこかためらいがちに深風の頬を滑る。そのやけにひんやりとした感触は、深風を一気に現実へと引き戻した。

「っ、申し訳ありません。話の最中にぼうっとしてしまって」

「いや……重ね重ね、俺も配慮が足りずすまない。冬の花嫁殿は、それほどあなたにとって大切な存在だったんだな」

「……え？」

「今、ほっとしたと同時に泣きそうな顔をしていたから」

眉尻を下げたその困ったような表情は、不器用ながらも深風を心から案じてくれてのものだと察するには十分すぎる。

けれどもその気遣いは、今の深風には追い打ちにしかならなかった。

懸命に我慢していたのに、そんな優しさを向けられてしまったらたまらない。

「ご、めんなさ……っ」

「……謝らなくていい。大切な者を失うことは、悲しく恐ろしいものだからな」

ぎゅうっと心臓を握りつぶされるような切なさが奥底から這い上がり、視界がじわりと歪んだ。呆気なくこぼれ落ちる雫は、頬に触れていた朔弥の指先を伝う。

（ああもう――っ）

深風にとって霞は、とてもとても大事な子だった。大切な存在だったのだ。

だが、それをよしとしない周囲による悪環境が、深風と霞の間に透明な隔壁を作ってしまっていた。

すべての理不尽を受け止めていた霞は、その壁を決して壊そうとはせず。

深風もまた、情けないことに最後まで壊す勇気を持てなかった。

たとえ周囲からどんな目を向けられようが、迷わず壊すべきものだったのに。

「――深風」

不意に呼ばれた名。深風はびくりと肩を揺らしながら顔を上げる。

吸い込まれそうな黄金の瞳に正面から射竦められ、一瞬、呼吸が止まった。

「盟約に従い、我ら妖は、贄のあなたを春の花嫁として受け入れる。だが、これだけは最初に言わせてくれ。……俺はなによりも、あなたの心を大事にしたい」

「え……」

「ゆえに事を急くようなことはないから安心してくれ。少しずつでいいんだ。あなたがいつか俺を受け入れてくれるまでは、婚姻の儀も行わない」

呆気に取られている間にも、涙の雫は勝手に流れ落ちていく。朔弥はまるで壊れ物でも扱うかのようにそれを拭うと、目許を和らげてふっと微笑を滲ませた。

「……突然〝夫婦らしく〟と言われても困るだろう？」

「いえ、あの──精いっぱい、妻らしく励ませていただく所存ですが」

「ん～。まあ真面目なのはいいことだが、力みすぎもよくねえなあ。深風嬢」

なにがおかしかったのか、禅はくつくつと喉を鳴らして押し笑う。

「人の世から迎えた時点で、おまえさんは朔弥に嫁入りしたも同義なんだ。外堀を埋めるのは後々でいい。まずは、ここでの生活に慣れねえとな」

そう言うと、禅はよっこらと腰を上げて、固まる深風のそばまでやってくる。かと思えば、その巨躯をやや折り曲げ、優しい手つきで深風の頭を撫でた。

「朔弥はもちろんだが、俺や影千代もいる。なんか困ったことがありゃあ気軽に頼りな。そう構えずとも、のんべんだらりと暮らしていきゃあいいんだ」

先ほどの異様な警戒ぶりが嘘のような態度だ。

さすがに面食らって、深風はぱちぱちと目を瞬かせた。

（こんな、子どもにするみたいに撫でられるなんて、いつぶりだろう……）

妹や弟たちをはじめ、江櫻郷ではいつも〝お姉ちゃん〟だった深風としては、いかんせん慣れない扱いである。けれど、不思議と嫌ではない。

かと思えば、それまで大人しく控えていた影千代まで深風を撫で始めた。

「そうですよ、深風さま。あなたさまは今や春の花嫁──天狗族の姫君です。うんと甘えてくださいね。春は美味しい甘味もたくさんありますからね」

「おまえらな……深風は子どもではないんだぞ」

撫でるな、と不服そうに朔弥が咎めるが、彼らは気にする様子もない。なんとなく三者の関係性が見えてきて、思わず深風はくすりと笑ってしまった。

それにわずかながら目を瞠った朔弥は、ほっとしたように安堵の息を吐く。

「まあでも、禅たちの言う通りだ。焦らず少しずつ慣れていけばいい。ここでの生活も……──俺にも。婚姻の儀の前ではあるが、俺たちはもう夫婦だからな」

「っ、はい。不束者ですが、これからお世話になります」

問答無用で喰われるとばかり思っていたのに、まったく想像していなかった展開を迎えてしまった。けれど、気がかりだった霞のことが少し明らかになったからか、長年重苦しく感じていた胸の靄つきが、わずかばかり晴れた気もした。

きっともう、故郷に帰ることは叶わないけれど。それでも己で決めた道だ。振り返りはしない。後悔もしない。でなければ、この覚悟は成り立たない。

（私は、ここで生きていく。たとえこれから、どんなことがあっても……――）

深風はひとつ息を吸い込んで、まだ見据えられぬ未来に思いを馳せた。


春の地にやってきて、三日目の夜。

自らの息遣いさえ聞こえるほどの静寂のなか、夜着を身につけた深風がひとり褥で横たわっていると、そっと部屋の障子が遠慮がちに開いた。

揺蕩っていた微睡みが解け、一瞬にして目が覚める。途端に張り詰めた緊張でいくらか身体が強ばるけれど、変わらず寝たふりは続けたままだ。

室内に入ってきた足音は、ゆっくりと深風のもとへ近づき、静かに止まる。

「っ……」

不意に、頬に冷たい指先が触れた。

思わず瞼を開けてしまった深風は、早々に気まずい思いに駆られる。

褥の傍らで片膝をつき、心配そうに深風を覗き込んできた朔弥と、ばっちり目が合ってしまったのだ。行燈の微かな灯りが反射して、彼の瞳が金泥に浮かぶ。

「眠れないか？」

落とされた発言は、どう考えても深風が起きていたことを知ってのもので。

（寝たふりしたの、完全にバレてる……）

決して咎められているわけではない。けれど、なんとなく変な嘘をついてしまったような気がして、深風は少しばかり罪悪感を覚えた。

横たえていた上体を起こしつつ、おずおずと口を開く。

「朔弥さまこそ、今の今までお仕事を？　もうとっくに日付が変わってるのに」

「俺はいつものことだから、心配はいらない。そんなことよりあなたの方だ。褥に入ってしばらく経つのに眠れないのは、慣れない場だからか？」

それとも、と言葉を切った朔弥は、言いにくそうに隣に並んだ布団を見遣る。

「……俺と一緒だからか？」

「――っ」

とっさに否定できなかったのは、少なからず図星だったからだ。

――そう、深風と朔弥は、本邸の離れで毎日、夜を共にしている。

とはいっても、布団は別々だ。並んで敷かれていても人ひとりが横になれるくらいの隙間は空いているし、単に同じ部屋で寝ているだけの話なのだが。

「初日にも言ったが、俺はあなたが嫌がることは絶対にしない。それでも不安なら、新たに寝室を用意させよう。我慢はしなくていいんだ」

「い、いえ！　大丈夫です。その……一応〝夫婦〟ですし、当然のことなのだと思います。影千代くんも『円満アピールにはこれが一番です』と言ってましたから」

「あいつ……余計なことを」

実際のところ、そんな露骨なアピールが効果を発するほど、朔弥との仲が深まったようには思えなかった。なにも相性が悪いわけではない。むしろ性格的にはとても波長が合う相手なのだが——いかんせん、朔弥も深風も揃って奥手だった。

(こう、距離の取り方がとても難しいのよね……)

朔弥が初日に、手は出さないと誓ってくれたことは、確実に深風の安心材料になっている。こんな状況は初めてだし、それ自体は素直にありがたかった。

しかれども、こうも日々気を遣われていると、さすがの深風も申し訳なさが募っていく。仮にも嫁入りした身なのに、これではあまりに不甲斐ない。

「ともかく、それで身体を壊しては元も子もない。人の子は脆いと聞くしな」

「私はどちらかというと、身体は強い方なのですが……」

「だが、初日にも倒れただろう」

(……うう。それを指摘されると、もうなにも言えない)

形容しがたいむずがゆさが走り、深風はわずかに熱を宿した頬を俯ける。

深風が予想していたよりも、朔弥はずっと純粋で温かな心の持ち主だった。彼が絶えず与えてくれる不器用な優しさは、嬉しい一方こそばゆい。それにたびたび胸を高鳴らせてしまっていると悟られるのも、やはり羞恥がある。

生まれながらに甘え下手な深風には、少々刺激が強いのだ。

「遠慮せずともいい。あなたはなにもわがままを言わないから心配になる」

（……毎日お忙しそうだし、きっと朔弥さまの方が大変なのに）

なんでも、天狗族の長は朔弥に代替わりしたばかりなのだという。此度の盟約執行はそれゆえ。新しい長に就任し、自らの花嫁を迎えることになって、朔弥自身もまだ戸惑っている部分もあるのではないかと影千代が言っていた。

ちなみに、前長に嫁いだ花嫁はひとりだけだそうだ。寿命で前花嫁が命を落としてから代替わりまで、この春には花嫁がいなかった。だからこそ、今回の深風の嫁入りは天狗族にとっても非常にめでたく喜ばしいことらしい。

「わ、私はこのままで大丈夫です。もともと寝つきがいい方ではないですし、環境に慣れればすぐ眠れるようになると思いますから」

「……そうか？」

それこそ朔弥は嫌ではないのか——と気になりはしたが、踏み込む勇気はなかった。

こくりとうなずく深風に安堵の表情を浮かべ、朔弥は立ち上がった。

「なにかあればすぐに言ってくれ。あなたの望みは、なるべく叶えたいから」

穏やかな声音でそう言い置くと、朔弥は自らの褥へと歩いていく。

思わず彼の服の裾を掴んでしまったのは、それだけは訊かずにはいられなかったからだ。驚いたように足を止めて振り返った朔弥に、深風は恐る恐る尋ねる。

「どうして、そんなにも気にかけてくださるのですか」

いくら彼が優しくとも、それが無条件にあるものだとは思えない。

たとえ自分が花嫁に迎えた相手だとしても、所詮は〝人の子〟なのだ。天狗族でもなく、ましてや妖でもない深風のことなど、放っておいてもいいはずなのに。

「……たしか、妖は人を喰うと伝えられていると言っていたな。とすると、伝承との齟齬に戸惑っているのか」

ひとり難しい顔をしてつぶやくと、朔弥はその場で膝を折った。

そして自らの服を掴んでいた深風の手を取り、わずかに小首を傾げる。

「深風。人の世では、妖はどのような存在だと言われている？」

なにかを探るような問いではなく、純粋な疑問であるようだった。変わらぬ穏やかな声色に、深風も構えることなく「えっと……」と思案してから答える。

「妖は人を喰う恐ろしいモノで……見た目も様々な伝承があります。ですが正直に申しますと、もっと人とはかけ離れたモノかと思っていました」

「ふむ……ようするに、脅威的な存在というわけだな」

なんなら言葉も通じるのか不安だったくらいだ。江櫻郷の民はみな等しく妖の存在を知らされるが、それらの情報の真偽は確認しようもない。

江櫻郷の外から流れてくる噂もあれば、外つ国から入る伝承もある。そうして様々な言い伝えが綯い交ぜになり、妖は恐ろしいモノとして定着したのだろう。

(でも、違った。言葉も通じるし、心もある。在り方は人と変わらないのよね)

たしかに、幽世の生活水準は古来日ノ本の形のまま滞留している。

しかし、こちらではそのぶん妖術で科学を補っていた。おかげで深風は異界での生活に困ることなく過ごせているし、今のところ不便に思うこともない。

「……いや、それもまた理か」

朔弥はどこか哀しそうにこぼすと、深風の手に自分の手を重ねた。なぜか包まれるような形になり、思わず朔弥の顔と手を目で往復してしまう。

「人の生はかくも短い。だから語り継がれる代が増えるほど、人の世から離れた妖は架空のモノとなり、真実は淘汰され、想像上の万物と化す。なにもそれは妖に限らず、すべての物事においての道理だが。まあ、深風が教え込まれてきた妖の姿もまた、巡り往く歳月のなかで紡ぎ上げられてきた真実の一種なのだろう」

「っ、でも、実際は違いました」

「そんなことはない。本質的な部分でいえば、多少大袈裟だとしても的を射ているからな。事実、人型を取らない妖も、人を喰いたがる妖もいる」

ふっと自嘲気味に目を細めた朔弥は、深風の手を優しく布団の上へ戻した。

「だが、妖の文化の根底には人がいるんだ」

「え？」

「古来から人は賢く理知的で、絶えず文明を築いてきただろう？　このあやかし郷は、そんな人から多大な影響を受けて創られた世界だ。ゆえに人との繋がりが強い」

滔々と語る朔弥の声音には、どこか後悔に似たものが織り混ざっている気がした。

深みのある瞳の奥底に、ほのかながら朔弥の本質が浮かび上がる。

「戦さえ起こらなければ、きっと今も妖は人から学び続けていたはずなんだ。辿れなかったその道を思えば、やはり不如意だな」

「朔弥さま……」

「人は忘れても、妖は忘れない。そう思うと、俺は少し、うら淋しい」

彼の見つめる先が過去なのか未来なのか掴みきれずに、深風は言葉を失う。

かつて、人と妖が手を取り合っていた時代があったことは知っていた。

だが、まさか妖がここまで人を評価し、受け入れ、尊重していたなんて──。

(なにも、知らない。なにも、正しく、伝わってなかった……)

朔弥の言葉を疑う余地はなかった。

だって、もう深風はこちらの世界を知ってしまったのだ。

妖たちの今の生活には、人の文明の礎が築かれている。現代の科学文明には及ばずとも、古来の人々が日々を生きるために奮闘し、日夜開発してきた技術と知識――その根っこがある。ここには今も、人の知恵を取り入れ、模倣し、活かしていた時代が形として残っている。

「まあそんな背景もあって、こちらでは盟約の花嫁を大切にもてなすんだ。閉ざされ足を止めた幽世へ新たな文明をもたらしてくれる、唯一の人の子だからな」

盟約の犠牲になった者。――否、盟約で〝許された〟者。

隔絶された人と妖の世を繋ぐ、架け橋となる存在。

それが妖にとっての生贄なのだと、深凪はようやく理解した。

（そっか……だから、朔弥さまは私を大切に扱ってくれるのね。朔弥さまにとってだけじゃない。この幽世という世界にとって〝生贄〟は特別な存在だから）

ストン、と引っかかっていたものが取れたような気がした。

なのになぜかひどく胸が苦しくなって、深凪は唇を噛みながら俯いた。

生贄と花嫁。結ばれなかったふたつの裏表がようやく結びついたのに、どうしてこんなにも複雑な気持ちになるのだろう。

――どうしてこんなにも、虚しい気持ちになるのだろう。

「……深凪？」

俯いたまま黙り込んでしまった深風を心配したのか、朔弥が動く気配がした。けれど、彼の手が触れる前に、深風はなんとか面を上げて微笑を向ける。

「ありがとうございます、朔弥さま」

「……ありがとう？」

「私が不安がっていたから、その話をしてくれたんですよね。人にとって脅威となってしまった妖でも、少なくとも私にとっては脅威になり得ないって」

そんなに怖がらなくていいと、彼は言外に深風を慰めてくれたのだ。

（朔弥さまは、優しい。でも、その優しさの理由はきっと知らない方がよかった）

幼い頃から伝えられてきた話を根底から覆(くつがえ)されて、戸惑う気持ちは当然ある。

けれど、それよりも……深風ではなく〝人の子〟そのものへ向けられる好意をどう受け止めたらいいのかわからず、正直、頭が困惑していた。

「こんな深夜に、ごめんなさい。そろそろ寝ましょうか」

「ん、ああ……眠れそうか？」

「はい。大丈夫です」

心配そうな眼差しを向けられるけれど、気づかないふりをして褥に潜る。

――まっすぐなようで、人が抱くものとは本質から異なる愛情。

それを正面から受け止められるほど、深風はまだ大人ではない。だけれど、文化の異なりを察せられないほど子どもでもなかった。

それでもまだ、信じたいという思いは……希望は、胸の奥に残っていたのだ。

彼が与えてくれる優しさや、気遣い、温もりを。

——ただの〝人の子〟ではなく、〝深風〟として見てくれている可能性を。

深風が目を覚ましたのは、二時間ほど経った頃だった。

いつの間にか寝落ちていたのか、行燈の灯火もなくなっている。月明りだけが室内を浮かび上がらせるなか、深風は目を覚ました理由に気がついた。

（……朔弥さま？）

夜陰に紛れて、妙な呻き声が聞こえたのだ。

寝返りを打って朔弥の方を見ると、どうもうなされているらしかった。音を立てないように起き上がり、そろそろと朔弥のもとへ這いずる。

（今日もまた……いったいなんの夢を見てるの？）

実のところ、彼がうなされているのに遭遇するのは今日が初めてではない。

昨日も一昨日もそうだったのだ。朔弥は、夜が深まる頃にようやく仕事を終えて褥についたかと思うと、眠りに落ちてすぐにうなされ始める。

いったい毎夜、どんな夢を見ているのか。ときおり『やめ……』と苦しそうになにかをつぶやいているあたり、悪夢であることは明らかなのだけれど。

（大丈夫か、と訊きたいのはこちらの方ですよ。朔弥さま）

　思わず妹たちにするように優しく朔弥の髪を撫でつけると、わずかながら朔弥の呼吸が和らいだ。一瞬、悪夢から脱したのかとほっとするけれど、違ったらしい。

「んん……み、かぜ？」

　わずかに呻いた朔弥が、ぼんやりと目を開けた。寝ぼけながらも間違えることなく名を呼ばれて、つい心臓がドクンと跳ねる。

「……ひどくうなされていたみたいですけど、大丈夫ですか？」

「ああ……大丈夫だ」

　まだ頭がはっきりと動いていないのか、朔弥は深く息を吐き出すと、ふたたび瞼を伏せてしまう。影を作るほど長い睫毛が露わになり、気怠げな色香が漂った。

「眠ると、いつもそうなんだ。昔の夢を見る」

「昔の？」

「ああ……。四季領争いで、両親や仲間が多く命を落としたときの夢だ。今でもはっきりと、少しも薄れずに記憶に焼きついている……あの在りし日を、繰り返す」

　半分ほど瞼を持ち上げた朔弥は、ゆっくりと深風に視線を遣る。

「深風は、帰りたいか」

どこか焦点の合っていない瞳。深風は不安を覚えながらも、ぽつりと続いた問いかけに息を呑んだ。思考が働き始める前に、もう一度それは紡がれる。

「故郷に——人の世に、帰りたいか？」

吐息混じりのその声が、あまりにも切実な響きを伴っていたからだろうか。

たとえ今、彼が寝ぼけているとしても、ごまかしてはならないような気がした。

「……帰りたくないと言えば、嘘になります」

「そう、か」

「はい。ですが、帰るつもりはありません。私は生贄としてここに来て、朔弥さまの妻になったから。それは私の宿命で、辿るべき運命なんだと思っています」

「だが、望んで来たわけではないだろう？」

「ふふ。どうでしょう」

——ある意味、深風は〝望んで〟春の生贄となった。

郷長に頭を下げて、誰もが忌避するその立場を望んで手に入れた。

けれど、もしもあのとき、妹の文乃が生贄候補の筆頭であることを偶然聞いていなければ、きっと今ここにはいないだろう。

（でも……もし、なんて考えたところで、過去は変わらない。これはそうして後悔しないために、私が選んだ道よ）

深風は自らに言い聞かせ、褥の上にのせられていた朔弥の手を握った。

「今、私がここにいるのは、すべて覚悟の上に成り立っていることです。朔弥さまが心配することなんてなにもないんですよ」

妹弟が怖い夢を見たときを思い出しながら、朔弥の手を重ねて握る。

まさか、つい先ほど自分がされたことをし返すことになるとは思っていなかった。

「――ですから、帰りません。朔弥さまのそばで、あなたの妻として、ここで生きていきます。……生きていっても、いいですか？」

うとうとし始めた朔弥に小さく笑みを浮かべながら、深風はその髪を撫でる。

「……生きてもらわねば、困ってしまう。俺はもう、失いたくない」

こうしていると、まるで子どもみたいだ、と思う。だが、この御方は紛れもなく天狗族を率いる春の領主だ。その立場に、多くの命を、春の未来を背負っている。

（きっと、優しすぎるのね。朔弥さまは）

その重圧がはたしてどれほどのものなのか、深風にはわからない。けれど、そうした負担が過去のトラウマを引き出して悪夢を呼んでいるのなら……――。

「朔弥さま。これからは、積極的にお互いを知っていきましょう？」

「ん……？」

「私はもう怖くありませんから、会話も触れ合いも制限せずに。もっと朔弥さまのことを知りたいし、私のことも知ってほしいです」

　今はまだ、彼の拠り所になるのは難しいかもしれない。それでもここで、彼の妻として生きていくのなら、深風は朔弥の心を支えられるような存在になりたい。

　朝露が落ちるかの如く、あまりにも自然とその思いが沸き上がった。

（……私に、そんな役割が果たせるかはわからないけど。今度はきっと）

　救えなかった友人の背中が、ちらちらと脳裏をよぎる。

　きっと優しい彼女は、不甲斐なかった深風を責めることはない。誰よりも痛みを知っているからこそ、彼女は決して他者を傷つけることはしないから。

　だとしても――否、だからこそ。

　深風は取り返しのつかない後悔を、同じ過ちを、二度と繰り返したくなかった。

「……すう、すう」

　しばらくして聞こえてきた穏やかな寝息に、くすりと深風は笑みをこぼす。

　最後の言葉が聞こえていたのかは定かではないが、それはまた明日の朝にでも改めて伝えればいい。今はゆっくりと休んで疲れた身体を癒す方が先決だ。

「おやすみなさい、朔弥さま」

　どうかこのまま悪夢から抜け出せますように。そう願いながら、深風はしばらくそのまま朔弥を撫で続けた。

「朔弥さま」

吹き寄せの障子越しに、深風は室内に向かって緊張でやや強張った声を発する。

「深風です。その、私をお呼びになられていると聞いて――」

床に膝をつき控えめに呼びかけた直後、すぐになかから返事があった。

「失礼します」

もう一度小さく声をかけて、深風は障子を開ける。

「毎度呼び出してすまない、深風。散らかっているが入ってくれ」

朔弥の執務室は、他の和室と同様に質素な造りだ。壁際に申し訳程度の調度品が置かれている他は、とくに特徴はない。あえて挙げるとすれば、満月を背景に咲き綻ぶ花水木が精緻に描かれた、明媚な掛け軸ぐらいだろうか。

だがそれも、部屋全体におびただしいほどの書物や文書が所狭しと積み重ねられているために、飾り物としての存在が掠れてしまっている。

（相変わらずの多忙さが窺える凄まじい光景ね……）

最初こそあまりの仕事量の多さに目眩がしたものだが、さすがに連日こうも目の当たりにしていれば、気持ち的にも慣れてきた。積み上げられたそれらを避けて進み、朔弥に促されるまま、座卓の前に置かれた座布団へ腰を下ろす。

「深風嬢、茶でいいか」

「あ、私が淹れます！　禅さんは休んでいてください」

「いんや、大丈夫だ。ここでのおまえさんの仕事は朔弥と話すことだからな」

禅は流れるようにぽんぽんと深風の頭を撫で宥めると、慣れた手つきで茶を用意し始める。そのうしろ姿を申し訳ない思いで見守っていれば、朔弥が苦笑した。

「深風が来る前から茶を淹れるのは禅の仕事だ。そんなに気にしなくていい」

「そういうこった」

屋敷で暮らし始めてから、早いものでもうすぐひと月。だというのに、朔弥といい禅といい、この屋敷の者たちは相も変わらず深風を容赦なく甘やかそうとする。

江櫻郷で休む暇もなく動き回っていた反動なのか、やることがない状態というのは妙にそわそわしてしまって逆に落ち着かない。

（そう言ったら、影千代くんは夕飯作りのお手伝いとか、お掃除とか、簡単な仕事を任せてくれるようになったけど……）

朔弥と禅は、もはや深風を甘やかすことに精を出している節さえある。どう考えても休むべきなのはこのふたりの方なのに、まったく困ったものだ。

内心悩ましいため息をこぼしつつ、深風は眉を下げる。

「禅さん、お疲れでしょう？　いつもより顔色がよくありませんし」

「ん？　言うほどでもねえさ。悪いな、気ぃ遣わせちまったか」

湯呑みを三つ机に置きながら、禅が決まり悪そうに笑う。

「しっかし、よく気づくな。俺の顔色なんざ普通のモンは気づかねえんだが」

「ふふ、そこは否定しません。普段からなにかと我慢強い妹や弟の相手をしていたので、変化には少しだけ鋭いんですよね」

故郷に残してきた妹たちの姿が脳裏をよぎり、つきりと胸の奥が痛む。

「そうか。深風は妹弟がいたのか」

「はい、妹がひとりと弟がふたり。みんなかわいいんですよ」

毎日毎日、家族のことを思い出さない日はない。風邪をひいていないかとか、悪夢を見ていないかとか、ふとしたときに心配することは多々ある。

一方で、あの子たちなら大丈夫だという確信もあった。

妹の文乃はもう十六歳になったし、文乃と年子の真人は歳のわりに賢くしっかりした子だ。末っ子の玄太はまだ幼いが、文乃と真人がいれば淋しくはないだろう。

「うちは母が病気で他界しているので、妹たちの世話や家事は長女の私の仕事だったんです。なので、お世話されてばかりの今は、正直ちょっと落ち着きません」

「……そんなに働くのが好きなのか……」

途方に暮れた顔で見つめられて、深風は苦笑いを浮かべる。

「いえ、その……好き、というよりは性分なのかもしれませんね。せめて、こう、妻らしいことをできたらなとは思うんですけど」

　ここでは、身の回りのことはすべて屋敷勤めの天狗たちがやってしまう。

　彼らは人の世でいう家政婦的存在。ようするに給仕の妖たちであるわけだが、やることなすこと仕事が完璧で、深風が介入できる余地もない。

（正直、私が下手にやると、倍の時間がかかってしまうし……）

　人の文明が停滞した世界。だが、そのぶん妖はみな妖術を駆使して生活を豊かにしていた。妖術により起こした風で一瞬の間に乾いてしまう洗濯物を見たときは、思わずかつて人が妖に助けられていた時代を想起したものである。

「ふむ、そうだな。……禅、妻らしさとはなんだと思う？」

「おまえな。それをあえて独身の俺に訊くか？」

「だが、禅がわからないのなら、俺もわからない。そもそも人と妖では夫婦の定義も異なるかもしれないし、下手に答えれば深風を縛ってしまいそうだからな……」

　思いのほか真剣に悩み始めてしまったふたりに、深風は慌てて言い募る。

「妻らしい、というよりも、なにかお役に立ちたいんです。ここに置いてもらっている身なのに甘えてばかりで、どうにも心苦しくて」

　しかし、やはりそこで問題なのは、深風が無力な〝人の子〟だということで。

「妖のみなさんは、すごいですよね……。私も妖術が使えればいいのに」

「妖術、ねえ。そう思うもんか」

妖はその身に宿る妖力を用いて、種族固有の妖術を使うらしい。

天狗族は風を思いのままに操る妖術だ。現在の天狗族でもっとも強い妖力を持つ朔弥であれば、地をひっくり返すほどの風を指先ひとつで操ることも可能だという。

「深風嬢の気持ちもわからなくはねえがな。それほどいいもんじゃねえぞ、妖術は」

「え？」

深風が首を傾げると、朔弥がほのかな憂いを浮かべて目を伏せた。

「たしかに、日常生活において助かることは多い。とくに我ら天狗の〝風〟を操る妖術はな。だが、妖術が本来の力を発揮するのは戦場なんだ」

「……戦場、ですか？」

そのまま黙り込んでしまった朔弥を一瞥(いちべつ)し、禅が代わりにうなずく。

「人は戦場で武器を使うだろ。刀や銃……まあ、今はどこまで進化してるかわからんが。ともかく、妖にとっての妖術は、人にとっての武器も同然のモンなんだよ」

「……人妖大戦乱や四季領争い。他、妖が関わるすべての争いで妖術は用いられている。これは多くの者を救う力であると同時に、多くの命を奪う力でもあるんだ」

おそらく朔弥は今、毎夜のように見ている悪夢を思い出しているのだろう。

どこかに行ってしまいそうで、深風は焦燥に駆られる。

けれど、ひとつ深く息を吐き出して面を上げた朔弥は、思いのほかしっかりと深風を射抜いた。そこにあるのは、いつもと変わらぬ優美な瞳だ。

「――……だから、俺はあなたが人の子で嬉しい」

「嬉しい……？」

「奪う側も奪われる側も傷を伴うのが戦だ。その痛みを、大切な者に――深風に知らずにいてもらうために、俺は今この地位にいる」

立ち上がり、座卓を避けて深風のもとへやってきた朔弥は、戸惑って見上げるばかりの深風にそっと手を差し出してくる。注がれるのは慈しむような眼差しだ。

逡巡しながらも手を取って立ち上がれば、そのまま腕のなかに引き寄せられた。

「さ、朔弥さま……っ？」

ひと月共に過ごして、だいぶ距離が縮まってきているのは感じていた。だが、こうも唐突に抱きしめられれば、どうしたって心音が跳ね上がる。

瞬く間に頬が紅潮するのを感じながら、深風は朔弥を至近距離で見つめ返した。

「深風とこうしてそばで話していると、ささくれだった心が安らぐ。それがどれほど俺を救ってくれているか……どうしたらわかってもらえるのだろうな」

甘やかさの傍らで、あまりにも切実に紡がれた言。深風は硬直しながら当惑する。

（そ、それは、私が朔弥さまのお役に立てているとか、そういうお話……!?）

なんにせよ、この体勢で話を続けるのは厳しい。

おろおろと朔弥の胸を弱い力で押し返しながら、深風は禅に助けを求める。

なんとも生温かい目で見守っていた禅は、仕方なさそうに苦笑して朔弥の首根っこを掴み、深風から引き離してくれた。さすが頼りになるおじさまだ。

「仲がいいことは結構だが。まあ一応、ふたりきりのときにしとけ。朔弥」

「む……ふたりきりのときなど夜以外にない」

「作ればいいだろう。仕事ばかりしていないで、たまには出かけてこい」

呆れたように返し、禅が軽く朔弥の頭をはたく。明らかに長に対する態度ではないけれど、それは禅だからこそ許されることだった。

（事情を知ってからこのやり取りを見ると、なおのこと微笑ましい）

天狗族には、もっとも〝妖力の強いモノ〟が次の長となる掟があるそうだ。これに則り、朔弥は生まれたときから次期長になることが決まっていたのだという。

だが、四季領争いで幼くして両親を失った彼は、次期長になるまでの間、前代の側近を務めていた禅に育てられたという背景を持つ。

ようするに、朔弥にとって禅は育ての親なのだ。彼の薫陶を受け、こうして朔弥が立派に長の座についたのだと思うと、なんとも胸にぐっとくるものがあった。

（すごく、いい関係よね）

禅が朔弥を息子のように扱う一方、朔弥もまた、禅の前では〝長〟の威厳を捨ててありのままの姿を見せているように思う。

　きっと禅がそばにいるから、朔弥はその重圧に耐えられているのだろう。

「そろそろ外に連れ出してやらんと、深風嬢も心が鬱屈（うっくつ）しちまうぞ」

なあ？と目を向けられて、深風は迷った挙句、曖昧に笑む。

　たしかに、ここへ来てから屋敷の外には一度も出してもらっていないのだが。

「ここのお屋敷は広いですし、まだ平気ですよ」

「まだ……」

「ええと、はい。さすがに一生はちょっと、自信がないですが……」

　しかしながら、朔弥が外に出したがらない理由も、深風は影千代から聞いていた。

「下山の民へのお披露目は婚姻の儀をしてから、なんですよね」

「あー……まあ、そうなんだがなあ」

　なんでも、深風が屋敷のある上山から出られないのは、正式に婚姻の儀を執り行っていないためらしい。仲間意識が強い天狗族ゆえ、花嫁が一族の者として認められるために必要不可欠な儀式なのだという。

　だがそれは、深風の心が決まるまで、と朔弥が先延ばしにしているものだ。

行わない要因は他でもない深風にあるため、外に出たいなどというわがままは通用しない。そう思って、日々耐え忍んできたわけなのだけれど。

「たしかに儀式のことはある。だが、下山に降りずとも、上山を散歩するくらいは問題ねえんだよ。こいつが心配してんのは……――」

「禅」

なにかを言いかけた禅を遮り、朔弥が黙って首を横に振る。戸惑う深風の方を向いた朔弥は、存外穏やかな顔で告げた。

「たしかに、ずっと引きこもっていては気分も暗くなるからな。折を見て少し外へ出るか、深風。そう遠くへは連れていってあげられないが」

「えっ、いいんですか？」

「ああ。深風が俺と出かけたいと思ってくれるのなら」

朔弥の言葉に、深風は心が浮き上がるのを感じながらうなずいた。

久しぶりに外へ出られることもだが、純粋に朔弥とふたりの時間が持てることが嬉しい。本当に少しずつでも、着実に朔弥との距離が縮まっている気がする。

（ちゃんと、私を見てくれてる……よね？）

まだ少しだけ、深風の心には引っかかりが残っていた。けれど、それに気づかぬふりをして、どうにかこのひと月やってきたのだ。きっと大丈夫だと己に言い聞かせ、虚しさを感じないように自ら朔弥との距離を詰めるよう努力した。その結果、もう最初の頃のような孤独感はない。

だから、素直に喜ばしい気持ちを笑みに混ぜ込んで、朔弥へ向けた。

「楽しみにしてますね、朔弥さま」

◇

「若。こちらにいらっしゃいましたか」

ようやく一日の仕事を片付けて寝室へ向かっていた朔弥は、自身を呼び止める声に足を止めて振り返る。廊下の曲がり角で顔を出していたのは影千代だった。

どうやら朔弥を探していたらしい。

「どうした」

小柄な体躯ながら、その動きは極めて俊敏だ。廊下を滑るようにあっという間に朔弥のもとへやってきた影千代は、やや周囲を気にする様子を見せる。

（ああ、例の件か）

すぐに用件を察した朔弥は、影千代の背丈に合わせるよう身を屈めた。朔弥の耳元に口を寄せた影千代は、最小限に声を潜めて報告を始める。

「……ハグレモノ賊ですが、今のところ目立った動きはありません。ただ、やはり深風さまについてはすでに把握されていると思っていいかと」

「そうか。わかってはいたが、厄介だな」

「民には花嫁について流出しないよう口止めしておりますが、真偽はなんとも。しかしまあ、長の代替わりの時点でお察しですけどね」

影千代はその童顔に似合わぬ大人びた表情で答え、赤褐色の双眸を眇めた。

「まあ、ハグレモノ賊が〝花嫁〟に興味を持つとは思えないが……」

「ええ。彼らは同じ妖に憎悪を抱いているモノたちですから、特段〝人〟に執着はないでしょう。ですが、四季領にとって特別な〝花嫁〟を害すれば我々にとっては相当な打撃ですから、狙ってくる可能性は十分ありますよ」

ハグレモノ賊とは、どの四季領にも属さず放浪している妖一派の呼称だ。なにより厄介なのは、顔ぶれが往々にして強いモノばかりだということだろう。

四季領とは常に対立しており、たびたび各地で抗争が起きる。そのたびに相応の被害が生まれているため、四季領会議でも毎度のように議題に上がっていた。

(弱きモノが寄り添って生きる冬に入るのは、奴らにとって屈辱でしかないのだろうな。得てして〝強さ〟とは孤独を生む。皮肉だが、致し方ない)

四季領争いの生き残り。三大妖族以外で、強い力を持った妖たち。そんな彼らの居つく場所がない現在のあやかし郷の在り方に、根本的な問題がある。だとしても、世界の在り方は、そう簡単に変わりやしないのだ。

「なんにせよ警戒は怠るな。流出元の調査は引き続き頼む」

「承知しました。――ところで若。最近、深風さまといい感じですね」

朔弥が面食らいながら背を起こすと、影千代はどこか嬉しそうに告げた。

「婚姻の儀を了承してもらえる日も近いのでは？」

「……そう見えるか」

適当に流しながら歩き出した朔弥のうしろを、影千代がひとり分の間隔を空けて追いかけてくる。相も変わらず、いっさいの足音がしない。

「どうしてそう自信がないのですか。むしろあなたさまは、もっと積極的になるべきでしょう。若いんだから、少しはっちゃけるくらいがちょうどいいってね」

「……その見た目で言われても、嫌みにしか聞こえないんだが」

影千代は体躯こそ子どもだが、その歳は朔弥よりもずいぶん上であった。正確な年数は定かではないけれど、禅と朔弥のちょうど間くらいだろう。

「木の葉天狗は老けなくていいな。禅なんて年々渋みが増していくというのに」

「烏は老けやすいんですよ。歳のわりに貫禄を持ちすぎなんです」

「まあ、一長一短だろう。戦闘においてはどちらの種族も必要だ」

「大天狗の若には敵いませんけどね。結局、妖はすべて〝妖力〟次第ですから」

天狗族には、主に三種の天狗がいる。

総じて小柄で外見が幼く、しかし俊敏さにおいては天狗族一を誇る木の葉天狗。

俊敏さには欠けるものの、その巨躯に絶大な力を宿す烏天狗。

天狗族でも殊に莫大な妖力を有し、常に頭角を現してきた大天狗。

このなかで長に就くのは得てして大天狗だ。〝もっとも妖力を持つ者が長の地位に就くべし〟という掟は、天狗という種族が確立したときから変わらない。

「ともかく、外出の際には気をつけてくださいね。いくら若とて、深風さまを庇いながらでは万が一のこともありえますから」

しっかりと釘を刺すと、影千代はさっと身を翻した。

(万が一もなにも、深風は俺が必ず守るがな)

離れていく背中を見送りながら、朔弥は知らず眉根に力を込める。

『──ですから、帰りません。あなたのそばで、朔弥さまの妻として、ここで生きていきます。……生きていっても、いいですか?』

不意に脳裏をよぎった、あの夜の深風の言葉。

朔弥は自身の手のひらに目を落としながら、歯がゆい思いを噛みしめた。

生贄として幽世に流され、よく知りもしない相手に嫁入りすることになったというのに、深風はあの日以降たったの一度も弱音を吐いていない。

（心配になるな、深風は。あの責任感の強さが心を蝕む鎖とならなければいいが）

――否、すでになにかしらの鎖に縛られているような気もするけれど。

深風は『お互いを知りたい』と言っていた。ならばやはり、少しずつでも触れ合いを重ねて、徐々に打ち解けていく過程が必要不可欠なのだろう。

そうすれば、いつか正しく〝夫婦〟になれるような気がする。

かけがえのない、本物の家族になれるような気がする。

（……まあ、このような想いを募らせるのも深風だからか）

もっとも、こちらは彼女から自由を奪ってしまった立場だ。そんな私欲を孕んだ押しつけがましい願望は、たとえ口が裂けても言えないのだが。

――それでも。

「いつか俺を受け入れてくれた、そのときは……――」

◇

それから三日後。ようやく時間が取れたという朔弥に連れられて、深風は初めて屋敷を出ることになった。

玄関を出ると、屋敷先に植えられた桜の大樹が出迎えるように風に揺れた。

この桜は永遠桜といい、その名の通り、永遠と枯れることのない特殊な桜らしい。

「散歩がしやすそうな気温だな。春時雨（はるしぐれ）の心配もなさそうだ」

「ふふ、そうですね」

幸いにも晴天で、春らしく過ごしやすい気候だ。ときおり、さらりと頬を撫でる風が心地いい。ほのかに甘い香りが鼻腔を抜けて、深風はすんと鼻を吸い込む。

（屋敷の窓を開けたときもよく思っていたけど、これ……桜じゃないのよね）

なんとも懐かしく感じるのは、この香りが深風のよく知るものだからだ。

いったいどこから漂ってきているのだろうか。不思議に思ってきょろきょろと周囲を見渡すが、近くにその香りの根源は見当たらない。

「どうした？」

「あ、いえ、その……香りが。花水木の香りがした気がして」

でも気のせいかもです、と深風は続けようとした。

だが、その前に朔弥が驚いたように目を丸くする。それは普段あまり見ることのない表情で、深風はきょとんとしてしまう。

「深風は鼻がいいんだな」

「え？　あ、やっぱりあるんでしょうか……？」

「ああ、もちろん。そうだな――せっかくだ。見に行くか」

　そう言うや否や、朔弥は深風の背中と膝裏に手を回した。驚く間もなく細くも逞しい腕に抱き上げられて、一息に目線が朔弥とほぼ変わらぬ高さになる。

　いわゆる姫抱きをされたと思考が追いついた瞬間、深風はぶわりと赤面した。

「さ、朔弥さまっ!?」

「大丈夫だ。絶対に落とさないから」

　どこか不敵な笑みを浮かべると、朔弥はいつもは畳んでいる背中の翼を大きく広げた。闇で染め上げたような漆黒の色をしたそれは、朔弥と深風の体をすっぽりと覆ってしまうほど大きく、羽の一本一本は思いのほか力強い質をしていた。

「では、行くぞ」

　呆気に取られる深風に言い置くと、朔弥は軽く地面を蹴った。そのまま空へと飛び立ったかと思えば、一度翼を動かしただけであっという間に上昇していく。

（ぜ、絶叫系だめな人は絶対に無理よ、これ……っ）

　幸いにも、深風はそれほど高いところに苦手意識はない。だが、あまりに未知の体験だった。ぎゅっと目を瞑ったまま、朔弥に思い切り抱きついてしまう。

　やがて強風が落ち着き、徐々に穏やかなものへと変わった。朔弥の「大丈夫だ」という声に促され、恐る恐る目を開けてみる。

「っ、わあ……」

——そこは、まごうことなく上空だった。

けれど、捉えた景色は深風が想像していたものとはまったく違っていて——。

舞い上がり乱れた前髪も直さぬままに、深風はその景色に魅入った。

(春って、こんなに綺麗なところだったのね)

天狗山——そう呼ばれる春の地は、上山から下山にかけて多くの薄紅が咲き乱れていた。色濃い紅から淡い紅まで。その鮮やかなグラデーションが緩急をつけて描かれる様は、ぱっと華やかであると同時にあまりに美しく、思わず目を奪われる。

「上山は主に桜。中腹部は色とりどりの春の花。そして下山は、主に花水木を植えている。この下山の花水木は、すべて人の子から受け取ったものなんだ」

「人の子から……。もしかして、嫁入りの際の花水木ですか?」

「ああ。なんでも人妖盟約から花緋金風の盟約に更改された際、人の子がその季節の花として差し出したのが花水木だったらしい」

眼下に広がる光景を慈しむように見つめながら、朔弥は続ける。

「花水木は、もともとあやかし郷にはない樹木でな。これらの花水木は、すべて人の子に授かった種から生まれたものになる。純粋にすごいだろう?」

「はい、本当に。こんなにたくさんの花水木、見たことありません」

現世における花水木は、遥か昔、外つ国から入ってきたとされる花だ。他に多くの春の花があるなかで、あえて花水木を選んだのはなぜだったのか。

（停滞した妖の世に、少しでも知見を広めるため……とか？）

江櫻郷では、盟約執行に用いるお供えとして四季の花を育てている。その花々が盟約の花として選ばれた理由を、深風は現世にいる頃からずっと考えていた。

「幽世の土は生命力が強いんだ。ゆえに一度花を咲かせると、散りこそすれ枯れることはない。正直、気温はあまり関係なく植物が芽吹く」

「それは……例えば冬の花でも？」

「ああ。だから、この景色は意識して現世の春の様を創ったものになるな」

わずかな間を挟んで、朔弥が愁眉（しゅうび）を下げた。

「——深風にとってはあまり気分のいい話ではないかもしれないが。春にとって花水木は、人との繋がりを示す象徴的存在であると同時に、手向けの花でもあるんだ」

「手向け……？」

「ああ。春に嫁入りし、この地で生命を還した花嫁に対する手向けの花だ」

憂いを孕んだ黄金の瞳が揺れて、こくりと息を呑んだ深風を捉える。

「天狗族には昔から、花嫁と共に捧（ささ）げられる種を婚姻の儀で撒（ま）く風習があってな」

「撒く、というと、新たな樹木を育てるために？」

「ああ。――花嫁が還った後も、永遠とこの地で咲き続けられるように。そんな万感の想いがあるらしい。……実に身勝手なことだが」

どこか不服そうな語調で、朔弥は苦々しく吐き捨てた。

すぐには言葉の意味を呑み込めず、深風は頭のなかで反芻しながら咀嚼する。

(花嫁が還るっていうのは、きっと亡くなるってことよね。さっきも手向けって言っていたし。なら、命を落とした花嫁に対する、誰かの想い……?)

ようするに、花嫁を花水木に見立てている、ということだろうか。

そこまで考えて、深風はようやく朔弥がなにに不満を覚えているのか察した。

「……人の寿命が短いから、でしょうか」

小さく問うけれど、朔弥は答えなかった。だが、おそらくそれは肯定を示すものだろうと判断して、改めて深風は一面に広がる〝春〟を見渡す。

日ノ本では散りゆく定めを背負う桜が、ここでは永遠に散ることはない。

みなが待ち望む春が、過ぎゆく歳月に追われることもない。

(美しくて、淋しくて、心を魅了する。そこは現世も幽世も変わらないのね。すぐにいなくなってしまう春だから、人を惹きつけるのかと思っていたけれど……)

否、なくならないからこそ、春に囚われた心の淋しさも続いてしまうのか。

「――でも、やっぱり私は素敵だと思います」

深風が相好を崩しながらそう告げると、朔弥が目に見えて狼狽えた。

まさか〝手向けられる側〟の深風が肯定するとは思わなかったのだろう。

「だって、長い長い歴史のなかで途方もないほどの時が流れても、忘れずに想い続けてくれるってことでしょう？」

「っ、それはそうだが……」

「人は生の時間が少ないから、どうしても忘れてしまうんです。大切なことでも、覚えていたくても、何十年もの時が経ったら記憶は薄れる。朔弥さまも以前仰っていましたけど、忘れられてしまうのってやっぱりすごく淋しいことですから」

想いをそうして繋いでいくのは、とても贅沢なことだと深風は思ったのだ。

それほどまでに強く想われ愛された上に、あんなにも美しく咲き綻ぶ花水木に命を還すことができるだなんて、いっそ羨ましくさえある。

（花水木の花言葉は、〝永続性〟〝返礼〟。……そして、〝私の想いを受け止めてください〟。偶然か必然かはわからないけれど、繋がっているのね）

盟約の花に花水木が選ばれた理由を悟って納得する。当時の人の想いを推し量るには限界があるけれど、それはきっと人と妖の縁を意識したものだろう。今でこそ郷の人々から忌避される盟約だが、当時はまだ希望のある繋がりだったのかもしれない。

「なので、朔弥さま。いつか私たちの婚姻の儀をするときは、私にも種を撒かせてくださいね。綺麗な花を咲かせる樹木になるように、お願いしながら撒きます」

「っ……やめてくれ。縁起でもない」

この話はやめようと首を横に振り、朔弥は身を翻した。

空気が動き、色素の薄い深風の髪をさらう。顔にかかりそうなそれを押さえながら、思い詰めたような顔で黙り込んでしまった朔弥をちらりと見遣った。

（……もしかして、朔弥さまにはつらい話だった？）

失うことに、なにかと敏感な節がある朔弥だ。おそらく、深風がいつかいなくなってしまうことを考えたくないのだろう。

配慮が足りなかったことを反省しつつ、深風は話の転換を試みる。

「朔弥さま。影千代くんが前に、幽世はその土地で気候が変わると言っていたのですけど、他の地はもっと暑かったり寒かったりするんですか？」

「ん、ああ……こちらでは時間で季節が巡るわけではないからな。この地は現世でいう春の季節に似た気候だから〝春〟と名付けている。他の夏、秋、冬も同様だ。移ろいゆく季節、というのは、時間ではなく土地を移動しなければ味わえない」

「なるほど。なんだか、興味深いです」

つまりあやかし郷は、地域ごとの特色を現世の四季に当てはめて、各領地として分割しているらしい。

「こんなところでも、妖は人の文化を取り入れているんですね」

「ああ。もしも妖が過去に一度も人と関わったことがなければ、このあやかし郷はもっと廃れたものになっていただろうな」

そこからしばらく蒼穹の下を進み、春の山が見えなくなってきたあたりで朔弥は止まった。気づけば、ずいぶんと高い場所まで上昇していた。

「春の領地はこのへんまでだ。この先は〝花緋金風の宵〟と呼ばれる共有地に入る」

「共有地？」

朔弥は首肯しながら向きを変え、続ける。

「四季領は大まかに東の春、西の夏、南の秋、北の冬で分かれているが、その境界や一部外れには四季に属さない地が多くある。四季領主の管轄外にあるそれらの土地は総じて共有地だ。この花緋金風の宵に関しては、少々特殊だが」

なんでも花緋金風の宵は、あやかし郷の中心部――ようするに、東西南北の土地が交わる場所らしい。四季領会議やあやかし郷全体の政を催す際に用いられ、土地の中央部には〝宵宮〟という宮殿がある。朔弥はそう丁寧に説明してくれた。

ちなみに宵宮は、あやかし郷が四季領にわかたれる前に妖長が使っていた宮殿の跡地であり、現在はそういった政時以外に使うことはないのだとか。

「さて、こんなところか。そろそろ身体が冷えてきただろう」

「そうですね、帰りましょうか。あやかし郷をたくさん知れて楽しかったです」

「ならよかった。では、少し遠回りをしながら戻ろう」

ほっとしたように微笑んで、朔弥はふたたび空を泳ぎ始めた。それからしばらく無言の時間が続いたが、不思議と気まずくはない。心地のよい静寂だった。

(なんだか、すごく平和ね)

吸い込む風は澄み渡り、なんとも清々しく肺を満たした。地上から離れた上空ゆえの静謐さが心を穏やかにさせてくれる。朔弥と触れ合っている箇所が温かくて、気を抜いたらこのまま眠ってしまいそうだった。

(……もっと殺伐とした世界かと思っていたのに)

力強い翼を羽ばたかせて飛ぶ様は、純粋にかっこいい。朔弥の凛とした佇まいも相まって、なんだか守られているような気分になってしまう。

こそばゆい一方で感じるうしろめたさに、深風は自然と北の方を見つめた。

「……あれ?」

ふと目に留まったある景色。思わず首を傾げた深風に、朔弥はすぐに反応し、動きを止めた。そして、深風の視線の先を追う。

「どうした？　なにか気になることでもあったか」

「あ、はい。あそこの一角だけ緑がないなと思って」

深風が指をさした先は、まるでそこだけ切り取られたかのように、ぽっかりと更地になっていた。遠目からではよくわからないが、木々の類はいっさい生えていないように見える。周囲が森林だからか、妙にそこだけ浮いており目についたのだ。

深風は純粋に疑問に思っただけだったのだが、その地を見た瞬間、朔弥の纏う空気がわずかにひりつく。

え、と驚いて顔を上げれば、朔弥は珍しくわかりやすい渋面を晒していた。

「……あれは〝果ての荒野〟と呼ばれる地だ。東春と北冬のちょうど境目付近に広がる共有地なんだが――今は、ハグレモノ賊の根城がある」

「ハグレモノ賊？」

「ああ。四季領妖族のどこにも属さない無法妖集団、とでも言っておく」

どこかでその単語を聞いた気がした深風は、記憶の引き出しを必死に漁る。そして、つい先日、禅が言いかけていた言葉であることを思い出した。

（なんだっけ。たしか朔弥さまが本当に心配しているのは、とか言っていた気がするけど、朔弥さまが遮ったのよね）

ならば、あまり聞かない方がいいことかと、深風は追及できないまま黙り込む。

だが、その困り果てた雰囲気を察したらしい。渋い表情を解いて苦笑した朔弥は、果ての荒野から視線を外し、ふたたび春山へ向かいながら口を開く。

「ハグレモノ賊は、かつての四季領争いで縄張りにしていた場所が四季の領地として奪われ、やむなく住処をなくしてしまった妖の集まりなんだ」

「えっ……」

予想に反したまさかの実態に、深風はぎょっとする。

「それだけ聞くと可哀想だと思うだろう。だが、あいつらのしでかす行為はとても同情だけで流せないものばかりでな。ゆえに〝賊〟などと呼ばれているのだが」

どこか頭を抱えた様子で答えると、朔弥は小さく嘆息した。

「盗難、誘拐、拉致、恐喝、襲撃、殺害――なんでもありだ。それなりに力のある妖が集っていることもあって、正直、対処もままならない」

「そんなに危険なんですか？」

「……個体ならともかく、集団で対立すれば相当に大規模な戦になるだろうな」

朔弥がここまで言うほどの相手なんて想像もつかない。そんなに恐ろしい集団が存在しているともなれば、朔弥が危惧するのも当然だと納得する。

ぞわり、と嫌な悪寒が走り、深風は鳥肌のたった腕をさすった。

「すまない。怖がらせる気はなかったのだが」

そんな深風に申し訳なさそうな視線を送りつつ、朔弥は降下し始めた。

眼下に馴染みのある朔弥の屋敷が見えてきて、自然と肩の力が抜けていく。

「心配しなくていい。たとえ戦になっても、天狗族はそう簡単に負けはしないからな。和平同盟を結ぶ四季領がぶつからない限りはどうにでもなる」

ふっと双眸を細め、朔弥は「よくも悪くも」と続けた。

「妖とて学ぶ生きモノだ。四季領争いで火の海になったあやかし郷を知る者は、もう二度とあれを繰り返さぬよう努める義務がある。容易に戦など起こさない」

「朔弥さま……」

「だから、安心してくれ。今後もし身を危ぶまれることが起こったとしても、天狗族は〝盟約の花嫁〟を最優先で守るから」

そのとき、どこか胸の奥の方がつきりと痛んだのはなんだったのか。

（……盟約の花嫁）

たったその一言が、深風の心に影を生む。

自身でも直視できない昏い感情に呑み込まれてしまう前に、深風は朔弥を見つめ、静かに尋ねる。

「──朔弥さま。今回の春の〝生贄〟は、どうして私が選ばれたのでしょうか」

それは深風なりに、とても勇気を出して問いかけたことだった。

けれど、朔弥はなんとも不思議そうな顔をして、きょとりと目を瞬かせる。

「どうして、と言われても──流れてきたのが〝深風〟だったからだが」

「っ……そう、ですか」

朔弥は降下する速度を緩めることなく、だんだんと屋敷へと近づいていた。今この瞬間、どれほど深風が落胆しているかも気がついていないようだった。

(拒否もなにも……そもそも朔弥さまには〝選択〟すらもなかったのね)

冬に求められたときは、むしろ郷の生贄候補がことごとく拒否されたのだ。

最後の最後――霞が流されるまで。

だからこそ、春も〝選択〟の上で生贄を求めるのだろうと思い込んでいた。

しかし、この朔弥の反応を見るに、きっと誰でもよかったのだろう。

深風が選ばれたのは、最初に流された生贄だったから。それ以外に理由はない。

(……なら、なおのこと文乃と変わってよかった)

もしもあのまま文乃が最初に流されていたら、今ここにいるのは彼女だった。

大切な妹に、こんなにも惨めで悲しい思いはさせたくない。

「深風？　なぜ突然、そんなことを……」

「いえ、なんでもないんです。わかっていたことですから」

――朔弥が注いでくれる優しさや思いやりが、単なる〝盟約の花嫁〟ではなく〝深風〟自身に向けられていたら。

そんな期待を持ってしまった自分が、浅はかだったのだ。

（そうよね。私は、あくまで人から妖に対する〝生贄〟だもの。それ以上を望むなんておこがましかった。……愛されたい、なんて、そんなの）

どれだけ彼が深風を大切にしてくれているとしても──それは所詮、人と妖を繋ぐ架け橋としての存在ゆえだ。そこに、純粋な愛があるわけではない。

知れてよかった、と思う。まだ、引き返せるから。

「みか──」

「いつも、ありがとうございます。朔弥さま」

「え？　あ、ああ……」

危うく勘違いしてしまうところだった。彼は最初から、生贄としての──花嫁としての役割を教えてくれていたのに、まるでお門違いな期待をしてしまっていた。

（……ねえ、霞ちゃん。あなたはこれを受け入れたの？）

心のなかの問いかけには、当然、返事はこない。

ずき、ずき、と。胸の奥が小さな痛みをもたらして、深風の感情を揺さぶってくる。

それに気づかぬふりをして、深風は困惑気味な朔弥の視線からそっと目を逸らした。

◇

「……で？　いったいなにをやらかしたんです」

背後に凶悪な深淵を纏わせて仁王立ちした影千代を前に、朔弥は俯いていた。

端座した領主に、見た目だけは子どもの側近が説教をする。なんとも混沌とした図ができあがっているが、実のところこの光景は珍しいものではなかった。

（だが、久しぶりだな……。こうも影千代が怒るのは）

内心ため息をつきながら、少し離れた場所で壁に背を預けて立つ禅をちらりと見遣る。だが、彼はひょいと肩を竦めるばかりで助けてくれる気はないらしい。

「ここ一週間、深風さまの様子がおかしいですよね。若ともほとんど話さないし、話したところで事務連絡のみ。いったいどういう了見ですか」

「どういう、と言われてもな――」

「深風さまは、明らかに若を避けていらっしゃる。遡れば一週間前、息抜きにとおふたりで出かけた日からでしょう。となればあの日、なにかしら若が失態をおかしたとしか思えないんですよ。心当たり、ありますよね？　ね？」

怒濤の勢いで詰め寄られ、朔弥は上半身だけ仰け反った。

小さいのになんたる迫力だろう。禅が父なら、影千代は弟でも兄でもなく母のようだな――と頭の片隅でぼんやりと思う。

もっとも、朔弥の両親は滅多に怒らない温和な天狗であったが。

（なにも心当たりがないわけではないが……）

深風の様子がおかしくなったことには、朔弥とて当然、気がついていた。

（まあ、おそらく、あれだろうな……）

考えるたびにこぼれ落ちそうになるため息を押し殺して、朔弥は口火を切る。

「あの日、深風が訊いてきたんだ。どうして自分を生贄に選んだのか、と」

「……で？　正直、もう答えが予想できますけど、返事は？」

「……どうしてもなにも、流れてきたのが深風だったからだと答えた」

その瞬間、影千代だけでなく禅までもがわかりやすく頭を抱えた。

目眩でも起こしたのか、両手で顔を覆って天を仰ぐ側近たち。朔弥は情けなく眦を下げながら「やはりそれか？」と恐る恐る尋ねる。

「それもなにも……馬鹿ですか？　馬鹿なんです？　そんなのうら若き人の子の乙女にもっとも言ってはならない言葉でしょう！」

「うっ」

「ようは、誰でもよかった——と。そう言っているように聞こえるからなあ。たとえそれが事実だとしても、生贄として捧げられて人生を葬ることになった娘には、まあ、つれえなあ。剥き出しの刃のような言葉だろうよ」

「うぐっ……」

さすがの朔弥でもその返答がよくなかったのだろう、という自覚はある。

彼女の問いかけに、大して考えることもなく馬鹿正直に答えてしまったのは、なんのことはない。あの日、朔弥自身が単純に浮かれていたからだ。

久々の休み、しかもようやく深風とふたりきりで出かけられると思ったら、前日からそわそわと落ち着かなかったほど。我ながら子どもみたいだ。

「花緋金風の盟約に基づく花嫁は〝選ばれた〟者ですが。なにも彼女は、望んでこちらに来たわけではないのですよ」

そこで一度言葉を切ると、影千代は居住まいを正して深く息を吐いた。

「──若なら、わかるでしょう。家族を失うつらさが」

「っ……！」

「深風さまも、深風さまのご家族も、この盟約によって〝日常〟を奪われたんです。ならばせめて花嫁として幸せにしてあげなくては、あまりにも報われない」

朔弥はぐっと爪が食い込むほど拳を握り、顔を逸らした。どうしようもないとわかっていても、その事実を知らしめられると胸がひどく痛んだ。

「人妖大戦乱の禍根は、種の異なりだ。人と妖──どうしたって生きる世界が違う以上はわかり合えないことも多い。いまだに盟約上で尊い命のやり取りが続いていながら、互いの認知がすれ違っているのも問題だが……。まあ、盟約があるからこそ、保たれている秩序もあるんだろう。ったく、ままならんな」

禅は嘆くように言いながら、朔弥のもとへ歩み寄ってきた。

烏天狗らしい大きな手のひらが頭にのせられ、ガシガシと遠慮なく動かされる。

「……俺はもう子どもじゃないぞ、禅」

文句はつけておくけれど、それを振り払うことはしない。

「俺にとっちゃあ一生ガキだよ、てめえは」

今でこそ側近の立場にある彼だが、朔弥にとっては第二の父と言っても過言ではない相手だ。そう諭されると、朔弥はなにも反論できない。

「ともかく、ちゃんと話して早めに誤解を解いてください。これから先、あなたたちは夫婦として生きていかねばならぬのですから」

「……ああ、わかってる」

己がまだ未熟な身だということくらいは理解していた。それだけに、こうして恥も外聞もなく叱ってくれる相手を、朔弥は大事にしなければならない。

朔弥が間違いそうになったとき、こうして禅や影千代が正してくれるおかげで、天狗族という古に囚われた種族を率いることができるのだから。

(──深凪は、俺の情けない弱さを前にしても蔑んだりしなかった)

毎夜のように悪夢を見てうなされていた朔弥だが、深凪と眠るようになってから朝の目覚めがよくなったのだ。まったく夢を見ない日も最近は増えてきている。

きっとそれは、他でもない深風がそばにいてくれるからだろう。

(そうだな……深風はとても温かいから。あの温かさを、損ねるようなことはしたくないな)

ときおり、悪夢のなかでも深風の手の温もりが届くことがある。その温もりを感じると、朔弥は悪夢から脱することができた。

彼女がいるとわかれば、安心する。もう独りではないのだと——実感する。

「……禅、影千代」

朔弥はふたりの名を呼びながら、ふっと微笑を浮かべた。

「俺は、深風がいい。この気持ちがなんなのかはまだ言葉にできないが、少なくとももう他の女を嫁にするなど考えられない」

禅と影千代は、仕方なさそうに——けれど、どこか安堵した様子でうなずく。

(ふたりは、俺を孤独から守ってきてくれた。愛情の向け方を、教えてくれた。俺は自他共に認めるほど不器用だが、おかげで他者の愛し方は心得ている)

だからこそ、そろそろ朔弥も彼らの立場になりたいと思うのだ。

与えられるばかりではなく、与える存在に。

守りたいものを、守れる存在に。

「まったく手がかかりますね。それだから僕たちはいつまでも……――」

　そのときだった。幾多もの騒がしい足音が響き、側近ふたりが瞬時に顔色を変えた。禅が警戒するように朔弥を背中に庇い、影千代が障子の前で構える。

　だが、「若！　若！」と混乱気味に叫ぶ声が届き、影千代は眉間に皺を寄せた。足音が身内のものだと確信したのか、影千代が自ら障子を開け放つ。途端に転がり込んできたのは、屋敷の門番の天狗だった。

「なにごとです、騒がしい」

「今しがた下山の者から連絡がありました！　襲撃あり、援護求むと！」

「襲撃だと？」

　禅が低い声で唸り、門番の天狗はあからさまに震え上がる。

「は、ハグレモノ賊の者が攻め入ってきているようで……っ。下山の者たちで応戦しているようですが、援護要請があるとなれば、なかなか強力な相手だと思われます。現在、偵察隊が先んじて様子を見に出ておりますが――」

「チッ……どうする、朔弥」

「どうするもこうするもない。俺が向かう」

　振り返った禅に淡々と答えつつ立ち上がり、朔弥は弛んだ着物の裾を払った。

　門番の天狗を伝令に出し、厳しい顔をする側近たちへ指示を出す。

「禅はここに残って深風を頼む。俺が行く限り万が一にも上山まで攻め入られることはないだろうが、念の為だ。影千代は俺と来い」

「了解」

「承知しました」

朔弥が長の顔になったからだろうか。保護者から一転、彼らも忠実な側近の態度へと変わっていた。

天狗族はもとより上下関係を重んじる一族。たとえそれが自身の子であったとしても、長には決して逆らってはならない掟のもとにある。

(……俺はもう、あのときのように無念な思いはしたくない。だから、こうして長になったんだ。大切な者たちを守り切れなかった後悔を繰り返さないために)

守りたいものが増えた今、なにも迷うことなどない。

「──行くぞ」

長として、天狗族の頭に立つ者として、朔弥はこの力を奮うのだ。

駆けつけた下山は、すでに悲惨な状態となっていた。立ち並ぶ家屋はことごとく崩壊し、散った天狗の羽や花水木の花弁が砂埃と共に地面を覆っている。

普段は質素ながら泰然と花水木が咲き誇る美しい下山が、見るも無惨な様相だ。

「ずいぶん派手に暴れてくれたな。……渋毘」

応戦していた民を背に、翼を大きく羽ばたかせながら朔弥はそれを睥睨した。

「ようやくお出ましかァ、ボウズ」

「ボウズじゃない。天狗族長もとい春の領主——朔弥だ」

妖は、ある程度の妖力を持てば人の姿を取るモノが多い。その方が本来の姿よりも便利だし過ごしやすいからだ。翼の有無は違えど、天狗族も然り。

しかし、やはりどこにも例外はいる。この妖——渋毘もそうであった。

渋毘は体中におびただしい量の目を持つ、百々目鬼という妖である。

ハグレモノ賊でも上位の妖だが、渋毘は断じて人の姿を取ろうとはせず、むしろそんな妖を人間かぶれだと毛嫌いしていた。今も蜘蛛のような八足歩行で対峙しているが、天狗ひとりを丸呑みできそうなその巨躯はいやに迫力がある。

「相変わらず気色悪い見た目ですね、百々目鬼。いい加減、定期的に下山を荒らしに来るのはやめていただけませんか。修繕費が馬鹿にならないんですよ」

忌々しそうに告げながら、影千代は朔弥に並んで腕を組んだ。

「貴様の生意気な口も変わらんなァ、小童」

「残念ながら、僕はこう見えてもうずいぶんなオッサンですよ。年齢だけでいえばあなたとそう変わらないかと」

そんな百々目鬼相手に、影千代は怯えるどころか涼やかな顔で喧嘩を売る。

「目的はなんですか？　乗っ取りにしては、いささか戦力が足りないようですが」

影千代の言葉通り、渋毘は単身で襲撃を行っているようだった。

仲間を引き連れていないところを見ると、単純に嫌がらせだろうか。

（……それにしても、妙だな。なんだ、この違和感は）

影千代が気を引いてくれている間に、朔弥は周囲に目を滑らせ状況を確認する。

渋毘は妖のなかでも高位に属するモノだ。三大妖ではなくとも、百々目鬼は生まれながらに強い妖力を宿している。

力の弱いモノが集う下山の民にとって、渋毘ほどの妖は間違いなく脅威だ。報告によると、幸いにも命に関わる重傷者はいないらしいが――。

（渋毘が本気を出せば、下山など一網打尽だ。この程度の被害など、単なるお遊び程度に過ぎない。ちょっかいをかけに来ただけか……？）

なんにせよ、警戒は怠らないままに、朔弥は渋毘へ視線を戻す。

「……渋毘。なにが目的だ？　そもそもおまえは春が欲しいわけではないだろう」

あくまで恬然とした態度を貫きながら、朔弥は問う。

「なァに、それは変わらんさ。わしは凱赫に忠誠を誓ってハグレモノ賊にいるわけじゃあない。都合がいいから利用しているだけだ」

凱赫とはハグレモノ賊を率いている妖の名だ。妖のなかでも特異な存在で、四季領がもっとも手を焼いているモノでもある。

「だがなァ、今回ばかりは退屈しのぎになりそうなのでな」

渋昆は耳障りな声でクケケケッと笑う。

「アレに従うのは癪だが、たまには昔を思い出して〝人の子〟を誑かしてみるのも一興だと思っただけの話――っ!?」

話の途中だが、渋昆は突如巻き起こった豪風によって空高く舞い上げられていた。

聞くに堪えなくなって、朔弥が妖術を行使したのだ。

「どう考えても飛ばしすぎでしょう、若。どうするんです、あれ」

「そのうち落ちてくる。そこを仕留めろ」

「いや、まあ楽な仕事ですけどね」

「そんなことより、なにか嫌な予感がする」

巨躯をものともせず、小指の先ほど小さくなるまで空を一直線に上っていく渋昆。

額に手をかざしながら渋昆の行方を追いつつ、影千代は首肯した。

「深風さまには禅さんがついていますけど、どうにも今の言葉はきな臭いですね。普段は単独行動の渋昆が他のモノの関与を匂わせた時点で、僕も少し不安を覚えます」

「仮にこれが凱赫の指示なら油断はできない。……俺は戻るぞ」

「承知しました。あの雑魚は僕と警護隊でどうにかしますので、ご心配なく」

「頼む」

ようやく頂点まで達して落ち始めたらしい渋毘に気を留めることなく、朔弥はふたたび上山に向かって飛び立った。

あまりの速さに豪風が起こり、散らばっていた花弁や羽毛が舞い上がる。

ぽかんとその様子を見届ける民を一瞥し、影千代はどこか不敵な笑みを浮かべた。

「——あれが、今のあなたたちの〝長〟ですよ。よく目に焼きつけておきなさい」

◇

「深風」

部屋でぼんやりとしていた深風は、不意に響いたその声に顔を上げた。振り返ったと同時に障子が開き、えらく険しい表情をした朔弥が入ってくる。

「さ……朔弥、さま？」

こちらの返答の前に彼が無断で入室してきたのは初めてだった。いかにも物々しい雰囲気に息を呑んで、深風は狼狽しながら朔弥を迎える。

最近は必要最低限の会話しかしていなかったからか、久しぶりにまっすぐ正面から彼を見た気がした。だから、だろうか。

（……あれ？）

どことなく違和感を覚えて、深風は戸惑いながら首を傾げる。

「突然すまない。下山がハグレモノ賊に襲われたんだ」

「え？　お、襲われた⁉」

「ああ。ここもいつ奴らが攻め入ってくるかわからない。危険だから避難するぞ」

鬼気迫るその言葉に、深風はぞわりと背筋が凍るような心地になる。

「だ、大丈夫なんですか⁉　民のみなさんは……っ」

「問題ない。とにかく、共に逃げるぞ」

急いでいるからか、あるいは最近の深風の態度に腹を立てているのか。

朔弥は深風の問いかけにいつになくぞんざいな答えを返し、なかば無理やり腕を掴んで立たせた。その強い力により、腕にわずかな痛みが走った。

（……っ、なにかが違う、気がする）

その間にも違和感はますます膨らんでいく。

だって、普段の朔弥はこんな乱暴に深風を扱ったりしない。触れるときは、いつも壊れ物を扱うかのように優しいのだ。

（怒ってる、にしてもこれは朔弥さまらしくない。必要な会話は普通にしていたし、昨日だって夜は一緒に寝て……。今朝だって体調を気遣ってくれたもの。それに、いくら焦っているとはいえ、事情をよく説明もしないで――)

そこまで考えて、深風はほぼ反射的に朔弥から距離を取った。

しかし、不自然なほど強く掴まれた腕はそのまま。決して離すまいとするその手の異様なほどの冷たさに、深風は確信を得た。

「……あなた、誰？　朔弥さまじゃないですよね？」

「――なにを言ってる」

「だって、朔弥さまはこんな乱暴じゃない。下山が襲われているのに、私を優先して一緒に逃げるなんて選択もしない。彼は、すべてを守ろうとする方だもの」

大切な者を失うことに敏感な彼が、優先順位を間違えるわけがない。

朔弥の形をした〝なにか〟を鋭く睨みつけた、そのときだった。

朔弥の背後から「その通りだ」と低い声が響く。同時に煌めいた刃が、容赦なく朔弥の背を斬った。だが斬った瞬間、朔弥は煙に巻かれるように溶け消える。

「っ、禅さん……!?」

「チッ、やはり幻影か」

腕の拘束が解け、緊張が解ける。

その場で崩れ落ちそうになる深風を、禅は危なげもなく支えてくれた。

相も変わらず逞しく頼もしい。胸の内に安堵が広がっていく。

「間一髪ってやつだな。朔弥が出たところを狙うとは姑息な手を使いやがる」

「禅さん、あの、今のは——」

「十中八九、妖術による幻影だろう。しかしまあ、よく見抜けたな。偉いぞ」

ぽんぽん、といつものように頭を撫でられて、深風ははにかむ。

最近は、この子ども扱いも素直に受け入れられるようになってきたのだ。

「それで、下山が襲われたって……あっでも、今のは幻影だから嘘ですか？」

「いんや。残念ながら下山が襲われたのは事実だ。朔弥は今しがた報告を受けて、影千代と一緒に援護に向かった」

「えっ……!?」

「まさか同時に上山まで忍び込まれているとはな。結界に反応はなかったんだが……こりゃ警備を見直す必要がありそうだ」

長の住む上山は、朔弥の屋敷がある他に多くの家臣が住まいを構えている。それゆえ、この非常時だとしても、警備は十分固いはずなのだが。

深風を立たせると、禅は厳しい顔で考え込む。

「ともかく、上山までなにかしら入り込んでいるとするなら、ここも危険だ。なにせ室内じゃ動きに制限がかかるからな。悪いが、裏山まで避難するぞ」

「は、はい——っ!?」

部屋を出ていこうとする禅を追おうとした刹那、不意に腕を引かれた。かと思えば、背後から口を塞がれる。押し当てられたのは、なにか——薬品のような臭いをする布地だった。驚いて吸ってしまった直後、視界がぐにゃりと歪む。

しかし、なぜか禅は異常に気がつかない。それどころか、なにもない自分の隣に視線を落とし、難しい顔で話しながら廊下を歩いていってしまう。

(ぜ、禅さん!? なんで……っ)

困惑したまま「んーーっ！」と助けを求めて叫ぼうとする深風だが、口を覆っているもののせいだろうか。だんだんと意識が混濁してくる。

「まったく……やっと静かになった。手荒な真似はしたくなかったんだけど」

とうとうがくりと膝から崩れ落ちた深風を受け止めたのは、聞いたことのない声の者だった。なんとも中性的で、声だけでは性別すらも判断がつかない。

靄つく視界。遠のく意識。最後の気力を振り絞って首を動かし、その者を見る。

「だ、れ……」

「ん、おれ？ 河童だよ。凱赫サマに言われて、あんたをさらいに来たんだ」

小さな笠を頭に被った彼は、小柄な身体に軽々と深風を抱えた。

大きく揺れたせいか、頭のなかを覆っていた靄が一気に濃く侵食し始める。あまりにも強制的な眠気の誘いに抗うこともできない。

（さ、くや……さま……）

急速に薄れる意識のなか、深風は真っ暗な瞼の裏に浮かんだ彼の名を心で紡ぐ。

「――まあ、おれの興味本位なとこはあるけどね」

その冷淡な言葉を最後に、深風は完全に闇のなかへ呑まれた。


はたしてどのくらいの時が経ったのか、深風は意識を取り戻した。

だが、完全に覚醒しきれない。ひどく靄ついた思考は一向に働かず、妙な息苦しささえ感じた。深い深い水の底に沈んでいるような心地が不快で、深風は唸る。

「あれ、もう起きたの？　お早いお目覚め～」

「あ、なたは……」

その独特な声の主が、深風を襲った者だということはすぐにわかった。

鈍る思考でどうにか状況を確認すれば、どうやら深風は肩に担がれて運ばれているらしい。見たところ深風よりも小柄なのに、足取りはまったくぶれていなかった。

（河童、って言ってたっけ……）

笠を被っているせいで、頭の上に皿がのっているか否かの確認は難しい。

そもそも深風の体勢では、彼の顔すらわからない。かろうじて把握できたのは、笠の下から肩口まで伸びる髪が、苔のような濃い緑青色をしていることだけだ。一本一本が細く繊細な糸のようで、足を踏み出すたびにさらさらと揺れている。

「あなた、なにが目的……？」

ようやく思考が回るようになってきて、深風は額を押さえながら尋ねた。

「さっきも言ったでしょ。凱赫サマに命じられたから。あの方、人なんかに興味ないはずなんだけどねー。まあ、気まぐれじゃない？」

「がいかくさま、って、あなたの仕えてる方？」

「なに、そんなことも知らないの？　ハグレモノ賊のお頭サマだよ。まあおれは、居場所のため使われてやってるだけで、忠誠なんて誓ってないけどね」

むしろ大っ嫌い、と吐き捨て、彼はふんと鼻を鳴らす。

「でも、あんたのこと持ってかないと、冬の子を求められそうだからさ」

面倒そうに続けられたその言葉に、深風は一瞬、反応が遅れた。

「冬の子って……あなた、霞ちゃんを知ってるの!?」

思わずなけなしの力を振り絞って、彼の服を掴む。それに驚いたのか、あるいは深風の言葉に反応したのか、彼はぴたりと立ち止まった。

「……なに？　あんた、あの子知ってるの？」

もともと冷ややかだった態度が、さらに冷徹さを帯びたような気がした。

だが、他でもない霞の話ともなれば怯んでいる場合ではない。

「霞ちゃんは、同じ郷の子よ。知ってるに決まってる」

「ふーん。でもさあ、霞はずっとその郷で蔑まれてたんでしょ」

そう言うや否や、彼は深風をどさりと地面に落とした。思い切り背中から落下したものの、幸いにも積もった落ち葉が緩衝材代わりとなってくれたらしい。

「っ、うぅ……」

それでも鈍い痛みと衝撃に息を詰まらせていると、彼はおもむろに首へ手を回してきた。指の間に水かきがついたその手は、躊躇なく深風の首を圧迫し始める。

「気が変わったよ。凱赫サマに渡す前に、おれが今ここで殺してあげる」

今にもあたりを凍りつかせてしまいそうな、冷え切った双眸だった。

そのとき初めて彼の顔を見た深風は、戸惑いに瞳を揺らす。

呼吸ができない苦しさのなかで、彼の瞳に底知れない怒りを感じたのだ。

水の色を携えた、吊り気味の三白眼。頬から耳にかけて鱗のようなものが浮かんでいる他は、やはり人と造形は変わらない。だからこそ、なおのこと感じ取れた。

怒りや、悲しみ、憎しみ——それらが綯い交ぜになった、負の感情を。

「なっ、んで……っ」

なぜ彼が突然態度を変えたのか、それを思案するほどの余裕はない。このままだと、深風はそう遠くないうちに窒息死してしまう。

なんとか逃れようとしても、まったく身体に力が入らない今、抵抗もままならない。

ただ、それでも、ひとつだけ。

先ほどの彼の言葉には、ちゃんと答えなければならないと思った。

「霞、ちゃん……は——」

ふたたび意識が途切れてしまいそうだった。けれど、意地で自分を駆り立てながらなんとか掠れた声を発する。

「……なに？」

ぴくりと眉を動かした彼は、首の圧迫感をわずかに緩めた。

「わ、たし……あの、子を……助けに……」

「は？　助け？　蔑んでいた奴が？」

「……ちが、う」

そう、違うのだ。

たしかに彼女は郷の多くの民から〝蔑まれていた〟かもしれない。けれど、少なくとも深風は、霞のことを蔑んだことなど一度もなかった。

たとえ彼女が普通とは異なる見目をしていたとしても、関係なかった。そんなことは少しも気にならないくらい、深風にとっては大切な子だった。

「――霞、ちゃんは、私の友達、なの」

年下の、人より少し不器用な、引っ込み思案でかわいい女の子。

それが、深風にとっての霞のすべてだった。

「でも……二年前のあの日、私は、なにも言えなくて。生贄として流された私が、冬に拒否されて戻ってきたとき、霞ちゃんは『よかった』って言ってくれたのに――」

いつの間にか首の圧迫感はなくなっていた。

迷いと困惑が浮かぶ彼の瞳は、息も絶え絶えに山の斜面に押しつけられる深風を捉え、静かに揺れている。そこにはもう我を忘れるほどの怒りはない。

「……霞ちゃんが生贄になるなんて、信じたくなかった。絶対に戻ってくるって、心から祈って待ってたの。戻ってきたら、私も『よかった』って伝えようと思って」

なのに、彼女は帰ってこなかった。

結局、深風は霞に別れの言葉すらも伝えられなかったのだ。

それがずっと、まるで鋭い棘のように胸の奥を刺し続けていた。それはどんな物理的な痛みよりも強く心痛をもたらして、深風を追い込んだ。

「何度、あの日の夢を見たかわからない。ずっとずっと、後悔してた。せめて『待ってるよ』って言えていたら……そんなふうに考えるたびに、苦しくて、胸が張り裂けそうでたまらなかった。だから、私は、春の生贄になったの」

「――霞に会えるかも、わからないのに？」

「もちろん喰われる覚悟はしていたけど……でも、もしそうなったら、同じ運命を辿った者として霞ちゃんのところに行けるでしょう。なにより、あんな思いをするのはもう嫌だったから。私は妹を守りたかったし、なにも迷うことなんてなかった」

見送る側の痛みを知っているから、置いてきた家族には申し訳ないと思っている。されど花緋金風の盟約においては、父や弟たちに妹を守る術はない。ならば唯一その資格を持つ自分が後悔しない選択をしたかった。

「ねえ。あなた、名前はなんて言うの？」

「……菊丸だけど」

「菊丸くん。あなたはきっと、霞ちゃんのことを大事に思ってくれてるのね」

「っ、はあ⁉」

思いもよらない言葉だったのか、菊丸はぎょっとしたように目を剥いた。

「だって、私が霞ちゃんを傷つけてたって思ったから、殺そうとしたんでしょう？」

「そ、それは――」

「すごく安心した。朔弥さまから霞ちゃんが生きてることは聞いていたけど、それでも不安だったから。あの子のことを大事に思ってくれる方がいてよかった」

先ほどの菊丸の言葉は、なにも間違っていない。郷で彼女のことを好意的に思っていたのは、せいぜい深風と郷長くらいのものだった。

　蔑むまではいかずとも、誰しもが彼女を遠巻きにしていた。あからさまに悪意を向ける者も少なくなかった。……彼女は、なにもしていないのに。

「……なに、それ。意味、わかんないし」

　ふるふると震えだした菊丸は、どこか堪えるような表情でふたたび深風の首に手を当てた。けれどそれは、先ほどとは違ってほぼ力が入っていない。

「なんでそうなの？　人って、霞とかあんたみたいに愚かな奴しかいないの？　こんなさ、自分が殺されそうになってるときに他の奴の心配とか、馬鹿じゃない？」

　くしゃりと、彼の幼い顔が悲愴に歪む。

「……菊丸くん」

「もう、ほんと……──っ、な!?」

　こぼれ落とすように口を開いた菊丸が、不意にはっと顔を上げた。

　けれど彼が体勢を立て直す前に、ごうっと勢いよく吹き荒れた風が、菊丸を吹き飛ばす。ほぼ同時に、転がされていた深風の身体がふわりと浮いた。

　飛ばされた菊丸が木に叩きつけられた直後、深風はなにかに包み込まれていた。

　否、なにか──なんて言うまでもない。

「さ、くや、さま……」

「遅くなってすまない、深風」

力の入らない深風をしっかりと抱きとめると、朔弥は自身の腕のなかに優しく閉じ込める。痛ましげに深風の首をそっと指先で撫で、その黄金の瞳に怒りを滾らせた。

「今、片づける。帰ったらすぐに治療しよう」

「え？　片づけるって――」

「無論、俺の花嫁に手を出した愚か者をだ」

嫌な予感がした深風は、とっさに「待って」と朔弥の手を握って引き寄せた。

ぴたりと動きを止めた朔弥が、ひどく心配そうな眼差しで深風を見遣る。

「どうした？　痛むか」

「ち、違います。でも、あの、もういいんです。帰りましょう」

「だが、あの愚か者はまだ生きているぞ」

なぜ止めるのかわからないと困惑した瞳を向けられて、深風はたじろいだ。

かろうじて見えるほどの距離にある木に叩きつけられたらしい彼は、しかしうまく足から着地したのか、幸いにも怪我をした様子はなかった。

（よかった。無事みたい……）

深風と目が合うと、菊丸はなにか言いたそうな顔をした。だが、さすがに朔弥相手では分が悪いと判断したのか、すぐさま踵を返して逃げていってしまう。

「深風」

「いいんです。追いかけないで。許してあげてください、朔弥さま」

菊丸が最後言いかけた言葉が、はたしてなんだったのかはわからない。

けれど、彼が霞を想ってくれているのは感じた。彼女のために怒り、彼女のために深風を殺そうとした彼が、悪い妖だとはどうしても思えなかったのだ。

それに、どんな形であれ霞を大切にしてくれている存在を、殺めたくはない。

「……あの方は、生きていてほしいんです。私の大切な人を大事に思ってくれている方だから。彼を殺してしまったら、きっと霞ちゃんが悲しみます」

「霞とは、冬の花嫁か？　ハグレモノ賊が、冬の花嫁に関係していると？」

たいそう困惑している朔弥に、深風は気後れしながら答える。

「詳しくはわからないのですけど……。でも、彼は凱赫という方のことを大っ嫌いだと言っていたので、なにか事情があるのかもしれません」

「ふむ、凱赫か……なるほど」

「あの、どうか菊丸くんのことは見逃していただけませんか」

深風が引かないと感じたのか、朔弥はいくらか逡巡すると渋々うなずく。

「……わかった、あいつは殺さない。どちらにしても俺は、深風が無事ならそれでいいんだ。それどころか今すぐ帰って治療を受けさせたい」

掴まるよう言いながら、朔弥は深風をしっかり抱き直すと飛び上がる。

もはや、深風にはここがどこかはわからない。けれど、見捨てず助けに来てくれた朔弥に、深風は胸の奥にほの温かいものが宿るのを感じていた。

（やっぱり、朔弥さまはこうよね）

偽物を前にしたからか、なおのこと朔弥の優しさを実感する。

少しの間、距離を置いていたこともあるのだろう。久しぶりに触れ合って直に感じる温もりに泣きそうになりながら、深風はそっと身を委ねた。

（……今は、いい。たとえ私が盟約の花嫁だから守ってくれるのだとしても、朔弥さまが仲間思いで優しい方だってことには変わらないもの）


次に目を覚ましたとき、深風は一瞬、まだ夢を見ているのかと疑った。

目と鼻の先、今にも触れてしまいそうな距離に、朔弥の端麗な顔があったのだ。

混乱する深風に対し、朔弥は丁寧に事情を説明してくれた。なんでも、屋敷に帰る途中に眠ってしまったのだという。

「緊張が解けたんだろう。医者にも診せたが、薬の影響以外は問題ないそうだ。その薬も身体に害はない眠り薬だから、起きる頃には抜けていると。――どうだ？」

言われてようやく、自分の身体が制御できるようになっていることに気づく。

菊丸にさらわれていたときのような重怠さは、もう少しも残っていない。思考もいっさい淀みない。むしろ、よく眠った後の爽快感さえあった。

（朔弥さまの悪夢が心配で起きてしまうことも多かったから、図らずも寝不足が改善されたのかも。心配をかけて申し訳ないけど、すごくすっきりしてる）

もう大丈夫だと伝えれば、朔弥は心底ほっとしたような顔をして胸を撫で下ろしていた。相変わらず心配性が爆発していたらしい。

「――下山から戻ったら、屋敷全体に妖術がかけられていてな。禅を含め、屋敷の者たちはみな幻影を見せられていた」

「幻影、ですか？」

「あの河童だろう。河童は幻影で相手を惑わせるんだ。あれほど大規模な妖術を展開できるところを見ると、さすがに河童族の生き残りだけあるな」

深風は思い出して納得すると同時に、ヒヤリとしたものを感じた。

あれが幻影だと言うのなら、あまりにも精巧すぎる。

「禅から聞いたが……俺の偽物だと、よく気づいたな」

「朔弥さまにしては、乱暴だったというか……。朔弥さまは、いつも私を丁寧に扱ってくれるので、なんか変だなって思って。わかりやすかったですよ」

乱暴という言葉にぴくりと眉を寄せた朔弥。彼の怒りが再燃する前に続ける。

「それに、朔弥さまは民を見捨てて私と逃げようとする方ではないでしょう?」

今になって考えてみれば、決定的なのはそれだった。

なにせ朔弥は天狗族を率いるモノだ。多くの仲間を失った過去を今でもずっと引きずっている、誰よりも仲間思いの〝長〟なのだ。

「朔弥さまは、すべてを守ろうと動く方です。下山が襲われている状況で、助けに出ないわけがない。ふたりで逃げようなんて、絶対に言いません」

毎晩のように悪夢に囚われて苦しむ姿を見ているからこそ、確信があった。

「それは……――だが、結果的に深風をさらわれたんだ。あのとき屋敷に残って深風のそばについていれば、あんな危険な目に遭わせることもなかったのに」

絞り出した声はわずかに震えていて、朔弥のやるせなさが伝わってくる。

おもむろに伸ばされた手が、深風の首元に触れた。心が沈んでいるせいか、いつもよりもひんやりとしていて、ちくりと胸が痛む。

「俺がもっと冷静に状況を判断して行動していれば、こんな痛々しい痕(あと)を負わせずに済んだだろう。だから、あなたはもっと俺を罵っていい。そんなに優しくなるな。未熟で不甲斐ない夫を、そう簡単に受け入れなくていいんだ」

彼が自然と発した夫という言葉に、ついドキッとしてしまう。

だというのに、対する朔弥はひどく痛ましい表情をしている。この温度差を切なく感じるのは、深風が人の子だからなのだろうか。

（……ううん。朔弥さまは、私にとても似てるのね）

後悔に後悔を重ねて、すべての責任をたったひとりで背負おうとする。どれだけ自身の心が傷つこうとも顧みることはない。そうすることが正しいと、おそらくは無自覚的に行ってしまっている彼の姿には覚えがあった。

「朔弥さまは、ちょっと真面目すぎますね」

「……は？」

「私のことなんて気にしないでよかったんですよ。たとえ私が死んでも、あなたが求めれば、江櫻郷は抵抗なくふたたび〝生贄〟を捧げるでしょうし……」

優しさの塊（かたまり）のような彼のことだ。きっと深風が起きるまで、ずっとそうして自分を追い詰めていたのだろう。

「深風」

「花緋金風の盟約は、これから先もずっと有効なんです。どれだけ世間が妖の存在を忘れても、はじまりの郷の人々だけは覚えてる。人と妖の平和のため——盟約を守るために、多少は歪（いびつ）になっても、人妖大戦乱の悲劇を語り継いでいくんです」

「深風、待て」

「ですから、なにも私をそこまで大事にしなくとも——」

「待てと、言っている……！」

ぐいっと勢いよく腕を引かれ、深風は朔弥の腕のなかに抱き込まれた。

突然のことに続く言葉を散らしてしまった深風は、狼狽しながら硬直する。

「それ以上、言うな。勘弁してくれ」

「か、勘弁って……」

「そう突き放されると、どうしたらいいのかわからなくなる。そんなにも俺が夫なのは嫌か？　不満があるなら言ってくれ。直すよう善処するから」

どうにも話が食い違っているような気がした。

抱きしめてくる朔弥は、今にも泣きだしそうな悲愴さを醸し出している。

深風は思わずひえっと慄きながら、慌てて朔弥の背に手を回した。さすがにこのときばかりは、ほぼほぼ泣きだした妹弟をあやすときと同じ気持ちだった。

「この前のも、言葉が足りなかった。俺はなにも花嫁が誰でもいいとは思ってない」

「っ、え？」

「そもそもあの冥楼河は、生贄——花嫁に相応しい者しか通さないんだ。迎える者が本能的に望んでいる花嫁を迎え入れる仕組みになっているから」

深風の思考が、ぴしりと停止した。

（……流されてきた花嫁を受け入れるだけじゃないの？）

今の話が本当なら、領主たちは本能的に〝選択〟していることになる。

「だから、こちら側からすれば、最初もなにも流れてくるのはただひとり。たまたま深風が生贄候補のなかから最初に流されたというだけで、それが仮に何番目であっても、俺の花嫁には深風が選ばれていたはずなんだ」

じわじわと頬が熱を伴うのを、深風は困惑しながら感じていた。

（待って……だったら私、なんだかとても大人げない拗ね方をしていたんじゃ）

「だとしても、盟約ありきの婚姻だ。あなたにとっては望まない結びだし、無理強いはしたくなかった。出会ったばかりの男に懸想しろと言われても、困るだろう？」

「そ、れは……そう、ですね」

「だからこそ、婚姻の儀は後回しにして、ゆっくり距離を縮めていくつもりだった。深風が俺を受け入れてくれるまで、待とうと思っていたんだ」

でも、と朔弥は言いづらそうに一度口ごもり、おずおずと身体を離す。それでも十分近い距離から、やたらと熱のこもった吐息がこぼれた。

「……俺が、待てなくなりそうで」

「さ、くやさま？」

「毎晩、深風が撫でてくれるおかげで、悪夢も怖くなくなった。休憩時に深風と過ごす時間が待ち遠しくなった。毎日がそうして彩られていくから……情けないが、俺の我慢が利かなくなりそうで、最近は正直、焦っていた部分もある」

不意に朔弥が頭を垂れて、コツンと額と額が合わさった。

もはや自分が真っ赤になっていることは、確信していた。触れ合った箇所からさらに互いの熱が混じり合い、次第に同じ体温になって溶け合っていく。

「深風になにかあったらと……気が気じゃなかった。禅の手を振り払って、ひとり屋敷を飛び出した俺の気持ちがわかるか？」

……全身に響く忙しない心臓の音が伝わってしまいそうで。

子どもみたいな拗ね方なのに、そこにはどうしようもない色香が漂う。あまりに直球なそれに呑まれそうで、深風はきゅっと目を瞑った。

（こ、こんなの聞いてない……っ）

喰われる覚悟こそしていたけれど、こんなにも焦がれられる覚悟はしていない。

だって、これではまるで……まるで、愛されているみたいだ。

「首を絞められている深風を見つけたとき、不覚にも一瞬、自分を見失った。あんなにもなにかを消し飛ばしたいと思ったのは、生まれて初めてかもしれない」

「す、すみません」

「謝るな。深風はなにも悪くないだろう。──それより、目を開けてくれ。その顔は、少し……精神的にくる。いや、というか俺は、なんて話を深風に聞かせて……」

朔弥はしどろもどろに深風から離れると、顔を逸らして頭を抱えてしまった。

どうにも暴走しているらしい。ようやくそう悟った深風は、堰き止めていた呼吸をどうにか再開し、暴れ回っている心臓を服の上から押さえた。

(朔弥さまって、もしかして天然……っ?)

「ともかく、深風。そういうことだから心配しなくていい」

「ど、どういうことです?」

「ちゃんと待つってことだ。深風が俺を受け入れてくれるまで、いつまでも。ほら、深風も以前、互いのことをもっと知りたいと言ってくれただろう?」

たしかに言った。が、まさか今、それを持ち出されるとは思わなかった。

(助けに来てくれたときの朔弥さまは、あんなにかっこよかったのに。やっぱり、朔弥さまってときどき子どもみたいな方ね……)

その必死さは一周回ってかわいく思えてくるほどだ。もともと年下を相手にすることが多かったからか、どうにも深風はこういうタイプに弱い節がある。

(でも、こんな朔弥さまだからこそ、支えたいって思うのかも)

思わずくすりと笑ってしまいながら、深風は朔弥に向き直った。

「そうですね、朔弥さま。私たちのペースで夫婦を作っていきましょうか」

「っ、ああ。深風が俺でいいなら」

「またそんなことを仰る。朔弥さまだから、ですよ」

冥楼河に生贄として流されるときには、微塵も想像していなかった未来だ。

けれど、少なくとも今、深風はこの現実にほのかな幸せを感じている。叶うなら、故郷の家族に春の花嫁になったことを報告したいくらいには。

心配いらないと、私は幸せだと、そう伝えられたらどんなにいいだろうか。

(でも、人と妖の未来もどうなるかわからないものね。霞ちゃんのことも、朔弥さまのことも……知りたいことはたくさんあるけど、焦っても仕方ない)

深風の〝春の花嫁〟としての人生は、まだまだ始まったばかりだ。

だからこそ、深風は改めて自分の心に言い聞かせる。

(——人と妖の秩序と平和のため、花緋金風の盟約に基づき、きっとそのお役目を果たしてみせます。〝春の生贄〟……もとい、〝春の花嫁〟として)

あの日、郷長に誓ったときとはまったく異なる心持ちで誓い、顔を上げる。

「……深風、ひとつだけ。やっぱり耐えられないから、これだけ伝えさせてくれ」

「はい、朔弥さま」

「好きだ」

それは、あまりにも直球でまっすぐな、捻れのない想いだった。

(きっとこの方が向かう先は、笑顔がたくさん咲き誇る優しい未来ね)

ならば、深風も彼の隣でその未来へ向かって歩いていこう。そうしていつか、この盟約の婚姻を忘れるくらいに、彼を愛せたらいい。

深風は彼の黄金の瞳を見つめ返しながら、ふわりとはにかんでみせた。

夏幕　緋衣草

冥楼河を抜けたと確信したとき、希夜は清々しい解放感を覚えた。まるで憑き物が落ちたかのような晴れ晴れとした気持ちで、小さくガッツポーズを決める。

（勝った！　これで馬鹿馬鹿しいあの家とおさらばできる……！）

ようやく叶った念願を切々と噛みしめる。

生贄として流されている最中とは思えぬ行動だが、それも致し方ない。

希夜にとっては、実家がある江櫻郷から出られたことが最大の喜びなのだ。

たとえどんな形であったとしても、実家の魔の手が届かない場所まで逃げ延びてしまえばこちらのもの。鎖から放たれた希夜に待っているのは、自由のみ。

命令など――〝お役目〟など、知ったこっちゃない。

（もちろん、大人しく生贄になるつもりもないけど）

江櫻歴一一九五年。

――先日、江櫻郷はおよそ二年ぶりに、幽世から生贄を求められた。

四年前の冬、二年前の春に続き、三度目。この近年のうちに相次ぐ盟約執行に、江櫻郷はよもや不吉の前触れかと不穏な空気に包まれている。

とりわけ今回の〝夏〟からの盟約執行は、江櫻の民を騒然とさせた。なぜなら、夏はもう三百年以上も生贄を求めてきていなかったからだ。

当然、現存する民のなかに、夏の盟約執行を経験した者はいない。最老である郷長ですら初体験のことに、人々の警戒が深まるのも無理はなかった。

（……緋衣草ノ里、ね）

希夜は現在、花嫁衣装である色打掛を身に纏って、夏を示す花――緋衣草に囲まれながらゆらゆらと冥楼河を流れている。

いよいよ生贄候補になり、つらい思いを募らせているかといえば、まったくそんなことはない。むしろ、胸を高鳴らせていた。なにせ過去に冬と春の地から生贄を求められたときも、候補から外れていたことに歯がゆい思いをしていたくらいだ。

基本的には若い年齢の者から先に流されるなか、わざわざ自分から第一候補として手を上げたのも、すべてはこのときを待ち望んでいたからに他ならない。

（でも――わたしを生贄に選ぶなんて、本当にどうかしてる）

一向に河畔へ戻る気配がないところを見ると、希夜は無事に選ばれたのだろう。

あの家から、この面倒なしがらみから解き放たれるためなら、希夜はなんでもする心意気だった。たとえ見据える世界が変わろうとも、問題はない。

――苦境を生きていく術なら、この十七年、死ぬ気で身につけてきたのだから。

「……あ、枝垂れ柳」

次第に濃い霧が晴れ始め、希夜の目に流麗な柳道が映った。

清涼な空気が肺に満ちるのを感じながら、その澄み渡った気に息を呑む。いっそ肌寒さを覚えるほど、ここには穢れに連なるものが感じられなかった。

（こんなに邪なものがない場所なんて、清められた直後の神社くらいなのに）

だが、呑気に驚いている暇もなさそうだ。

進む道の先――方舟の終着点には、何者かが佇み、希夜を待っていた。

輪郭を帯び始めたそれに、希夜は目を細めて膝立ちになり、戦闘態勢に入る。

この花嫁衣装は信じられないくらい動きにくいが、まあ、術を一発打ち込むくらいならばできなくはない。いっそ脱ぎ捨ててしまいたいけれど、この小さな方舟の上ではむしろ足を取られそうなのでやめておく。

だが、構えていた希夜は、次の瞬間、思いがけない経験をすることになった。

それが起こったのは、希夜の目がはっきりと彼らの姿を捉えたのと、ほぼ同時。

（っ……なに？）

ドクン、ドクンと……――。

いつもは滅多なことでその音を乱さない心臓が、激しく脈打ち始めたのだ。

脳天から爪先まで雷に貫かれたのかと錯覚するほどの痺れが走り、呼吸が一気に浅くなる。それは、なにかに強く叩きつけられたような衝撃にも似ていた。

耐えきれず、希夜は両手で胸を押さえてうずくまった。

一方で、頭のなかは人生最大級の焦燥に駆られていた。動くこともままならない危機的状態のまま、敵が待つ河畔に着いてしまったのだから無理もない。

（やられる前に、やる――！）

なかば無意識に袖から札を取り出し、なにか口を開きかけていた彼らに対して、ほぼ投げやりな術を放つ。呪言を唱える余裕もないので、完全に自身の霊力任せだ。

だがそれは、思いがけず彼らの前でぱっと霧散した。否、かき消えた。

「……え」

一瞬、なにが起こったのか理解できなかった。かろうじてわかったのは、術が届く寸前、河畔に立っていた男がなにやら小バエでも払うような動きをしたことだけ。

「っ……な、んで」

信じられないものを見てしまった希夜は、呆然と立ち尽くし、そして脱力する。

それがいけなかったのか、揺蕩っていた方舟が大きく傾いた。あっと思ったときには、希夜の身体も不可抗力で水面へと倒れていく。

そのまま、ぼちゃんと河に落ちた希夜は、水中でなにやら特殊な悲鳴を聞いた。

「お、おねえさま〜〜〜っ!?」

ずぶずぶと沈みながら――しかし、すぐに背が水底につく。

落ちたといっても、そこはせいぜい希夜の腰くらいの浅瀬だった。

とはいえ、瞬く間に水を吸い込んでいく着物は錘も同然に重たいし、なにより先ほどの光景が信じられなくて、希夜はそのまま現実逃避を始める。

どこまでも透き通った水は、やはり空気同様に澄んでいた。

（……あー、嫌になるほど綺麗な水）

たとえ妖相手だとしても、そう簡単に負ける気はなかった。

祓い屋の家系に生まれた者として、これまで馬鹿馬鹿しいほど修行に励んできたのだ。妖を、人ならざるモノを滅するために生きてきたといってもいい。

だというのに、先ほどの、アレはなんだ。

とっさとはいえ、渾身の術をあんな呆気なく払われたとあっては、もはやこちらで生き延びる術などないと知らしめられたようなものだ。

どうにか逃げ延びて、自由気ままに暮らしてやろうと思っていたのに。

冥界だか幽世だか知らないけれど、さすがに挫折まで早すぎでは――。

と、そこまで考えた希夜は、唐突に水面を破って伸びてきた腕に抱き上げられた。

ざぶんと勢いよく浮上し、身体が求めていた酸素が肺へ流れ込んでくる。四肢を力なくぶら下げたまま、希夜は自分を抱き上げた彼をじっとりと見つめた。

「……溺れたわけではなさそうだな？」

「まあ。少し揺蕩っていただけ」

端的に答えると、男の傍らに立っていた女子が目眩を起こしたように天を仰いだ。

「お、おねえさま、相変わらず行動が突飛すぎますわ……」

先ほどの妙な胸の高鳴りは、いつの間にか鳴りを潜めている。水の静謐な冷たさのおかげか、あるいはそれを超える衝撃に見舞われたからか。

彼らはそれはよく似た男女だった。絹で紡がれたような美麗な銀髪も、左右で色の異なる紅と蒼の瞳も、額から出るふたつの漆黒の角も。

美男美女の組み合わせはなんとも麗しく、希夜は直視をやめて目を逸らした。

（人外……人ならざるモノ……妖……）

彼らが〝人〟でないことは疑いようもないだろう。まあ、完全に人の領域を超えた絶美な容姿だし、そもそも纏う気からして人ではない。

おそらく妖力と呼ばれるそれを改めて感じた希夜は、不服ながらも納得する。

――かつて、人妖大戦乱で、人が妖に負けた理由を。

（……馬鹿みたい。そもそも戦いにすらなってないじゃない。こんな妖がうじゃうじゃいたら、一方的な殺戮になるに決まってるのに）

これほど膨大な力を持つモノを祓おうなど、なんておこがましい。

かつての人間はそんなこともわからないまま、妖との戦に踏み切ったのだろうか。

「ほんと人って、救いようもないほど愚かかね……」

思わずそうつぶやいたとき、希夜を抱えていた男がくつくつと笑いだした。

「……ああ、そうだな。愚かだ。人とは愚かな生き物だ。やはりおまえは変わらぬな」

「はい？」

「待ちわびたぞ、俺の最愛」

まったく意味のわからないことを告げた美貌の男にふたたび術を投げかけてしまったのは、もはや完全に不可抗力だ。術者としての脊髄反射だった。

術者……もとい祓い屋は、往々にしてこう教え込まれるのだ。

──生き抜きたいのならば、危険そうなモノはひとまず祓っておけ、と。


──希夜は、江櫻郷に本家を構える、とある術者の家系に生まれた。

かつての人妖大戦乱で、人軍を率いて妖と対峙した祓い屋の一族だった。

はじまりの郷──江櫻郷にあるからこそ潰えなかった、古の醜い産物。

人ならざるモノを憎み、その存在を滅することが正義だと信じてやまない者たちが集まった魔の巣窟こそ、希夜が生まれてしまった場所だった。

『幽世に渡り、一匹でも多くの妖を滅しろ』

だが、そんな命令を受けて流された生贄は、今こうして夏の花嫁として三大妖の一派である鬼に嫁入りしてしまった。

まったく、人生なにが起こるかわかったものではない。

（しかも、わたしがかつての夏の花嫁の生まれ変わりって。ほんとなに？）

出会ってまもなく希夜を『最愛』と呼んだ鬼――夏の領主、和月によれば、希夜はかつて彼が愛した花嫁、多希の魂を持って生まれた者らしい。

そうは言われても、希夜に多希だった頃の記憶はいっさいなかった。おかげで夏の地へ来てふた月が経つ今も、まったく実感は湧かないままである。

「多……――希夜。ここにいたのか」

のんびりとお茶を啜りながら、もはや懐かしく感じる和月との出会いの日を思い返していれば、タイミングよろしく彼が顔を出した。

その表情にはわかりやすい不満の色が滲んでおり、希夜は嘆息する。

「どうしたの？　なにか用だった？」

「どうしたもこうしたもない。常日頃から俺のもとを離れるなと、いったい何度言ったらわかる。そろそろ鎖で縛りつけるぞ」

「同じ屋敷内にいるでしょうが。わたしだって、たまにはひとりになりたいの」

「茶が飲みたいなら俺のもとで飲めばいいだろう」

もはや隠すこともなく、希夜の口から深いため息がこぼれ落ちた。

「そんなに監視しなくても逃げないし。というか、逃げられないし」

「だとしても、人の子は脆い。なにがあるかわからんだろう。ゆえに俺の視界に入れておかねば、仕事もなにも手につかんのだ。いい加減、理解しろ」

人外よろしい美貌の持ち主である和月だが、中身はだいぶ面倒な男だった。

この執着と独占欲には、さすがの希夜も心労が募る。

（まさか幽世に来てべつの鎖をつけられることになるとか、想定外すぎるでしょ）

朝から晩まで、もはや彼のパーツの一部かと思うほど連れ回されている。どこへ行くにも、なにをするのも、和月と共にしなければならないのだ。

こうして、ほんの少し彼の前から姿を消すだけでも説教を食らうので、希夜はもはや和月に知られていないことなどなくなってしまったかもしれない。

「まあいい。少し外に出るぞ。支度しろ、希夜」

「どこへ？」

「松芭の薬が切れそうだから買いに行く」

「ああ……松芭さまの。わかった」

松芭とは、和月の前代――つまり、かつて鬼族の長だった鬼の名だ。

故老の妖で、病を患ってからは長の座を譲り床に臥せているらしい。

必要最低限の者しか屋敷に住まわせない和月が、唯一、信頼を置く者でもある。それを知っているから、希夜も松芭のことは無下にできなかった。

（とはいえ、この生活によくも悪くも馴染んでるあたり、わたしもだいぶ肝が据わってるよね……）

自身の順応性に嫌気がさしながら、希夜は楚々と立ち上がる。

（そういえば、深風さんや霞さんはどうしてるのかな。きっと同じように嫁入りしてるはずだけど、まさかうちみたいな感じではないだろうし）

先に生贄となったふたりとは、いまだに再会できていなかった。

まあ、深風はともかく霞はほぼ個人的な関わりがないため、再会しても困ってしまいそうだけれど。それでも、なにかと噂の渦中にいた彼女に興味はある。

「どうした、希夜」

そんな考えごとに耽っていれば、不意に腰を屈めた和月に顔を覗き込まれた。

唐突に視界を埋めた秀逸な美貌に、一瞬、呼吸が止まりかける。

「っ、なんでもない」

一歩ゆらりと後退りながら、乱れた呼吸と心音を落ち着ける。

いつものことだが、相も変わらず距離が近い。

どうしてこうも無駄に顔がいいのか、甚だ疑問だった。仮にも鬼ならば、もっと伝承通りに凶悪で禍々しい見た目をしていてほしい、と希夜は切実に思う。

（……心配されるのも、甘やかされるのも、慣れてないのに）

――前世が多希だった。

　ただそれだけで受け入れられている現状が、希夜はずっと解せずにいる。

　なにも覚えていない前世の自分など、もはや赤の他人だ。知らない人の話を知っている前提で話されたところで困惑するし、正直、あまりいい気持ちはしない。

（やっぱり、わたしってこういう縛られる星の下に生まれたのかな）

　自分を通して多希を見られるたびに、否応なく居心地の悪さを感じる。身の置き所がわからなくなるような、妙な危機感を覚える。

　それでもこうして嫁入りしてしまった以上、選択肢はない。

　──だって、盟約に基づき捧げられた生贄である希夜には、もうここしか生きていく場所が残されていないのだから。


　人が緋衣草ノ里と呼ぶそこは、幽世において鬼里と呼ばれている。

　領地を支配しているのは、鬼の一族。和月はその鬼の頂点に立つ者だ。

　そして、鬼は主に三種族──本能的な赤鬼、理知的な青鬼の他、両者の混合である黒鬼に分かれる。だが、この色の違いはさして重要ではないという。

　鬼の、ひいては妖の世界で重視されるのは〝強さ〟であった。

　力こそすべて。もっとも強い者こそが〝長〟に相応しいとされている。

　数百年以上も和月がその座を譲らないのは、彼が鬼のなかで群を抜いて強い妖力を宿しているからに他ならなかった。

それゆえに彼は、絶対的な長であると同時に、果てしなく孤独なのだろう。和月が里を歩いていると、どの鬼も膝をついて頭を垂れる。目を合わせることすら恐ろしいと言わんばかりに、誰も和月の姿を視界に留めようとはしない。話しかけてくる者などいるはずもなく、こうして共に里を歩いてもなお、希夜が民の者と会話をしたことは一度たりともなかった。

(まあ、たしかに……里を歩いてると、和月がどれだけ強いのかわかるけど)

出会い頭に術を投げつけたことで、身に染みて感じたことではある。それでも鬼の平均的な妖力を知った今は、なおのこと実感するのだ。

――圧倒的なまでの、彼の強さを。

(……一族の長なのに、こんなに孤独なんて、変なの)

鬼里は古きゆかしい日ノ本を彷彿とさせるような街並みだ。

茅葺き屋根の平屋が立ち並び、食事処や甘味屋の他、装飾屋などの露店も多い。里を囲むように小川が流れており、水車の廻る音が穏やかに響く様は平和そのものだ。なんとなく、江櫻郷の雰囲気に似ているところもある。

だが、その雅な風景に不協和音を生んでいるのが、緋衣草の赤だった。

目が覚めるようなその色は、里内のあちこちに咲き綻び、独特な禍々しさを生んでいる。どう考えても浮いているのに、鬼は花をとても大切にしているようだった。

――和月の部屋には、なぜか赤ではなく、青い緋衣草が飾られているけれど。

「希夜」

「っ、なに？」

「離れるな」

ほんのわずかに遅れただけにもかかわらず、目敏く気がついたらしい。断りもなく希夜の手を取った和月に、軽く隣まで引き寄せられる。

そのまま歩き出した和月は、仮面を張りつけたかのように無表情だ。今に始まったことではないが、この男は本当に始終なにを考えているのかわからない。

里を歩くときは、とくにそうだ。民には一瞥もくれずに自身の用事のみを淡々とこなして屋敷へ帰るので、希夜は正直あまり楽しくない。

（……手を繋いだってそんな顔じゃデートにもならないのに。現世なら真っ先に振られる男よね。もっとこう、楽しそうにするとかないの）

心のなかでぐちぐちと毒づきながら、希夜はむっすりと唇を引き結ぶ。

べつに、特別ななにかを求めているわけではないのだ。けれども、こうした和月の歪さは希夜から純粋な乙女心を奪っていく。

「邪魔するぞ、菫三」

途中で甘味屋に寄り道することもなくまっすぐに向かったのは、薬屋だ。定期的に松芭の薬を買いに来ているため、希夜も和月に連れられ何度か訪れたことがある。

柳染の暖簾をくぐった和月は、そこでようやく希夜の手を離してくれた。

「おや、御頭さま。奥方さまも。ようこそいらっしゃいました」

「ああ。……希夜は店でも見ていろ。外へは出るなよ」

「わかってるよ」

薬屋の主人——董三は、和月を認めると穏やかな微笑みを浮かべて腰を上げる。彼だけが民で唯一、和月を恐れず対話する者だった。

なんでも、もともとは長の屋敷勤めの医者であったらしい。和月とも古くからの付き合いで、医者を引退した後はこうして里で薬屋を開いているのだという。

「いつものを頼む」

「承知しました。調剤に少々お時間いただきますが、お急ぎではないですか？」

「問題ない。ところで、最近里内は変わりはないか」

「そうですねえ。とりわけ目立ったことはありませんが、強いて言えば……——」

馴染みの董三の前だと、和月もいくらか表情が和らぐ。

ここに来るたびに里の様子を尋ねて異常がないかを確認する和月は、一見興味がないように見えても、しっかり長の役目を果たしているのだろう。

話しながら店の奥へと入っていく彼らを見送って、希夜は薬屋の店内を見回した。

壁一面に広がる小棚には、多種多様な薬草が所狭しと収められている。菫三は患者の容態を診て、その都度合ったものを調剤しているという。

単品で効果のある薬草や癒し効果のある匂い袋なども販売しており、店内はそれらが混ざりに混ざって、なんとも脳が痺れるような香りがする。

(ここ……ずっと嗅いでるとくらくらしてくるんだよね。というか、あっつい)

鬼里は、さすがに夏の地らしく常に気温が高い。だが日ノ本とは異なり湿気は少なく、存外さっぱりとした暑さではある。

盆地ゆえに豊穣の地とされ、幽世の土の性質も相まって作物もよく育つ。おかげで薬草にも困らないのだと、前回来たときに菫三が笑っていた。

(調剤にはしばらくかかるだろうし、わたしもちょっと休んで……──)

少し外の空気を吸おうと暖簾を上げた、そのときだった。

「お、おやめくださいでし……っ！」

どこからか聞こえてきた悲鳴に、希夜は驚いて店を飛び出した。

里を歩いていた鬼たちがぎょっとしたように固まっているが、そんなの今はどうでもいい。見渡す限りでは、先ほどの声の主は見当たらなかった。

だがすぐに、ふたたび「ぎゃんっ！」という痛々しい声が聞こえて、希夜ははっと振り返った。その声を追って店の裏手の方へと駆けていく。

「お、おやめを……っ」

「うるせーんだよ！　小鬼のくせにでしゃばりやがって」

「最下級のくせにおれたちの前に出てくるんじゃねえ！」

「ぴぇぇ……っ」

――鬼には、赤鬼、青鬼、黒鬼のなかでも、特異な〝小鬼〟が存在する。

小鬼は総じて妖力が弱く、大きさも希夜の手のひらほどしかない。その姿はとてもかわいらしいのだが、妖力を重視する鬼族では常に虐げられている存在だった。

（ほんと、理解できない……っ！）

頭に生える角の色からして小青鬼だろう。ぼろぼろになりながら、寄って集って蹴られている彼を目にした途端、希夜は全身の血が沸騰するような心地を覚えた。

蹴っているのは鬼の子どもたちだ。希夜より幼い見た目だが、人と時間の刻み方が異なる妖では彼らの方が年上かもしれない。

だとしても、そんなことはいっさい関係なかった。希夜は姿勢を低くして駆ける。

「汝　人ならぬ影よ　御前に動を禁ず　掴み封じるは是　召しませ！」

懐から取り出した数枚の札を手に唱えるのは、古より受け継がれてきた呪言だ。

紡いだ言の葉に乗せるように霊力を流し込む。――同時に大きく腕を振りかぶったところで、ようやく彼らは希夜の存在に気がついたらしい。

慌てて逃げようとするが、もうすでに遅い。

希夜の命を受けた札は形代となり、一直線に鬼の子どもたちへと飛んでいく。札が貼りついた者から順に、ばたんばたんと転ぶように倒れた。

「ちょっとそこで反省してなさい」

まるで全身が硬直してしまったかのように動かなくなる子どもたちを一瞥し、希夜はまっすぐに小鬼のもとへ向かう。

可哀想に、体のあちこちから血を流した小鬼は、希夜を見上げて呆(ほう)けていた。相当驚いたのか、目も口もまん丸に開いていて、絶妙にまぬけな顔だった。

「ねえ。あなた、大丈夫?」

思わずその顔に吹き出しそうになるのをこらえながら、希夜は尋ねる。

「わたしはなにもしないよ、怖がらないで」

「ひ、え……う、うっ、うわあああん」

堰を切ったように泣きだしてしまった小鬼を、そっと両手で抱き上げる。傷が痛まないように気をつけながら胸元に引き寄せて、希夜は立ち上がった。

「はいはい。もう大丈夫だから」

鬼の子どもたちはみな、恐怖に引きつったような表情だった。なかには大粒の涙を流している子もいる。けれど、希夜は厳しい顔を崩さぬまま、彼らに歩み寄った。

「……あなたたち、こんなことしてなにがしたいわけ？」

彼らは今、希夜がかけた術の効果で、指ひとつ動かせない状態になっている。

これは、人ならざるモノを一時的に縛りつけ動きを封じる呪縛の術。

この鬼たち程度の妖力で対抗できるものではない。なんなら希夜の煮えくり返った怒りも孕んで、相当に強固な呪縛がかかっているはずだ。

「なんの抵抗もできないこの子を痛めつけて、なにになるの？　楽しい？　そんなことして満たされた自尊心なんて、あまりにも滑稽だと思わない？」

「ひ、ひえ……お許しを……っ」

「……あなたたちが今味わってるその気持ち以上に、この子は恐ろしい思いをしたのよ。こんなにぼろぼろになるまで、一方的に痛めつけられて」

冷淡な声で追及している間にも、周囲がざわつき始めているのは感じていた。

この子どもたちの親だろうか。駆けつけてきた数名の鬼たちが子どもたちに寄り添ったかと思うと、顔面を蒼白にしながら地面に膝をついた。

「も、申し訳ありませぬ！　愚息がなにか失礼をいたしましたようで……っ」

「と、父ちゃん！　おれ、こいつ――じゃない、この方にはなにもしてねぇよ！」

「そ、そうだそうだっ！　おれたちは、その小鬼で遊んでただけで――」

「黙らんか！　よりにもよって御頭さまのお嫁さまのお怒りに触れるなどっ！」

「死にたくなかったらその口を閉じなさい、この阿呆息子！」

混沌とし始めた状況に、希夜は額を押さえてげんなりとため息をついた。

子どもたちがまったく反省していないどころか、悪いとすら思っていないところはもちろん問題だが……。

（……親も親ね。事情を聴きもせず、子どもたちが悪いと決めつけて。まあ、あれだけ悲鳴があがってたのに誰も駆けつけなかったのを見ると、鬼の認識では当然のことなのかもしれないけど）

おそらく、この場において異常なのは、希夜の方なのだろう。

里でも鬼同士の諍いはよく起きていると聞く。力の誇示は、得てして彼らの文化のひとつであり、秩序が保たれるためには必要不可欠なものなのかもしれない。

（ほんと……一生、理解できそうになくて困る）

ほんの数名だが、希夜に敵意を抱き、力を発する機会を窺っている者がいた。その気配を敏感に察知して、希夜は小鬼を守るようにさらに抱き込んだ。

（……この数を相手にしても、和月ほどじゃない。いくらでもいける）

――より多くの妖を滅しろ。

幼い頃から染みつけられてきた〝命〟が、ほんの一瞬、頭を掠める。

されど、もしもそんなことをすれば、希夜もまたこの子どもたちと同じだ。強者が弱者を力で蹂躙(じゅうりん)することほどくだらないものはない。

それに、当初こそ未知のものとして構えていた希夜も、今は妖に対してそこまでの敵意はないのだ。できることなら荒事にはしたくなかった。

(そうだよ。わたしは、あの家の大人たちみたいにはならない)

希夜は自分に強く言い聞かせ、心を落ち着けた。いっそのこと全員に〝正しい力の使い方〟を教え込みたいという思いは、ぐっとこらえておく。

もし攻撃を加えられたら呪縛返しくらいにしておこう。さすがに札が足りないから霊力派形式で――と希夜がシミュレーションし始めた、そのとき。

「そこまでだ」

不意に、場を一喝する声が響いた。

鬼たちが異様に俊敏な動きを示し、いっせいにその場に膝をつく。それは条件反射と言っても過言ではない動き方だった。騒音も水を打ったようにぴたりとやむ。

「和月……」

鬼たちの顔がなくなり、綺麗にさっぱり晴れた視界。狭い店脇の道に集まる鬼たちを挟んだ向こう側に、和月が立っていた。

彼を中心に溢れ出る絶対零度の妖力波は、希夜の方までびしびしと伝わってくる。

それにあてられたのか、近くにいた鬼は揃って失神していた。

「退け」

和月がそう一言発すると、鬼たちはいっせいに左右へ避けた。

一瞬にして作られた希夜へ繋がる道を通り、和月はつかつかと希夜のもとへとやってくる。斧でも振り下ろしたのかと思うほどの、深い眉間の皺を携えながら。

「和月、顔が凶悪なことになってる」

「おまえのせいだろう。俺は店から出るなと言ったはずだが？」

「それは……ごめん。でも、この子の悲鳴が聞こえたんだもん」

答えながら、希夜は離すまいと小鬼をぎゅっと抱きしめる。小鬼は手のなかでぶるぶると震えており、和月の視線から逃れるように顔を埋めていた。

「……小鬼か」

「うん。その子たちに虐められてたの。……ほら、こんなに怪我もしてる」

「菫三に診せて治療してやれ」

「え、いいの？」

和月もまた、他の鬼たちと同様に小鬼を見下しているとばかり思っていたのに。

予想外の言葉に希夜が目を瞬かせると、和月は暗然とした表情で嘆息する。

「いいもなにも、小鬼とて同じ夏の民だろう」

「で、でも、鬼って弱いモノには厳しいんでしょ？」

「俺は〝鬼の長〟であり、この地の領主だ。民を守りこそすれ、傷つけ痛めつける趣味はない。……ここは引き受けるから、おまえは店に戻っていろ」

言外にこの場を離れろと言われたことを察して、希夜は素直にうなずく。

「そっか。ありがとう、和月」

——今の和月の一言で、靄ついていたものがすべて吹き飛んだ気がした。

走り出しながら、希夜は緩んだ頰を必死で引きしめる。胸の奥がきゅっと切なく縮まって、冷めきっていた感情がほのかに温もりを帯びていく。

（……そういうとこは、びっくりするくらいかっこいいのに）

心のなかでごちながら、去り際に子どもたちの術だけは解いておいた。

「あなたたち。次に同じことしたら、今度は容赦しないからね」

一応そう言い添えれば、子どもたちも親鬼もさらに血の気を引かせた。

まあ鬼たちの反省を促すことは難しいかもしれないが、あとは和月がどうにかしてくれるだろう。希夜も感情に流されて、ついやりすぎた自覚はある。

（でも、正直ちょっと見直したかも）

なんとなく誇らしい気持ちになりながら、希夜は董三のもとへと走った。

小鬼の名は弥栄というらしい。どうやらもともと泣き虫なタチなようで、菫三に傷の治療をしてもらっている間もずっと泣いていた。

「貴様……いったいいつまで泣いている？　いい加減、外に放り出すぞ」

事態を収拾した和月が戻ってきてもなお、一向に泣き止む様子はない。

さすがの和月も苛立ちを募らせ、その首根っこを摘まみ上げる。

「ちょっと、和月。やえたんのこと虐めないで。わたしが連れて帰るんだから」

「やえた……ん？　連れ帰るだと？」

「弥栄だからやえたん。やえたん、住んでた場所が荒らされて家がなくなっちゃったんだって。だから、連れ帰ることにしたの」

えぐえぐと嗚咽を漏らしながら、弥栄は自分のことを話してくれたのだ。

数ヶ月ほど前、住んでいた場所が唐突に何者かに荒らされ、小鬼仲間が何名かやられてしまったこと。その場はもう住める状態ではなく、小鬼たちはみなそれぞれ新たな住処を見つけるために散り散りになってしまったこと。

弥栄も一様に探し回っていたが、なかなか見つけられず困っていたらしい。食べるものもままならないために里へ繰り出したところ、運悪く意地悪な少年たちに見つかってしまい、あのような事態になってしまったという。

菫三が差し出してくれた和菓子に泣きながら食いつく姿を見ていたら、あまりにも気の毒で、希夜はついもらい泣きしそうになってしまった。

「怪我もしてるし、新しい住処が見つかるまではわたしが面倒見たい。だめ？」

「……はあ。だめと言ったところで、引く気はないんだろう？」

やれやれ、と言わんばかりに額に手を当てて首を振る。

菫三が微笑ましそうに見守る一方、当の弥栄は完全に恐縮しきっていて、もはや石像状態だ。涙だけは変わらずぼろぼろと流れ続けているけれど。

「おい、貴様。弥栄だったか」

「ぴっ――！」

「なんだその珍妙な返事は……」

和月は眉間の皺を揉みながら天を仰ぎ、深々と嘆息する。

「まあいい。とにかく、これだけは言っておくぞ。希夜になにか手を出したそのときは容赦なく殺す。末代まで呪ってやるから、しかと覚えておけ」

「ぴぃっ――ん、え？」

ひよこを彷彿とさせる悲鳴の後、弥栄は大きな丸い目をぱちくりさせた。

「そ、某が、希夜さまについていくのを、お許しいただけるのでしか？」

「違う。希夜が、貴様を連れていくんだ。間違えるな」

「ぴぇ……っ！　あ、ありがとうございますでし！」

「その変な鳴き声はどうにかならんのか……」

和月は煩わしそうに眉根を寄せるが、なにも本気で拒絶しているわけではないのだろう。希夜に弥栄を押しつけると、ふんと鼻を鳴らして腕を組む。

「せいぜい希夜の役に立て。ただ居座られては、他の民に示しがつかんからな」

「は、はい！　某、なんでもいたしまする！　希夜さまは、命の恩人でしゅえ！」

「よかったね、やえたん」

希夜は弥栄に笑いかけながら、ほっと胸を撫で下ろす。いくら希夜の頼みでも、さすがにこればかりはお許しが出ないかも、と内心ひやひやしていたのだ。

なにしろ和月は、誰も屋敷に寄せつけないから。

（まあ、誰も屋敷に寄りつかない、の方が正しいかもしれないけど）

希夜は普段、和月と義妹の蛍、そして寝たきりの松芭との関わりしか持たない。

それは和月が必要最低限の者しかそばに置かないからだが、希夜はまだその理由を知らなかった。なかなか踏み込んでいく勇気が持てなくて聞けずにいたのだ。

「それと……希夜。呑気に笑っているが、俺はこれでも怒っているのだからな」

「えっ」

「えっじゃない。俺の言いつけを破り、店の外に出ただろう」

咎められてはいるが、和月の表情はどちらかというと、怒りより心配や不満の色がより強く出ていた。

おおかた、思い通りにならない希夜に手を焼いているのだろう。たとえそれがわかっていたとしても、希夜は先ほどの己の行動を後悔することはないけれど。

「わたし、ああいうのが一番嫌いなの。腹が立って仕方がない」

「ああいうのとは？」

「弱いものいじめ。どこの世界でもあるのね」

思い返すと、また腹が立ってくる。

「江櫻郷でも似たようなのがあったんだ。当時はなんのことかわからなくて、なにもできなかったんだけど……」

だから余計に、自分の目で見たものは絶対に見過ごさないと決めている。

「世の中には、逆らえないこともたしかにあるよ。でも、その理不尽は必ずしも受け入れなくちゃいけないものじゃない。ただ抵抗する術がないだけで、苦しめられてることって多いんだよ。なにも悪くないのに傷つけられて、縛られて――」

幼い頃に両親を亡くした希夜は、本家の血筋の者たちに育てられた身だった。

べつに、そのこと自体は気にしていない。両親の記憶はないも同然だし、あの家系に生まれた以上は〝術者〟になるべく育てられるのは当然だから。

――けれど。

(わたしは〝生贄〟として教育されていた。……あの家が、かつての人妖大戦乱で果たせなかった屈辱を晴らすため。祓い屋としての矜持のために育てられた。その環境がいったいどれだけ鬱屈としていたかなんて、誰にもわからないでしょうね)

毎日毎日、霊力が擦り切れそうになるまで術の修行。友だちと容易に遊ぶことも許されず、頭の堅い親族に囲まれて、自由という自由を奪われて生きてきた。

加えて、あの郷だ。

江櫻郷に生まれた〝生贄候補〟は、候補となる年代を外れるまで、外の世界に出ることを禁じられている。それは決して違えてはならぬ掟だった。

なぜならあの郷は、はじまりの郷だから。語り継いでいかねばならない大切な〝盟約〟を抱えている場所だから――無論、民も遵守しようとする。

江櫻郷があまりに時代錯誤な文化を築いているのは、それが原因なのだ。

そんな狭い世界のなかでできる抵抗など、たかが知れたもの。

だからこそ希夜は、自身に繋がれた鎖を断ち切るために足搔(あが)いてきたのである。

必死に。時に耐え忍んで。泣いてたまるかと、歯を食いしばって。

「……わたしは、その理不尽な世界を許さない。絶対に屈しない。見て見ぬふりもしない。それは、江櫻郷にいたときも今も変わらない、わたしの信念なの」

しかれども、この思いはこれまで誰にも言ったことはない。

外界との接触を限界まで削り、妖を信じ、人妖大戦乱や盟約を長らく子孫へ語り継いでいっている江櫻郷では〝裏切り〟に直結する考えだからだ。

（無闇に敵を増やしたくなかったし……。それに、言ったところで誰に理解されるわけでもなかったもの。ただわたしは、時を、チャンスを待ってただけ）

ある意味、江櫻郷の文化は一種の洗脳だろう。

正と偽が入り交じった真偽のあやふやな世界で、はたしてどこまでが〝現実〟で〝真実〟であるかなど、郷の多くの人々にはわかるはずもない。

だが、あの郷の民は一様に――酔狂なほど信じ込んでいる。そして、いったいいつの世まで続くかわからぬ盟約を律儀に守り、生贄を差し出し続けているのだ。

「……妖と人は、たしかに異なる存在だよ。相容れない部分も多いし。今日みたいなことがあると、人妖大戦乱が起きたのも仕方なかったんだな、とも思う」

でも、と希夜は一度言葉を切ると、まっすぐに和月を見上げながら告げる。

「それと同じくらいね。ちゃんと言葉や想いが通じる相手でもあるんだなって、和月を見てると思うよ。たぶん、人も妖も〝心〟の在り方は変わらないんだよね」

（……まあ、なんでこんなに話が通じないんだろって不満を覚えるときもあるけど）

しっかりと心のなかで付け足しつつ、希夜は顔を綻ばせた。

「だから。ありがとう、和月。許してくれて」

「っ……それはさっきも聞いたが」

「このありがとうは、さっきのとはべつだよ」

――〝ありがとう〟や〝ごめんなさい〟は、何度でも言って然るべきもの。

希夜は以前、そう教えられたことがあるのだ。

そう言った彼女は、いつでも誰かのために動いて、誰かのために笑い、誰かのために涙を流していた。自分のことなんて顧みずに、他者を愛してばかりの人だった。

そんな彼女に、希夜はひそかに憧れを抱いていて。

(うん。深風さんならきっと、やえたんのことも助けたはずだよ)

だから、希夜は後悔しない。その思いを込めて、もう一度微笑んでみせる。

すると、和月はくしゃりと苦々しく顔を歪めた。灰がかった銀が垂れる前髪を乱暴な仕草でかき上げて、こらえきれなくなったかのようにつぶやく。

「――まったく、どうしてそう、おまえは俺を狂わせるんだろうな」

和月は唐突に踵を返し、おもむろに菫三を振り返った。

「邪魔したな。また近いうちに薬をもらいに来る」

「はい、はい、承知しました。ああ希夜さま、こちらの薬を弥栄くんに塗って差し上げてください。傷によく効く軟膏(なんこう)ですから」

「ありがとう、菫三さん。菫三さんも身体に気を付けてね」

差し出された薬をありがたく受け取って、別れを告げる。先に店の外に向かった和月を追い、希夜は内心焦りながら問いかけた。

「和月？　どうしたの。なんか荒れてる気がするんだけど」

「いったい誰のせいだと思っている。荒れるなという方が無理な話だろう。むしろ、おまえに一瞬でも敵意を向けた者共を殺さなかった俺を褒めろ」

「えっ、そんな危機一髪な状態だったの」

むしろあのとき鬼たちに敵意を向けていたのは、希夜の方だと思っていたのだが。

（まあたしかに、和月はわたしのことになると冷静じゃなくなるから冗談ではないのかな。……いや、わたしっていうより、多希さんだろうけど）

いつもより大股で店を出た和月は、行き交っていた鬼たちがいっせいに膝をつくのを一瞥し、珍しく柄の悪い舌打ちを落とした。

腕のなかで弥栄がびくっと激しく震える一方、希夜は純粋に驚いた。

普段はこんなふうに市井の民に興味を示すこと自体ないというのに、この様子では本当に心が荒ぶっているらしい。

そういえば、先ほど希夜が和月を狂わせるとかなんとか言っていたが、もしやあれも関係しているのだろうか。正直、見当がつかないけれど。

「ねえ、和月に言ってもなって感じだけど……わたし、そこまで弱くないよ。里の鬼たちくらいなら、わりと余裕で太刀打ちできるし」

「……無論だ。おまえがただ守られるだけのひ弱な人の子でないことは、十二分に理解している。――が、これはそういう話ではなく。もっと、根本的な問題だ」

どうやら当てずっぽうで弁解してみたことは、外れていたらしい。

だが、それがいい具合に作用して毒気を抜かれたのか、和月が纏うひりついた空気が霧散した。代わりに呆れ顔を向けられるものの、怒られるよりはずっといい。

「希夜。俺は、おまえの信念も生き方も否定するつもりはない。妖と同等に渡り合えるほどの強さを有していることも認めよう」

「うん」

「しかし、どれだけ強くとも、厄介な妖術を前にすれば対処が間に合わんときもある。決して舐めてかかるな。ああいうときは、とにかく真っ先に俺を呼べ」

希夜が祓い屋として術を使うのと同じように、妖が妖術という奇々怪々な術を用いるのは知っている。日常でも、よく使われているのを目にするから。

だが、妖力ほどの多様な展開は、人が行使する術にはない。ゆえに、戦闘になれば妖術は非常に厄介なものになるだろうことも、容易に予想がつく。

(またいつもの心配？　でも、それにしては――)

前を向いたまま歩き続ける和月の横顔は、やはり無表情だ。

それは見慣れたもののはずなのに、彼の色違いの瞳には形のなぞれない深い哀感が浮かんでいるように見えて、希夜はついこくりと息を呑んでしまう。

「……人は死ぬのだ。容易くな」

「和月――？」

「だからおまえは、いついかなるときも、俺にただ守られていればいい。余計なことはするな。心配させるな。でないと、俺は……」

そこでぐっと口を噤むと、そのまま和月はだんまりを決め込んでしまった。

そのあまりに彼らしくない様子に、希夜は弥栄と顔を見合わせる。

（……いい加減、教えてくれないかな。和月が抱えてるものについて）

そう思いはしても、やはり尋ねる勇気はない。肝心なところで及び腰になってしまう自分に、希夜はこぼれそうになったため息を呑み込んで唇を引き結んだ。

希夜たちが屋敷へ帰り着くと、真っ先に駆けてくる影があった。

「おねえさま～っ！」

「あ、蛍」

「あ、じゃありませんわ！　わたくしを置いておふたりだけでデートなんてずるいではありませんの、和月兄さま！」

白銀の縦巻き髪を揺らしながら憤るのは、和月の妹。蛍という。

額には漆黒の角を携え、左右異なる色の瞳が特徴的な黒鬼だ。ただし巨躯の和月とは異なり、彼女の背丈は希夜の胸元くらいまでしかない。

彼女は希夜に抱きつくと、鋭い目つきで兄を睨んだ。

「今日はわたくしがおねえさまとキャッキャウフフしようと思っていましたのに、兄さまのせいで計画が丸つぶれですわ。まったく」

「詳細はあえて聞かんが、少しばかり静かにしろ。やかましい」

ぶつぶつ文句をぶつける蛍を一蹴する和月の口調は、覇気がない。

それに気がついたらしい蛍は、怪訝な顔で希夜から離れた。

「そういえば、その小鬼はなんですの？　正当な理由なくわたくしのおねえさまに抱かれるなど、問答無用で万死に値しますけれど」

「ちょっといろいろあってね。しばらくうちで面倒見ることになったの」

この和月の様子を見るに、なんとなく掘り返さない方がいい気がした。とっさにそう判断し、希夜は努めていつも通りに和月を見上げる。

「わたし、蛍と一緒に部屋にいていい？　やえたんも寝かせてあげたいし」

「……ああ。俺は松芭に薬をやってくる。蛍、くれぐれも希夜から離れるなよ」

わずかに逡巡したものの、蛍がいるならと妥協したのだろう。和月は疲れた様子でそう言い置くと、ひとり屋敷の奥へと歩いていった。

「なんですの、あれ。変な兄さまね」

和月が唯一希夜から離れるのは、蛍がついているときだ。屋敷内くらいは自由にさせてほしいと希夜は不服なのだが、和月はそれでも希夜から目を離したくないらしい。

（あれもただの心配性ってわけじゃなくて、多希さんが関わってるんだろうけど）

結局、ここで暮らしていくには目を背けられない問題なのかもしれない。

希夜の前世——和月のかつての妻、多希。彼女の存在を感じると、希夜は非常に複雑な心境に陥るため、今までは避けて通ってきたのだが。

しかしながら、なにも知らないままでは延々ともやもやしたままだ。

（やっぱりこのまま見て見ぬふりをしているわけにはいかないよね……）

そう思いつつ、やはり気乗りはしないなと、希夜はひとりため息をついた。


「——なるほど、そんなことがありましたのね」

希夜の私室にて、里での一悶着（ひともんちゃく）をかいつまんで伝えれば、蛍は鏡越しに呆れとも心配ともつかない目を向けてきた。

「おねえさまは相変わらず無鉄砲というか、向こう見ずというか……。本当に肝が据わっていらっしゃいますこと」

「褒めてないよね？」

「褒められる行為ではありませんもの。いくらおねえさまとて、兄さまがそばにいないなかで鬼に立ち向かうのは感心できませんわ」

肩で切り揃えられた希夜の黒髪を丁寧に櫛で梳きながら、蛍は肩を竦める。

「まあ小鬼を救う優しさは、おねえさまだからこそでしょうけど」

「ぴっ……！」

「ところでその小鬼の変な鳴き声、どうにかなりませんの？」

やはり兄妹は似るものらしい。つい先ほども聞いたばかりの台詞に苦笑しつつ、希夜はまだ警戒心の解けない弥栄を撫でる。

「里の鬼たちは小鬼にだいぶキツく当たってたけど、和月や蛍はそこまでじゃないよね。鬼って自分より弱いモノは下位っていう認識なんじゃないの？」

ふと気になったことを尋ねれば、ぴたりと蛍の手が止まった。背後の気配がわずかながら張り詰めた気がして、希夜は鏡のなかに映る蛍を見上げる。

蛍の顔には、これまで見たことがないくらい複雑そうな表情が浮かんでいた。

「……たしかに、小鬼は鬼のなかでも最下層——同族にも鬼だと認められていないモノたちですわ」

「え、そんなに？」

「ええ。妖力の弱さは鬼どころか妖のなかでも断トツですし、強者たる鬼の足を引っ張るなり損ないだと蔑まれておりますの」

端座した腿の上にいた弥栄は、さらに縮こまり丸くなってしまう。どうやらいたたまれなくなったらしい。さすがに気の毒で、希夜は蛍を見咎めた。

「事実ですもの、致し方ありません。ただこの話には続きがありましてね。……この最下層の小鬼と同等に扱われているのが黒鬼なんですのよ」

「ん？　ちょっと待って。黒鬼って」

「そう、兄さまやわたくしの一族です。もっとも、現存する黒鬼はもうわたくしたちのみですから、そう遠くない未来に滅びゆく一族かもしれませんが」

希夜はいよいよ頭が追いつかなくなってきて、手元にいた弥栄の頬をむにむにと揉みながら、慎重に思考を巡らせる。

「でも、黒鬼は──和月は〝長〟だよね？　それって一番強いからでしょ？」

「ええ、それは間違いなく」

むしろ、とどこか自嘲気味な笑みを滲ませ、蛍は続ける。

「兄さまが長になったからこそ、表立って黒鬼が罵られることがなくなったと言った方が適切ですわね。なにしろ黒鬼は、基本的に〝妖力が少ない〟一族ですから。かつては小鬼も同然──いいえ、それ以下の扱いでしたの」

「……え、っと。ごめん、ちょっとよくわからないんだけど」

希夜の隣に座り直し、蛍は自らの髪を指に巻きつけ、悄然と目を伏せた。

「そもそも赤鬼と青鬼の混血種である黒鬼は、その血が反発し合って極端に妖力が少なく生まれることが多いのですわ。ほら、おねえさまも感じているでしょう？　わたくしの妖力の少なさは」

「それは……まあ」

蛍の妖力の弱さは、希夜も日頃から感じていることではあった。

和月はそばに寄るだけで圧倒的な妖力を肌に感じるが、妹の蛍は意識して感じ取ろうとしても微弱なものしか捉えられないのである。

しかし、この差は単に個性的なものなのかと思っていた。

「赤鬼と青鬼って、そんなに血的な相性が悪いんだ」

「ええ、なので基本的に赤鬼は赤鬼、青鬼は青鬼と、同じ種同士で婚姻を結ぶのが鬼界の鉄則なのですわ。その暗黙の了解を破り、赤と青が混じり合った結果が黒鬼ですから、蔑まれるのも致し方ありません。特異な兄さまが生まれていなければ、きっと今頃もう黒鬼の一族は潰えていたでしょうね」

初めて知った鬼の事情に、さしもの希夜も言葉を失う。

（じゃあ、和月が里の鬼たちと極力関わろうとしないのは、それが原因……？）

本来は最下層に位置する一族でありながら、鬼の頭首にまで上り詰めた彼が、はたして他の一族になにを思っているのかなど想像もし難い。

ただ、希夜の頭のなかには里を歩く和月の不自然なまでの無表情が、ちりちりと焦げつくように残っている。

「わたくしが屋敷から出ないのもそれゆえですの。長の妹とはいえ、わたくし自身は妖力のない黒鬼ですし、民の者からは心象が悪いでしょう?」

「……そういうもの?」

「はい。まあこういう事情から、わたくしや兄さまは他の鬼たちのように小鬼を蔑むことはありませんのよ。本来、侮辱できるような立場ではないですしね」

蛍の声音は沈痛だった。それははなから諦観しているような節さえ感じられて、希夜はひどくもどかしい気持ちになる。

「そっか。ごめんね、踏み入ったことを聞いちゃって」

「……いえ、失念しておりましたのはわたくしの方ですわ。そうでした。今のおねえさまは、知らないことだらけですものね」

蛍はそう微笑んでみせるけれど、淋しげな眼差しまでは隠しきれていない。

膝の上できゅっと握られた両手を見ていられなくて、希夜は思わず目を逸らした。

(また、これ)

蛍もまた、希夜を通して多希を見ているのだろう。

初めて会ったときから、親しげに『おねえさま』と呼んでくれる義妹。最初こそ戸惑ったものの、兄弟のいない希夜にとっては純粋にかわいく思える存在だった。

されど、その呼び名も、本来、希夜に対して向けられるものではない。

「……ねえ、蛍。——多希さんは、なにが原因で亡くなったの?」

希夜は折を見て尋ねようと思っていたことを、静かに口にする。

「っ……!」

「それとも、やっぱりわたしがそんなことを訊くのはおかしい?」

「い、いえ。そんな……ことは」

皮肉を言っている自覚はあった。

だが、希夜だって好きで記憶がないわけではない。覚えてもいない前世の自分を求められたとて、結局、今の希夜にはどうすることもできないのだ。

そのままならなさに、苛立ちを覚える。

和月や蛍が多希のことを求めるたびに、胸の深い部分のなにかが疼く。それは切なくもどかしく震えて、彼らの想いに求め返そうと足掻きだす。

希夜の——多希の魂が反応しているのだと、否が応でも認めざるを得なくなる。

けれども、もしこの衝動に身を委ねてしまったら、希夜は本当に希夜ではなくなってしまいそうで。希夜としての存在意義を失ってしまいそうで――怖かった。

「……多希おねえさまは……」

俯き、唇を噛みしめて、蛍が声を絞り出す。

「多希おねえさまが、亡くなったのは……妖から呪いを受けたせいですわ」

◇

この夏の地の暑さは夜になると落ち着き、比較的過ごしやすくなる。翠雨が降る夜は肌寒さを感じるほどだが、幸いにも今宵は霞のない綺麗な月が見えていた。

縁側にひとり腰をかけ、風光明媚な中庭を見ながら、和月は酒をあおる。

（まったく……らしくないな）

「……そんなところで様子を見ていないで、こちらに来たらどうだ。小鬼」

障子の陰からそっと顔を覗かせていた小鬼に、和月が気がつかないはずもない。

部屋の奥には、すでに眠りの世界へ誘われた希夜の姿がある。おそらく希夜が寝たため、こちらに出てきたのだろう。

小鬼の分際でありながら、希夜と同じ部屋で寝るなど――と青筋が立ったのは言うまでもないが、怪我が治るまでという条件で渋々受け入れてやったのだ。

和月もなかなかに希夜には甘い。

「も、申し訳ございませぬ。某がおそばにいたら、お邪魔でしょよね」

「べつに構わん」

「で、ですが、お嫁さまとの、その――」

そこまで告げられて、和月はこの小鬼の懸念を悟る。

「貴様がいようがいまいが関係ない。眼中にも入らんからな」

「そ、そんなの困るでしっ！」

「……やかましいと言っているだろうが。これで希夜が起きたら消し飛ばすぞ」

和月が睥睨しながら唸ると、弥栄は掠れるような「ぴぇぇ」というか細い悲鳴をあげて、その場に丸くなってしまう。とことんよくわからない生きモノだ。

「心配せずとも、なにもしない。毎夜同じ褥で眠るだけだ。今はまだ、な」

「い、今は、でございますでしか？」

「希夜の心が落ち着かぬなかで無理強いするわけにもいかんだろう。まあ、俺も長く生きる身、多少の我慢くらいならしてみせようという話だ。察しろ」

すげなく返しつつ、ふと昼間のことを思い出す。

「――ところで、菫三の店で前に住んでいた場所が荒らされたと言っていたな。あれについて詳しく聞かせろ。覚えている範囲でいい」

「っ、はいでし。御頭さま」

そう命じれば、弥栄はすぐにうなずいて、ちょこまかとそばまでやってきた。

だが、あまり思い出したくない記憶なのか、その丸い顔が悲嘆に沈む。

「数ヶ月ほど前のことでし。某は他数名の小鬼の仲間たちと、夏の領地の境界ぎりぎりで小さな集落を作り暮らしていたのでしが……っ」

「ハグレモノ賊に襲われた、か？」

言葉を詰まらせた弥栄に続くよう尋ねれば、弥栄は虚を衝かれたように目を丸くした。その顔に困惑が浮かび、同時に滲みだすような怒りと悲しみが混ざり込む。

「ご存じだったのでしか……？」

「報告はあった。現地視察にも行った。……まあ、残っていたのは荒らされた跡ばかりで収穫はなかったがな。住んでいた者たちもいなかった」

「そう、なのでしね……」

「……仲間を失ったと言っていたな。助けてやれなくて悪かった。過去を変えることはできんが、領主として詫びよう」

お猪口(ちょこ)を置き、小さな弥栄に向かい合いながら、和月は静かに告げた。

弥栄はまさか謝られるとは思っていなかったのだろう。ぎょっとしたように目を白黒させながら、しかし今にも泣きそうな顔で首を横に振る。

「いえっ、いえっ……よいのでし。御頭さまが悪いわけではありませぬ。そうして気にかけてくださっただけでも、命を散らした仲間の魂は浮かばれるでし」

和月は自分の顔が自然と険しくなるのを感じながら瞑目する。

（……胸糞が悪いな）

まともな抵抗すらできない小鬼を襲って、はたしてなにを得られるというのか。こちらまで攻め入ってくることは滅多にないくせに、和月の目が行き届かない境界ぎりぎりを狙うのも虫唾が走る。

「御頭さまは、鬼の在り方を覆してみせた御方でし。そんな御頭さまを、小鬼はみんな崇拝しているでしよ。きっと還った場所で喜んでいるはずでし」

無理をして笑みを作りながら紡がれた言葉に、和月は苦笑した。

（崇拝か。ただ偶然強さに恵まれただけの俺には、相応しくない想いだな）

小鬼と同じように虐げられ、常に蔑まれていた黒鬼が奇跡的な下剋上を成功させて得た誉れは、たしかに不憫な小鬼にとっては希望なのだろう。

だが、和月が長になったことで世界が変わったかといえば、そんなことはない。

現に今も、こうして小鬼は犠牲になっている。いくら長である和月が民を平等に扱ったとしても、それが鬼族の共通認識になるとは限らないのだ。

長き時を生きる妖のなかで固定された概念は、雁字搦めに凝り固まって、容易に覆せないものになってしまっているから。

「……救いようがないな。いつなんどきも馬鹿馬鹿しい世だ、ここは」

「お、御頭さま……？」

「弥栄。――貴様は希夜を裏切るなよ」

置いたお猪口を取り、最後のひと粒まで一気に飲み干す。そうしてゆらりと立ち上がった和月は、音を立てぬよう静かに部屋で眠る希夜のもとへと歩み寄った。

なにか悪い夢にでも嵌まっているのか、希夜の顔は険しい。

宥めるように優しく額に触れ、褥に流れる夜の色をした髪を梳けば、いくらかその表情が和らいだ。まるで猫のように擦り寄ってくる希夜に、和月の頬も緩む。

（ふっ……愛いな）

多希ではない。それはわかっているが、多希と同じ魂を持つ希夜を、和月は手放せない。たとえ希夜が望まなくとも、手放してはやれない。

だからこそ、なおのこと急いてはならないのだ。今後〝一生〟共にいることを考えれば、多少の我慢を被ってでも慎重に距離を詰めていく必要があった。

「――愛している。おやすみ、希夜」

聞こえていないとわかっているからこそ口に出せる言葉を添え、隣に寝そべる。

無意識か、もぞもぞとくっついてくる愛しい花嫁を受け入れながら、和月はそっと希夜の髪越しに口づけた。

◇

「……松芭さま、こんなことってあるんですね。あの和月がわたしを置いていくなんて、本気で天変地異でも起こるのかと思いました」

和月は今日、朝から仕事だと一言だけ告げて、ひとりで屋敷を出ていった。ここに来て初めて、和月が希夜を置いて出かけたのだ。今まで意地でも希夜から離れなかったというのに、よほど大切な用事らしい。

図らずも手持ち無沙汰になってしまったので、希夜は今、松芭の看病がてらこうして話し相手になってもらっていた。

「くく。まあ、和月とて、愛しい嫁を連れていきたくない場所もあるだろう。どこもかしこも綺麗な場所ではないゆえな」

「そういうものですか」

「うむ」

幽世に来てから、希夜はまだ一度も夏から出たことはない。

だが、やはり希夜からすればここは〝古い〟ものばかりであった。文明開化が進む現世と比べれば、かつての日ノ本を見ているかのような不思議な心地がする。

まあ、江櫻郷もたいがい文化が遅れた地だったが。

「ときに、希夜。今日は一段とつらそうだが……なにかあったのかい」

希夜は驚いた。そんな素振りはまったく見せていないつもりだったのに、和月さえ気がつかなかった〝これ〟を察知するなんて。

「松芭さまってすごいですね。見えてないのに、どうしてわかったんですか？」

松芭は病の影響で、もう起き上がることもままならない状態だ。加えて両目の視力も失われており、希夜の姿を見たことすらない。

「見えていないがゆえよ。呼吸や、口調……会話の間。うぬは気づいていないだろうが、いつもよりも数拍遅い。そのわずかな間のぶん、思考が入っておるのだろう」

喉を低く鳴らして笑うと、松芭が首だけ動かして希夜の方を見る。

変わらず目は開いていないものの、見られていることは伝わってきた。

「なにも、和月に置いていかれたからへこんでいる、というわけではあるまいよ」

「そんなに女々しくはないですね、残念ながら」

本当に、このおじいちゃんにはなにもかもお見通しなのだろう。

隠しても仕方ないなと早い段階で悟った希夜は、膝の上で爆睡している弥栄を、ころころと転がしながら答える。

「……昨日、蛍から多希さんが亡くなった経緯を聞いたんです。なんでも妖から呪いを受けたそうで。それも屋敷勤めだった、身近な妖から」

「ああ……多希か」

呪いがはたしてどんなものなのか、希夜は知らない。ただ蛍はそれを、妖術を用いて人に不幸をもたらす呪いだと言っていた。その不幸が病を呼び、さらなる不幸をもたらす負の連鎖に陥ってしまったのだと。

「納得しました。和月がこの屋敷に誰も置かないのは、信じていた者に裏切られるのが怖いからなんだなって」

「――うむ。あれはな……我ら妖からすれば、たいしたものではなかった。低位妖の妖術など、自らの妖力で打ち消してしまえばよいのだからな」

「はい。人の子だからこそ、ですね」

もっとも、人の子でも希夜のような場合は例外だ。抵抗力になり得る強い〝霊力〟を持っていれば、妖相手でも対等以上に張り合えることはままある。

多希がもし今の〝希夜〟ならば、たとえ当時でも、術返しなり呪い返しなり、いくらでも対処のしようはあっただろう。いや、そもそも弱き妖相手ならば滅することだって可能だったはずなのだ。

皮肉だな、と希夜は思う。そうして命を落とした彼女が、術者の家系の者に生まれ変わるだなんて。

（ううん……だからこそ、かな）

二度と同じ轍を踏まないように、彼女が抗う術を求めた結果なのかもしれない。

「……わたしね、松芭さま。冥楼河を渡ってきて、そこで待ってた和月と目が合ったとき、胸がすごく苦しくなったんです。引き裂かれるような痛みを感じたの」

話すつもりはなかった。だが、松芭が相手だとどうしても心が緩んでしまう。

彼はなんでも受け止めてくれるから。

「――あのとき、ずっと探していた相手を見つけたような……。わたしのなかにある足りないなにかが、埋まったような気がして」

あの衝撃を言い表すことなどできやしないだろう。だけれど、それでもあえて喩えるのならば――〝ひと目惚れ〟に近いのかもしれない。

本能が惹かれたのだ。和月という存在に、希夜のすべてが吸い寄せられた。

「でも、この気持ちはもしかしたら多希さんのもので……わたしが生んだものじゃないのかもって。そう思うと、なにも信じられなくなって。ここにいると、わたしがどんどん薄れて消えていくみたいで、苦しくなるんです」

和月と過ごせば過ごすほど、希夜は内に宿る想いの在処すら見失いそうになる。

こんなこと、想定外だった。

まさか解き放たれた先の世界で、異なる種の鎖をつけられることになるなんて。

(……わたしには、手に負えない)

初恋だってしたことがないのに、この想いはあまりに過重で。正しい扱い方も、上手ないなし方も、溢れる想いをどこに向けたらいいのかもわからない。

希夜は希夜であるはずなのに、気づいたら溶けてなくなってしまいそうだった。

「……人の子とは、脆いものよな」

「え……？」

わずかな間の後、噛みしめるようにぽつりとつぶやいた松芭。

唐突にもたらされた脈絡のない言葉に、希夜は戸惑いを浮かべる。

「儚くも尊い時間のなかで生きる〝人〟は、我ら妖とは根本的に命に対しての考え方が異なる。昔も、今もな」

「そう、なんですか？」

「命とは、繋がり。ひいては、愛する者との縁のことよ。──希夜、よく覚えておくといい。鬼は唯一無二の者しか愛せぬということを」

見えていないはずの松芭は、迷いなく希夜の頭に手をのせて優しく動かす。

「一度愛してしまえば、そこには限りない執着が生まれるのだ。一途と言えば聞こえはいいがな、人の子にとっては得てして危険なものよ。生の流れが異なるモノからの執着など、ろくなものではない」

「っ――それは、感じてますけど……」

嫌というほど知っている。和月や蛍が、どれだけ多希を求めているのかくらい。

「だが、うぬは違うだろう。希夜」

「え……？」

「人の子であるうぬにとって、愛とは永遠のものではないはずだ。朽ちやすく、綻びやすく、無条件に〝信じられる〟ものではないはずだ」

希夜は返す言葉を失って、顔を俯ける。きゅっと引き結んだ唇が震えていることに気づくけれど、悟られないようにさらに力を込めた。

「うぬはたしかに多希の魂を持っておるかもしれんが、多希ではないのだ。奴からの愛も執着も息苦しくなることがあろう？　なればこそ、そうして悩む」

「松芭、さま」

「だがな。希夜は希夜。それでよいのだ。人の子であるうぬが、己を押し殺してまで我らに合わせる必要などない」

ぎゅう、と喉が痛いくらいに締まって、思考が鈍る。

だってまさか、そんなことを言われるとは思っていなかったのだ。

ここへ来てからずっと、希夜は〝多希〟だった。

生贄が身を捧げたわけでも、新たな花嫁を迎えたわけでもなく——和月の愛した花嫁が〝帰ってきた〟のだと夏の民には認識されていた。

（でも……そうだ。松芭さまは一度もわたしを呼び間違えたこと、ない）

見えていないはずなのに、希夜の姿を見たこともないはずなのに、松芭はずっと希夜を希夜として認識してくれていた。

「生きとし生けるモノの関わりというのは、至極ままならんものよ。かつては尊重しあっていた異なりも、一度受け入れられなくなれば、もうもとには戻らぬ……。人と妖が共に生きていた頃は、あんなにも居心地がよかったというのにな」

「っ……松芭さまはやっぱり、人妖大戦乱前の世を知っているんですね」

「無論。ゆえに我は人の子が好きなのだ」

松芭の手が伸び、希夜の頬をゆっくりとなぞる。

皺だらけで骨の輪郭すらわかる老体の指だ。けれど、慈しむような温かさが伝わってきて、思わず希夜はその手に自分の手を重ねていた。

同時にひと粒、涙がこぼれ落ちる。

「松芭さまが、本当にわたしのおじいちゃんだったらよかったのに……っ」

「嬉しいことを言ってくれる。希夜のような娘を嫁にもらった和月は幸せだな」

そんなこと、と否定しようとした矢先、ぴしゃん！と勢いよく障子が開いた。

あまりに突然のことに肩を跳ね上げた希夜は、振り返ってさらに驚愕する。

「わ、和月……？」

いつの間に帰ったのか、仁王立ちでこちらを睥睨する和月がそこにいた。なにやら背後に、後光のごとく真っ黒な闇が立ち上っている気がする。

「貴様……松芭……俺がいない間に、希夜になにをした」

「っ、え!?　なにもされてないよ、わたし！」

「泣いているだろう！　しかも、俺の許可なく触れている！」

「そ、それは……違わないけど。でも、嬉し涙だから。触れるっていうのも、ちょっと大袈裟すぎるし！」

慌てて言い訳を募りながら、希夜は松芭の手を褥の上に下ろした。

完全におじいちゃんに撫でられている気分だったのに、和月のせいで台無しだ。まさかこんなに早く帰ってくるとは思わなかった。

「やはり置いてゆくべきではなかったか……。屋敷のなかでさえ安心していられないなど、まったくこの上なく忌々しい。どうしてくれよう」

今にも松芭を蹴り飛ばさん勢いで吐き捨てる和月に、希夜は頬を引きつらせた。

いや、さすがにそんなことはしないと信じているけれど。

「希夜。ひとつ言い忘れておったが、鬼は嫉妬深いモノでもある。気をつけよ」

「それはもう嫌というほど感じてますね……」

げんなりしながら、希夜は天を仰ぐ。

「やかましいぞジジイ!」

次の瞬間、希夜は怒号を放った和月に抱き上げられていた。

そのまま松芭の部屋を後にし、空いている部屋へと連れ込まれる。

申し訳程度の座布団にどさりと寝転がされた希夜は、わけもわからず覆いかぶさってきた和月に目を白黒させた。——その、刹那。

「ちょ、いっ……!」

がぶり、と。さらけ出された首筋に和月が顔を埋めたかと思えば、なにかが首の柔い表皮を突き破り、鈍い痛みが走った。

間近に感じた妖力の塊と生存の危機に、希夜の本能が警鐘を鳴らす。

「和月!?」

噛まれたのだと理解した瞬間、希夜のなかに流れ込んできたのは和月の妖力で。

(な、なんで突然……——)

とっさに突き飛ばそうとするけれど、和月はビクともしない。

だが、それもつかの間——ゆっくりと顔を上げた和月の表情を見て、希夜は恐怖や警戒とはべつの意味で硬直する。

昏く思い詰めた表情だった。瞳からは光が消え、盲目的に希夜を射抜く。

「おまえは俺のものだという、印をつけた」

「し、印……――？」

「鬼の所有印。対象の身体に妖力を刻みつけ、傷と共に覚えさせることで〝所有〟を示す印になる。これでおまえはもう逃げられない。誰のものにも、なり得やしない」

いったい、なにを言っているのだろうか。

頭が追いつかないまま、呆然と和月を見つめ返す。

噛まれたのは、所有印なるものをつけるため。それこそ理解したけれど、そもそもなぜそこまで思い詰めているのか、希夜はまったくわからなかった。

「な、に……わたしが、松芭さまのものになるとでも思った？」

ぴくり、と和月の眉間の皺が深くなる。

あまりに不快げで、同時に底知れぬ苛立ちが伝わってきた。

けれど、それしか考えられない。だって和月はおそらく、松芭に対して〝嫉妬〟を覚えたためにこんな突飛な行動に移っている。理性も残っているか危ういくらいだ。

正直、今の希夜の言葉もちゃんと届いているのか怪しい。

「どうしてそんなに不安なの？　べつに所有印をつけるなとは言わないけど、そんなにわたしが和月から逃げていきそうに見える？」

「……見えない、わけがない」

和月が憎々しげに声を絞り出した。

「なにせおまえは、多希ではないのだから」

「っ……！」

ああやっぱり、と希夜はくしゃりと顔を歪める。

結局のところ——和月が求めているのは多希であって、希夜ではないのだ。

（……でも、だからって、どうしたらいいの）

希夜は多希を知らない。多希を演じようにも、そうしたところで解決する問題とも思えない。魂こそ多希のものかもしれないが、彼女の記憶が残っていない以上、それはやがて途方もない虚しさを誘発させてしまうだろうから。

「馬鹿みたい……」

気づけば、ぽつりとそうこぼしていた。同時に、緩くなった涙腺が限界を迎えて雫が頬を流れ落ちる。それは先ほどとは違い、嬉し涙ではない。

はっとしたように、和月が息を呑んだのがわかった。ようやく我に返ったとばかりに希夜の上から飛び退くけれど、今さらもう遅い。

（和月なんかに、好きなんて気持ちを抱いたわたしが一番馬鹿……っ）

どうしてこんな相手に惹かれるのか。どうしてこんなに胸が苦しいのか。どうして希夜の前世は多希だったのか。どうして和月は多希ではない希夜を求めるのか。

様々な想いが交錯して悲鳴をあげながら、希夜の心を傷つけている。

希夜のこの馬鹿らしい気持ちは、もしかしたら多希から影響を受けたがゆえに生まれたのかもしれない。でも、致し方ないではないかとも思う。

だって、ここへ来てからずっと、和月は希夜を愛して大切にしてくれていた。

たとえそれが多希に向けられていたとしても、すべてを感じて享受していたのは希夜なのだ。求められたら、愛されたら、どうしたって返したくなってしまう。

「お、おい……」

「そう、だよ。わたしは、多希さんじゃない」

「っ――！」

和月は珍しく目に見えて動揺していた。

希夜の言葉に両の目を見開き、返す言葉すらも失って立ち尽くす。

「わたしは、希夜なの。生まれてこの方術者として育てられて、一体でも多くの妖を滅するように命じられた〝術者の生贄〟。それ以上でも、それ以下でもないんだよ」

忘れていた、わけではない。

ただ、現実を見ようとしていなかっただけ。

「そんなわたしが、和月の望む〝花嫁〟になれるわけがないじゃない」

命じられた役目はすでに放棄したし、妖の実態を知ってしまった今、いくら希夜でも妖を無差別に滅するなんてできるわけもないけれど。

それでも、やはり現実はそこにあるのだ。

はなから希夜は、和月の愛を欲していい立場ではなかった。希夜の役目は最初から、人と妖の平穏を守るために〝贄〟となることだけだった。

「ねえ、和月。いい加減に理解して、わたしのことは放っておいてよ」

これ以上、和月を好きになりたくはない。

彼を失望させたくはない。

彼の願いに応えられない自分を、疎ましく思いたくはない。

「……それが、おまえの、望みか」

「うん」

そうか、と静かにつぶやいた和月は、ふらりと立ち上がって部屋を出ていった。

覚束ない足取りは心配になる。けれど、その背にかけて許される言葉などもう思いつかない。追いかける勇気もなかった。突き放したのは、他でもない希夜なのだ。

(……神さまは、とことんわたしにいじわるね)

こんな思いをするなら、いっそ魂だけ残して消えてしまいたい。

そんなことを考えながら、希夜はしばらくその場から動けなかった。

◇

「兄さまぁっ！」

突然背中に飛び蹴りを入れてきた蛍を間一髪でかわし、和月は我に返った。本能的に動けていなければ、危うく落縁に転がり落とされるところだった。

「っ……なにをする、なにをする、蛍」

「なにをする、はこちらの台詞ですわ！　わたくしのおねえさまにいったいなにをしでかしやがったんです⁉」

そう凄まじい剣幕でまくしたてられては、さしもの和月もたじろぐ。

「おねえさまがお部屋から出てこなくなってもう三日！　今日という今日はワケを話してもらいますわよ！　覚悟なさいっ！」

長である和月にここまで立ち向かえるのは、血筋の強さだろうか。里の鬼たちが見たら目をひん剥きそうだな、と和月は眉を八の字にして妹の訴えを聞き流す。

だが、蛍がこうも憤るのも無理はなかった。

(……俺は、いったいなにを間違えたのか)

いや、わかっているのだ。悪いのはすべて自分だと。

松芭に触れられたその頬に、ひと粒の涙が流れていたのを目に留めた瞬間——和月は自身のなかで自我が失われる音を聞いた。理性のなにもかもが吹っ飛んで、気づけば和月は欲望のまま希夜に所有印を刻んでいた。

傷つけたくないと、焦りたくないと、あれだけ自制心を駆り立てて欲を抑えていたのに、すべてが無駄になった。

——希夜が和月を見限るのも、無理はない。

「それにしても、まだ出てこないのか。飯はどうしている」

「お部屋の前に置いていますけど、食べておりませんわ。飲み物はかろうじて、ですわね。そもそも部屋に結界が張ってあって立ち入ることすらできませんの」

「……術者、というのは厄介だな」

現在、希夜は自室に結界を張って籠城（ろうじょう）していた。

原因は言わずもがな先日の一連だろう。たしかに和月もやらかしたという自覚はあったが、まさか引きこもられるとは思っていなかった。

（まだ齢十七の少女ゆえの、幼く子どもらしい拗ね方だな）

和月の妖力をもってすれば、無理やり結界を破ることも不可能ではない。

だが、あんなことがあった後だ。下手に刺激すれば、現状がさらに悪い方向へ転がってしまう可能性もあった。

「それで、なにがあったんですの？　単なる喧嘩ではないのでしょう？」

「……喧嘩ならどれほどマシか。あれほど明確に拒絶されては、どうにもならん」

和月は端的に――とはいっても、覚えている限りでこうなった経緯を説明した。

所有印をつけたことや、和月の望む花嫁にはなれないと拒絶されたこと……話しているうちにひどい心痛を覚えて、和月は顔をしかめる。

「兄さま？」

「いや、なんでもない」

――この所有印があれば、和月は希夜がどこにいても感じることができる。

加えて、希夜の身になにか危険が及びそうになれば、流し込んだ和月の妖力が一種の楯代わりとなり、たとえ離れていても守ることが可能になるのだ。

だが、希夜の身体が和月の妖力を拒んだ場合のリスクを考えれば、安易に行える行為でもなかった。そうなれば魂そのものを蝕み――最悪、妖力に命を喰われる。

（繋がった感覚としてはうまく馴染んでいるようだし、おそらく希夜の身体に悪影響は出ていないと思われるが……）

この行為は所有印をつける側の負担も相応だ。膨大な量の妖力を消費するため、たとえ和月でもしばらくまともに妖術を行使できなくなる。今も正直、身体を動かすことも億劫なくらいだった。

とはいえ、その程度のことは和月にとって大した問題ではない。

(……もっとも傷つけたくない者を、傷つけてしまったな)

噛み痕の方も心配だ。妖力で覆っていたから深い傷ではないはずだが、あのまま治療せずに放置していたら膿んでしまうかもしれない。部屋の外に置いておいた救急箱は回収してくれたようだから、処置はしたと信じたいところだが。

「──正直、所有印は兄さまならそのうちつけるだろうと思っていましたけれど……」

そこで一度言葉を区切ると、蛍は頬に手を当てて嘆息した。

「まさか、おねえさまが拒絶するなんて」

「いや、当然だろう。希夜は好きでここに来たわけではないし、第一〝多希の記憶〟を持っていないんだ。俺に対する想いもなく、受け入れられるわけもない」

「たしかに、おねえさまは多希おねえさまではありませんが……」

そのとき、不意になにかに思い当たったのか、「ん?」と蛍が怪訝な顔をする。

「まさか、兄さま。それ、おねえさまに変な伝え方しておりませんこと?」

「変なとはなんだ」

「たとえば、そうですわね。おねえさまに多希おねえさまの存在を重ねるような──」

和月は思わず黙り込む。

和月にはそんなつもりはない。──がしかし、たしか〝逃げそうだと思っているのか〟という問いに対して、そうとも取れる返答をした記憶はある。

わけもわからないままそれを伝えると、蛍は両手を頬に当ててげっそりと「馬鹿なんですの!?」と絶叫に近い悲鳴をあげた。

「そんなの、まるで〝多希ではないおまえなんて信じられない〟と明言しているようなものではありませんのっ！」

「は？」

「は？　――なんて言っている場合ではないでしょう!?　ああもうっ、兄さまがまさかここまで鈍感だとは思いもしませんでしたわ……！」

蛍は発狂すると、ついに頭を抱えて床に膝をついてしまった。

我が妹ながら、いちいち反応が大きくて困る。唯一の血族だというのに、まったくどうしてこうも似ていないのか。

「つまり――なんだ」

「なんだもなにも、おねえさまは〝自分は多希にはなれない〟と訴えているんでしょうね。兄さまの望む花嫁なんて、多希おねえさましかいないですもの」

「だが、多希は死んだ。今ここにいるのは、多希の魂を持った希夜だろう」

「そこですわ、そこ！　兄さま自身が明確な線引きをできていないから、おねえさまが混乱するんですわ。まずおねえさまに対して〝多希〟と呼び間違えそうになるところが、もう最低の極みですからね!?」
痛いところをぐさりと突かれて、和月はぐっと押し黙る。
「……仕方がないだろう。希夜の纏う気は多希にそっくりなんだ。頭ではわかってい
ても、勝手に口がそう呼ぼうとする」
「そりゃあ同じ魂を持っているんですもの、気は似るに決まっています。でも、どう
見たっておねえさまは〝多希おねえさま〟ではないでしょう?」
「それは否定しないが」
似ているのは〝気〟だけだ。もっと奥深い核の部分——性根に関してはたしかに似
ている部分もあるが、普段の希夜から多希を見出すのは至難の業だった。
それほど、容姿も口調も性格も、希夜は多希に似つかない。
「俺はなにも、希夜に多希を求めているわけではない。——いや、求めてはいるかも
しれないが意味がまるで違う。希夜が持つ魂が多希のものであるだけで、俺には希夜
を愛する理由ができるからな」
「ええ、ええ、わたくしはわかっておりますとも。その上で兄さまは〝希夜おねえさ
ま〟に惹かれておりますわね?」
「言うまでもない」
鬼にとって〝愛する者の魂〟は、言葉ではとても表せないほど特別なものだ。

魂からその存在を愛しているからこそ、一途に相手を求め続ける。そして、一度愛した魂を手放すことはない。

だが今回、相手が人の子であったがために〝生まれ変わる〟という過程が入ってしまった。すべての禍根はそこにある。

和月にとってはどちらかを選べなど、無粋極まりない話だというのに。

「兄さまはとにかく言葉が足りないのですわ。態度だけでは伝わらないものもありますのよ？　そのへん、わかっておられます？」

「……今回の件で、痛感はした」

三百年以上、焦がれに焦がれて待ち続けていたからこそ、自分がどれほど盲目的に彼女を愛してしまっているのかはわかっている。

（なかなかどうして好いた女には振り回される……）

かつてを思い出して思わず瞑目した、そのときだった。

――ガッシャーン！

なにかが破裂するような爆音が轟き、建物全体が大きく軋んだ。

和月と蛍は、ほぼ同時に音の方を振り返る。

「なんですの⁉」

「希夜――ではないな。この方向だと松笆か」

言いようのない嫌な予感は、おそらく当たっているだろう。そう遠くない未来、いつかはと覚悟していた日がとうとうやってきてしまったらしい。

「……蛍、希夜を頼むぞ。松芭の部屋に近づけるな。もし結界から出てきそうなら、共に里へ行け。出てこないのなら、おまえだけでも逃げろ」

「っ、ええ。わかりましたわ」

「よい子だ」

和月にとってはいつまでも愛すべき妹をひと撫でして、部屋を飛び出す。少し遅れて蛍も希夜の部屋の方へと駆けていったのを確認し、和月は意識を集中させた。

(妖力が削られている状態で暴走した松芭の相手は、いささか骨が折れるが——致し方ない。前長の最期は、どんな形でも俺が看取らねばならん)

彼から長の座を引き継いで、はたしてどれほどの時間が経ったのか。

「……共倒れだけは避けなくてはな」

◇

「希夜さま、希夜さま。ちゃんとご飯食べないとだめでしょ」

「大丈夫だよ。お腹空いてないもの」

「じゃ、じゃあ、せめてお茶だけでも飲むでし！　水分不足でし！」

全身を使って湯呑みを運んでくる弥栄に、希夜は力の抜けた笑みを返す。

まったくこの小鬼は、どうしてこうも健気なのだろう。

ずっと虐げられて生きてきたのに、他者への思いやりと優しさを忘れずにいられるだなんて、いったいどれだけ芯が強ければそうなるのか。

（……やえたんのおかげで、ちょっとだけ気が紛れるかも）

当初は希夜もひとりで閉じこもるつもりだった。だというのに、弥栄はいつの間にか希夜の背中に張りついていたらしい。結界を張った後にその存在に気がついた希夜は、絶対に出ていかないと泣き喚く弥栄を仕方なく受け入れることにしたのだ。

そうして今、それはもう甲斐甲斐しく世話を焼かれている。

「ありがとう、やえたん」

大の字に横たえていた身体を起こし、希夜は弥栄から湯呑みを受け取る。

「やえたんは優しいね」

「そっ、そんなことないでし！　優しいのは希夜さまでしよ！」

「……ううん。わたしはちっとも優しくないよ」

優しかったら――もっと心が広くて器の大きな女性だったのなら、そもそもこんなことにはなっていない。

和月の望む花嫁になれなかった希夜には、あまりに不相応な言葉だった。

「優しい、でしょ。だって希夜さまは、某の恩人でしからね」

「え？」

「初めてだったんでし。某みたいな小鬼を助けてくれる方と出会えたのは」

弥栄はそうはにかむと、希夜の膝にちょこんと上体をのせてくる。

「だから某は、希夜さまの味方でありたいんでし。なにをお悩みなのかはわからないでしが、せめてこうして希夜さまのお世話がしたいんでし」

「やえたん……」

「首の傷もまた消毒しないとでしね。ちょっと元気が出てきたら、やっぱりご飯も食べてほしいでし。それから、それから……──」

「もういいよ、やえたん。大丈夫、ちゃんと伝わってる」

弥栄を両手ですくい上げて、希夜は泣きそうになるのをこらえて微笑んでみせる。

「ごめんね。たくさん心配させて」

希夜がこうして籠城しているのは、和月と合わせる顔がないからだ。

生贄という立場にありながら──彼に嫁入りした立場でありながら、希夜は彼に明確な拒絶を向けてしまった。

それはひとえに和月からの拒絶を受けた返答でもあるのだが、結局のところは、すべてを受け入れるだけの器が希夜になかったのだ。

（……気持ちの整理をつけようと思ったけど、なかなか難しいな。むしろこれから、どうやって和月への〝好き〟をごまかしていくかの方が問題かも）

和月も今回の件で希夜に幻滅しただろう。

次に顔を合わせたときには、もうおまえはいらないと捨てられる可能性もある。

「……こんなわたしなんかに、所有印なんてつけちゃって。和月も後悔してるかな」

「それはないでし」

「え？」

思わぬ即答に、希夜はぱちぱちと目を瞬かせた。

「鬼の所有印は特別なものでしよ。魂を分け合う前段階でしから。心から大切に想っていて、命を懸けてでも守り手に入れたいと思っている相手にしかしないでし」

「……で、でも、それはきっとわたしを多希さんだと思っているからで」

「御頭さまの感覚はわからないでしが……だとしても、でし。所有印をつけるほど求められたのは希夜さまで、その事実に二言はないんでし」

鬼の感覚をまっとうに理解できるとは、希夜も思っていない。けれども、この所有印がどれほど鬼にとって特別なのかは伝わってきた。

和月も言っていた通り、おそらくこれは自身に繋ぐ鎖も同然のものなのだろう。

自身の霊力に混ざり身体を流れる妖力を感じながら、希夜は重い息を吐く。

「松芭さまも仰っていたけど……鬼の執着って、どれくらいのものなん──」

疑問をごちた、そのときだった。

──ガッシャーン！

結界を突き抜けて響いた、鼓膜を破かんばかりの轟音。

希夜と弥栄はそろって飛び上がる。

「な、なんでしかっ⁉」

「わ、かんないけど……え？　なにかの襲撃？」

「よ、よりにもよって御頭さまの御屋敷に襲撃なんて、そんな無謀な妖がいるとは思えないでしっ！　どう考えても自殺行為でしょ⁉」

「そう、だよね。でも、じゃあいったいなに……」

警戒を滲ませながら立ち上がると同時に、廊下から「おねえさまああああっ！」と蛍の絶叫が響いた。さすがにぎょっとして、希夜は結界を解く。

「ああ、おねえさま！　よかった！」

「うわっ！　ほ……蛍？」

慌てて部屋から飛び出せば、廊下を全力疾走してきた蛍に抱きつかれる。もう、ほぼ体当たりだった。危うく押し倒されそうになってしまう。

「おねえさまっ！　また、またわたくしの前からいなくなってしまうのかと……って今はそれどころじゃありませんわ！　逃げませんとっ！」

「に、逃げる？　なにから？」

「松芭さまですわ。おそらく、最期の暴走が始まったのだと思います」

最期の暴走。それは、どうにも聞き慣れない言葉だった。

希夜が当惑を浮かべると、蛍は悲愴な表情で駆けてきた道を振り返る。

「妖力の強い妖は、死期が近づくと妖力のコントロールが追いつかなくなることがあるのですわ。そしてそれは、往々にして死の直前に〝暴走〟し始めるのです」

「え……待って。じゃあ、もう、松芭さまは」

「……ええ、もうすぐお亡くなりになられますわ。おそらくは体中の妖力を放出しきると同時に命絶えるでしょう。今は兄さまが暴走を食い止めるために向かっておりますから、わたくしたちは避難を――って、おねえさま!?」

最後まで聞かないうちに、希夜は走り出していた。

駆け出す直前に弥栄を押しつけられた蛍は、おおいに面食らいながら「なにをする気ですの!?」と困惑に満ちた声をあげる。

「蛍はやえたんと避難して！　わたしは和月のところに行く！」

松芭が暴走している。その事実を知った瞬間、希夜は背筋が凍るような心地がした。

──なぜなら彼は、希夜が知るなかで和月に次ぐ妖力を持っていたから。

（和月……っ！　松芭さま！）

あれだけ悩んでいたことは一瞬にして頭から抜け落ちていた。相次ぐ破壊音の方へ向かいながら、どうか無事でいてほしいと希夜は強く願い、廊下を駆けた。

松芭の部屋に飛び込んだ瞬間、全身になぶられるような衝撃が走る。それが溢れんばかりの妖力の波だと理解するよりも前に、なにかにぐいっと腕を引かれた。

はっと顔を上げて目を見開く。希夜を引き寄せたのは、他でもない和月だった。

「なぜここにいる！　蛍はどうした⁉」

和月は前方を苦悶の表情で睨みつけながら叫んだ。室内だというのに、声を張り上げなければ聞こえないほどの暴風が、妖力と共に吹き荒れていたのだ。

「蛍はやえたんと逃げるように言った！」

「共に逃げろと命じたはずなんだが……っ、くそ！」

室内にはふたつの妖気が充満していた。

ひとつは、まるで栓を外したかのように膨れ上がり、周囲の物をことごとく巻き込んで舞い上がる禍々しい松芭の妖気。

もうひとつは、その妖気を押し返そうとする和月の妖気だ。それは青白い稲妻のような光を帯びながら、周囲に溢れようとする妖気を囲い込んで押さえつけている。

（こんなにもコントロールが利いてないなんて……っ）

和月の腕のなかで顔を歪めながら、希夜は必死に状況を把握しようと努める。

暗幕のような漆黒の靄を纏い、とぐろを巻いて暴走している妖力の竜巻。

視認できないが、おそらくこの妖気の中心に松芭はいるのだろう。

すでに部屋のなかは見るも無惨に荒れ果て、もとの姿は見る影もない。障子は吹き飛び、箪笥や唐櫃などの調度品もすべて横倒しになっている。

和月の妖気で囲い込んでいなければ、今にも屋敷ごと崩壊しかねない勢いだ。

「おい希夜！　聞いて――」

「聞いてるよ。でも、今はそれどころじゃないでしょ」

希夜は懐から札を取り出し、呪言を唱えながら部屋の四方に飛ばす。結界を張るために作っておいた札の予備が、まさかこんなところで役に立つとは思わなかった。

（わたしの結界じゃ、せいぜいこの室内を囲うことしかできないけど……っ）

部屋の四隅に張られたそれは、一瞬にして四角上の結界を作り上げる。

これでひとまず、この結界外に被害が広がることはない。

「っ、これは……結界か？」

「簡易的なものだけど、ひとまずないよりはマシかなって。和月の妖気も抑えて大丈夫だよ。そんな調子で出してたら、長くは持たないでしょ」

わずかばかり躊躇を見せつつも、和月は妖気の幅を狭め、自身と希夜の周囲にのみ防壁を張る。吹き荒れていた風がやみ、希夜はほっと息を吐いた。

「ありがと、和月」

「こちらの台詞だ。正直、助かった」

抑えがなくなった松芭の妖気は一気に膨れ上がるが、希夜の張った結界が邪魔をして外までは広がらない。どうやらうまく抑えることができているらしい。

それに安堵しながら、希夜は和月の服をぎゅっと掴んで顔を上げた。

「あの妖気、なんかすっごく嫌な感じなんだけど。術が混じってるよね？」

「まったく……どうして人の子がわかるのか甚だ疑問なのだが。その通りだ。この惨状は鬼の妖術を無差別に放った結果。アレに触れれば、生命力を奪い取られるぞ」

「生命力を奪い取る？」

「鬼の妖術は、自身の妖力に準じて相手から生命力を奪い取る力だ。そしてあれは、死を目前にして身体が本能的に力を求め暴走している」

結界を張ってわずかばかり余裕ができたのか、和月の口数が増える。

状況はどう捉えても最悪だが、ともかく事態は理解した。

「なに、この極限状態はそう長くは続かない。このまましばらく抑え込めば、そのうち松芭の妖力が完全に尽きるからな」

「……そうしたら、松芭さまは」

「ああ、死ぬ」

端的な答えだった。

だが、決して慈悲のない発言でないことは、和月の表情を見れば一目瞭然。

眇められた双眸には、筆舌に尽くし難い哀感が漂っている。それはひどく痛みを堪えているようにも見えて、希夜は彼の心中を思うとたまらない気持ちになった。

（和月にとって、松芭さまは……長の座を譲ってくれた大切な御方だものね）

ふたりの間に、どんな歴史が紡がれているのか。どういう経緯で、鬼族の長の座を譲ることになったのか。詳しいことはなにも知らない。

けれど、和月や蛍が血の繋がらない彼のことをいっとう大切に思い、それこそ家族として認識していることは感じていた。

それほど大切な存在が苦しんでいるのに、平気でいられるわけもないのだ。ここで暮らし始めてから日の浅い希夜でさえ、暴走している松芭は見たくないのだから。

「――……和月、わたしに手伝わせて」

「は？」

「きっと、楽にしてあげられると思うの」

和月の返答を聞く前に、希夜は両手指を重ね合わせ印を組んでいた。

（本来は妖を滅する術だけど、あれを利用すればたぶん……）

松芭は強い。初めて和月と対面したとき同様、この強大な妖力を前に真正面から術を投げても、ほぼ確実に押し負けて払われるだろう。

だが、ここを抜けて松芭のもとまで行くことができれば、勝算はあった。

「なにをする気だ、と言ったところでやめないのだろうな、おまえは」

「よくご存じで。でも、和月の協力がなかったらできないから、和月次第だよ」

そう告げれば、和月は前髪をがっとかき上げながら荒々しく舌打ちをこぼす。

「なにをすればいい」

「わたしが松芭さまのもとまで行く道を作ってほしいの。できれば直接、松芭さまの身体に印を刻みたいから――うん、五秒くらい。いけそう？」

「愚問だな」

和月の瞳の奥が妖美に光った。

妖力が変化し、形を変えて結界内を蔓延っていた松芭の妖気を凌駕する。空気が一様に和月の色に染められるのを肌で感じながら、希夜は松芭のもとへと駆け出した。

松芭は、中心で胸をかきむしりながら悶えていた。

意識はない。それでも己の力に身体を乗っ取られる感覚は、きっとひどく苦しいものだろうと、希夜は想像するだけでも胸が痛くなる。

（優しい松芭さまだから、なおさら。穏やかな最期を迎えてほしい）

きっとこの状況も、彼が望んだものではないはずだから。

「松芭さま、もう少しの辛抱ですよ」

両手にわかたれるように拓いた道を抜け、希夜は無事に松芭のもとへと辿り着く。

「汝　陽に御座すモノ　影を祓え　闇に抗え　向かうは光　来たりは導　道の先に封は非ず　鎮まれよ　還られよ――！」

呪言を口にしながら印を組み、希夜は合わせたふたつの指を松芭に叩きつける。

だが、指先が彼に触れたのと入れ違いに、手首になにかの感触を覚えた。

（あ、まずい）

不意に苦しんでいた松芭が手を伸ばし、縋るように希夜の手首を掴んだのだ。

「希夜っ!!」

背後から和月の悲痛な声が届いたかと思えば、どっと全身から力が抜ける。

ごっそりと、身体のなかの大事なものが抜き取られるような感覚だった。

それはおそらく――〝生命力〟と呼ばれるもの。

耐えきれず希夜がふらりと倒れ込んだのと、皮肉にも正常に作動した術が淡い光を帯びながら松芭を包み込んだのは、ほぼ同時だった。

『俺の血を飲め、多希——！』

女の華奢（きゃしゃ）な身体を抱きかかえ、震えるように懇願しているのは和月だ。多希と呼ばれた彼女は、くすくすと力なく笑いながら首を横に振る。

『だめですよ。だってわたくしの身体は、呪われておりますから』

『だが、このままだとおまえは……っ』

『もしも今、あなたの血を飲んで、人の理を外れたら……たしかに、この命は続くかもしれません。けれどその道は、これから先の途方もなく長い時間、この呪いに苦しむことと同義でしょう？　わたくしは弱いから、そんなのきっと耐えられないわ』

今にも折れそうなほど細い多希の指が、蒼白な和月の頬へと伸ばされる。

『…………』

そっと愛しい者をなぞるように、指先が肌を滑り、目許を撫でた。

『……ねえ、和月。人とは、愚かなものなのです』

『だからわたくしはきっと、生まれ変わっても、あなたを好きになりますよ。和月も、わたくしを愛してくれるでしょう？　たとえわたくしがあなたを覚えていなくとも』

『そんなの、愛するに決まっているだろう。どんな形であれ、おまえが帰ってきてくれるのなら、俺はどうせ愛さずにはいられないんだ』

和月は多希の手を包み込むように握り、彼女の額に口づける。

『――鬼の一途さを舐めるなよ』

『ふふ。ええ、わかっています。ですから、きっと……いいえ。必ず、あなたのもとへ帰ります。だからどうか、待っていてくださいね』

『……ああ、いつまでも。それがおまえの望みなら』

『はい。そして帰ってきたら、うんと甘やかして――次こそは、わたくしにあなたと永遠の時をくださいませ』

和月に擦り寄り、多希は眠るように瞼を伏せる。その表情は悔いなどひとつも感じさせないほど満足そうで、和月は強く強く彼女を抱きしめながら深くうなずく。

『誓おう――俺の最愛』

◇

――あれは、いったい誰の記憶だったのか。多希か、和月か、あるいは松芭か。

目覚めたとき、希夜は泣いていた。全身がぐったりと重い。思考もうまく回らない。

それでも、今見たものが、ただの〝夢〟だとはどうしても思えなかった。

あれは、きっとかつて、まさにここで交わされた会話だ。

和月と多希の――別れの記憶。

(なんなの……わたしと多希さん、全然、似てないじゃない)

寝かされていたのは和月と希夜の寝室だった。枕元には、すやすやと丸まって眠る弥栄の姿もある。窓から見える外の暗さからして、おそらく夜だろう。

なんとか起き上がろうとするけれど、驚くほど身体に力が入らなかった。

なんだか長く眠っていたような気もするし、一瞬だったような気もする。眠る前のことを思い出そうとしたそのとき、不意に開いた障子の先から和月が現れた。

「っ……」

一秒、二秒、三秒と目が合った。

みるみるうちに見開かれていくそれを、面白いなあと呑気に思っていた希夜は、次の瞬間、駆け寄ってきた彼に勢いよく抱き起こされた。

「希夜……っ！　ああ、もう、目覚めないかと思ったぞ……！」

痛いくらいの力で抱きしめられて、希夜はひゅっと息を詰まらせる。

けれど、そうして触れ合った部分から直に伝わってきた和月の身体の震え。

(目覚めない、か)

和月が抱いている感情の名前を悟って、希夜は返す言葉を見失ってしまう。

戸惑いながら、おずおずと和月の背に腕を回した。追い詰められたような姿があまりにも、夢のなかの和月と重なったのだ。

（……きっと多くのものを失ってきたのね、和月は）

とりわけ、彼にとっての一番の喪失は多希だったはずだ。

愛した者を亡くした痛みを抱えながら、一途に想い続けていた。

希夜からすれば、途方もない時間。考えるのも嫌になるほど、長い長い時を生きながら、彼は多希との約束を大切に守り続けていた。

「……松芭さまは？」

「……おまえが鎮魂したおかげで、無事に暴走も収まり、心穏やかに逝った」

「そっか。よかった」

「なにもよくないだろう……！」

希夜の肩を掴み身体を離した和月が、今度はべつの意味で震えていた。それが怒りからきているのは明白で、希夜はひくっと頬を引きつらせる。

「数秒でも術の作動が遅れていれば、生命力を奪われ尽くしていたんだぞ！」

やはりそうか、と希夜は苦笑した。

（わたしも、まさかあの段階で松芭さまが動くとは思ってなかったんだよね）

放たれる妖気は防げても、さすがに触れられてしまえば防ぎようがない。希夜の術が先行していなければ、おそらく本当に危うかったのだろう。

自分の今の身体を鑑(かんが)みても、間一髪だったことは容易に想像できる。

(でも、和月にとってはトラウマだったのかな)

多希が妖術による呪いで亡くなっているぶん、和月は希夜が傷つくことに対して敏感だった。今回の件でどれほど気を揉ませたのか、想像するだけでも心苦しくなる。

「――ねえ、和月」

「なんだ」

「わたしに、和月の血をちょうだい」

思いがけない言葉だったのか、は、と和月がぴたりと動きを止めた。

「多希さんと約束したんでしょう?」

おそらく、それだけでなにを指しているのかわかったんだろう。

和月がごくりと息を呑んだのを感じながら、希夜は努めて穏やかに続ける。

「松芭さまに触れたからかな。多希さんの最期を、夢に見たの」

――多希はすべてわかっていた。

生まれ変わった後、自分が〝多希〟の記憶を持っていないことも、生まれ変わった自分が和月を好きになってしまうことも、変わらず和月が愛してくれることも。

「和月の部屋に飾ってある、青い緋衣草……あれ、多希さんが残したものでしょ？」

不意に思い至ったことを尋ねてみる。

すると和月は一瞬ぴたりと硬直し、まじまじと希夜を見つめた。

「……なぜ、わかった？」

ああやっぱり。そう思いながら、希夜は身体の力を抜いて深く息を吐き出した。

「前に、深風さんに教えてもらったのを思い出したの。青い緋衣草の花言葉は〝永遠にあなたのもの〟だって。だから、なんとなくそうかなって」

対して、民が大切にしている赤い緋衣草の花言葉は〝燃える想い〟。

──なるほど、たしかに一途な鬼を表した花だ。

「和月は、どこまでわかってたの？　わたしが──生まれ変わった〝多希〟が、〝多希〟ではなくなってること、ちゃんと予想してた？」

「……していないわけがないだろう。同じ魂を持っていても、記憶を引き継いでいない限り、人格は異なる。当たり前のことだ」

「でも、ショックだった？」

和月はしばし口を閉ざした。

わずかな沈黙の後、その怜悧な美貌に自嘲するような笑みが浮かぶ。

「正直に言えば、そうだな。帰ってきた花嫁が俺のことを憶えていないとわかったとき、多少の落胆はあった。だが、同時に歓喜もした」

「え、歓喜……？」

それはまったく思ってもみなかった言葉で、希夜は虚を衝かれた。

「ああ。違う人間になってもなお、この俺のところに戻ってきてくれるのかと。俺の愛した魂があまりにもかわいらしいことをしてくれるから、久々に心が沸いた」

「魂が、かわいらしい……。なにそれ、聞いたことない」

「くく、人の子にはわからん感覚か」

張り詰めていた空気が弛緩する。和月は指先で希夜の頬をなぞった。

「この際、はっきり言っておくぞ。俺はなにもおまえに〝多希〟を求めているわけではない。──まあ、呼び間違いは謝る。どうにも魂の認識が先行すると、思考が早まってな。それでも、ちゃんと〝多希〟と〝希夜〟の判別はついているんだ」

「っ……うん。びっくりするほど、わたし、多希さんに似てなかった」

「見目も中身もな。まあ、異常なほど肝が据わっているところは魂的な素質だろう。そこは正直、もう少し自重してくれた方がありがたかったくらいだが」

魂に素質なんてものがあるのか、と希夜は遠い目をして考える。

だが、現にこうして和月には魂の見分けがつくのだから、きっと人の子にはわからない特徴があるのだろう。形とか、色とか、なにかしらの個性が。

それでも、希夜は思うのだ。

「わたし、やっぱり多希さんにはなれないよ」

多希はすべてわかっていた。わかっていた上で、和月を置いていく選択をした。自分ではない〝生まれ変わり〟に、愛した和月を託すことを決めた。

――けれど。

「もしもかつての多希さんと同じ状況になったら、わたしは迷わず〝生きる〟道を選ぶもの。和月を置いていったりしない」

「っ……！」

「妖の血を飲んで人の理を外れるって意味はよくわからないけど、ようするに長く生きられるようになるってことでしょう？」

わずかな衣擦れの音さえも響く静寂のなかで、和月は細く息を吐いた。

「――所有印の延長線上にあるものだ。人の子が妖の血を飲めば、その生命力が反応し、うまくいけば寿命が延びる。否、正確には、血を交わした妖が死ぬときに死ぬことになる。言わば運命共同体になるんだ」

「うまくいけば？　いかないときもあるの？」

希夜の問いかけに、和月は苦々しい面持ちで首肯する。

「無論だ。身体が拒絶反応を起こせば、生き永らえるどころかその場で命を落とす場合もあるからな。普通の人の子は賭けでもやりたがらない」

「その場で命を……なるほどね」

たしかに、寿命を延ばすために己の命を賭けるのは、なかなかに勇気がいることだろう。なにかと慎重な道を選びがちな人の子が避けがちなのも理解できる。

「怖くなったか」

「いや、怖いというか、驚いた……かな。そんな賭けに和月も乗るんだ、って」

「俺は成功すると確信を持っているからな。それに、言っただろう。所有印の延長線上にあるものだ。すでに俺の所有印を刻んでいる時点で、成功すると言っても過言ではない。まあ、多希のときもそうだったが」

和月はそう言うと、希夜をふたたび褥に押し倒した。

両肘をつき囲うように覆い被さると、今にも触れそうな距離で問うてくる。

「――いいんだな？　俺と血を交わしてしまえば、もう本当に後戻りはできなくなるぞ。数えるのも億劫になるほどの年月を、俺と共に過ごす覚悟はあるか」

……なんとなく、多希がこの選択をできなかった理由はわかるのだ。

人は未知のものを恐れる。

ただでさえ明日の未来にすら不安を覚える生き物だ。

見据えることすらままならない時間を生きる道を進むのは、とても勇気がいる。

「……そうだね。もしわたしの寿命が延びたとして、いつかこの幽世にひとり残される可能性があるのなら、きっと選べない。でも、その果てしなく長い時間を過ごした後、和月と一緒に死ねるなら、いいよ」

「死にたいのか」

「ううん。ひとり残されるのも、残すのも嫌なだけ」

「……ああ、そういうことか。まこと多希とは違う考え方をする」

和月の顔が近づき、希夜の唇に優しく触れるだけの口づけが落とされた。まるで壊れやすい硝子細工を扱うかのような、繊細で慈愛に満ちた扱い方だ。

希夜はなんとも面映ゆい気持ちになりながら、それを素直に受け入れた。

「でも、ひとつだけ──誓って。和月」

「なんだ」

「〝わたし〟を、愛してほしいの。多希と希夜はべつの人間だから。これからずっと、あなたと共に生きなければならないのは、わた──……」

希夜の切実な言葉を容赦なく遮って、和月にふたたび口づけられる。

「馬鹿者め。まだそれを言うか」

「だ、だって」

「そもそも、おまえが多希ではないことくらい最初からわかっていた。多希の魂がこちらに帰ってきたと感じてから十七年、俺だって相応に悩んでいたのだからな」

そういえば、と希夜は考える。

ここ数年、立て続けに盟約が執行されていたおかげで失念していたけれど、そもそも夏は三番手だった。待っていたのなら、それこそ希夜が贄として最適な年頃になった瞬間に、求めてもよさそうなものなのに。

「正直に言おう。俺は〝多希のいない魂〟を受け入れられるか自信がなかった。愛した魂を持つ多希ではない人の子を、同じように愛せるか不安だった」

「えっ……魂を持つ者なら無条件に愛せるわけじゃないの？」

「魂は愛せる。だが心がある以上、人格はべつだ。それでも俺は、多希への誓いを守らねばならなかった。だから、意を決しておまえを迎えたんだ」

希夜は反応に困って、眉を八の字にしながら和月を見つめた。その顔が面白かったのか、翳りを帯びていた和月の表情が和らぐ。

「心配しなくていい。冥楼河で希夜と対面したときにはもう、それらの不安はすべて杞憂だったと確信している。この感覚は……どうも言葉では表せんが。ともかく俺は、なにをどう足掻いても、おまえに惹かれる運命らしい」

和月は希夜の髪を払いながら、ふっと蕩けるように笑う。

「——希夜。おまえのどんなところに惚れたのか、それはこれからじっくり教えてやろう。死を迎えるまで……永久の時のなかで、嫌というほどな」

「お、お手柔らかに」

「はっ、馬鹿め。俺に愛された時点で、もう遅い」

ガリ、と鋭い歯で自らの口腔内を傷つけた和月は、そのまま希夜に口づけた。

（……もっと、もっと、わかり合えたらいい。なにも言わなくても、わたしの気持ちが伝わるくらいに、どこまでも。この鎖は、断ち切りたくないから）

どこまでも深く溶け合い、魂の核まで繋がり合うように。

和月の血が希夜に巡り、運命の糸が結ばれ、ひとつになっていく。

「おまえは永遠に俺のものだ。――愛しているぞ、希夜」

秋幕

金木犀

ずっとずっと待っていた。

そのときが来る日を、待ち続けていた。

晴れた霧の先で待っていた彼の姿を見て、美國は安堵すると共に全身が跳ねるような心地を覚える。けれど、込み上げてきた涙はすぐに振り払った。

(……やっと、会えた)

うららかな陽だまりを閉じ込めたような金色の長髪。独特な妖艶さを纏う京紫の瞳。剣呑さを交えながらも美しい鳳眼は、美國を捉えて複雑そうに眇められた。

会いたくて、会いたくて仕方なかった相手。思い出さない日はなかった相手。

それはそうだろう。だって彼は、美國の初恋の相手なのだから。

「――綴っ!」

方舟が冥楼河の河畔に到着し、美國は危うい足取りで立ち上がる。さすがに見かねたのか、彼は――綴は、軽く美國を持ち上げて岸へと降ろしてくれた。

だが、あまりに端麗すぎる容姿は、これ以上ないほど呆れの色に染まっている。

「久しぶりだね、綴! 約束通り、金木犀いっぱい持ってきたよ!」

「…………」

「……あ、もしかして、綴さまの方がいい?」

きょとんとして首を傾げると、綴は額を押さえて深いため息をこぼした。

「綴でよい。まったく相も変わらず騒がしいことこの上ないな、おぬしは……」

溜め込んでいたものをすべて吐き出すかのごとく長いそれ。

美國はむっと頬を膨らませ、綴が纏っていた朱い紅葉柄の和羽織りを掴む。

「反応がおかしい！」

「それはこっちの台詞だ。意気揚々と流されてくる奴があるか、阿呆め！」

「だって、綴だと思ってたもん。だから、金木犀ノ里(きんもくせいのさと)の――秋の生贄には絶対に私がなるって決めてたし」

冬、春、夏と続けば、残るは秋。江櫻郷の者たちは頼むからもう続かないでくれと切に願っていたけれど、唯一、美國だけは違う。

むしろ美國は、他の季節が求めてくるよりもずっと前から〝秋〟を待っていた。

秋の花である金木犀が、冥楼河を流れてくる日を待ち望んでいた。

それはすべて、綴にもう一度、会うために。

「ねえ、綴。ここに呼んだってことは、私のことお嫁にもらってくれるんでしょ？」

「……まあな」

「へへ、よかった。じゃあいい女になったってことだ？」

「調子に乗るな、たわけ。そんな貧相な身体で我を誑かせると思うなよ」

素直じゃないなあ、と美國はにこにこと笑ってしまう。

たとえどんな答えでも構わなかった。だって、こうして生贄として、花嫁として選んでくれた時点で、美國の願いは〝叶った〟のだから。

「——これからよろしくお願いします、旦那さま！」

◇

初めて綴と出会ったのは、まだ美國が幼い頃——。

あの頃、好奇心旺盛でわんぱくだった美國は、大人の目を盗んでは、たびたび江櫻郷の最奥部——立ち入り禁止である戸弔の森に忍び込んでいた。

戸弔の森の先には、幽世と繋がる冥楼河がある。冥楼河は朝でも夜でも深い霧に包まれていて、その水の流れてゆく先を見据えることは叶わない。

けれど、その澄み渡った空気とこの世とは思えない異質な雰囲気は、美國の関心を引いた。幼い子どもには、その未知なる空気感がひどく魅力的に映ったのだ。

『来ちゃった、来ちゃった……！』

最初は少し恐ろしかった冥楼河も、回数を重ねるごとに近づけるようになり、その日は勇気を出してとうとう河の水に触れられるところまで行った。

四つん這いで川面を覗き込み、恐る恐る水に手をつけてみたりして。

なにか起こらないかとドキドキしていたけれど、目に見えた変化はなかった。

ほっとしたような、少し残念なような。期待が見事に空ぶって、肩透かしを食らったような気持ちで顔を上げた。そのときだった。

『そのように覗き込んでは落ちるぞ』

唐突に降ってきた声。いつの間に現れたのか、冥楼河を囲む大岩の上に目を疑うほど美麗な男が腰かけていた。

まさかこんな場所に人がいるとは思わず、心底仰天した美國はやらかした。ずるっと手を滑らせて、今しがた注意された展開をそのまま引き起こしてしまったのだ。

『言った矢先から！』

だが、すぐに首根っこを掴まれ引き上げられて、美國は事なきを得る。

もちろん引き上げてくれたのは、名前も知らない彼だった。

『この阿呆！　現世とはいえ水辺を舐めるでないぞ、人の子！』

あまりにも一瞬のことで、美國は自分が河に落ちたことすら気づくのに遅れた。

加えて、間髪入れずに見知らぬ大人に怒鳴られたのだ。当然、驚きもする。

だが、ここで泣かないのが美國だった。

『おにいちゃん、だあれ？　郷の人じゃないのに、なんで怒ってるの？』

『っ、我のことはいい。おぬし、名は』

『オヌシって、なあに？　お寿司のことっ？』

『なんでそうなる馬鹿者が！　我は名を訊いておるのだ！』

『わあまた怒った！　あはは、おこりんぼさんだなあ。あのねえ、お名前はねえ、美國って言うの。みっちゃんって呼んでね！』

『呼ばぬ！』

『なんでぇ⁉』

――後から思い返せば、それはもう命知らずも甚だしい子どもだった。

だが意外なことに、男はそんな破天荒な子どもに興味をそそられたらしく、たびたび現れるようになった。そう、立ち入り禁止のはずの、冥楼河の河畔に。

綴と名乗ったその男と関わるようになったのは、それからである。

幼心に、綴が〝普通ではない〟ことは承知していた。けれど、それでも構わなかった。なにしろ美國は、すでに綴を好きになっていたから。

『ねーえ、綴。私ね、将来ね、綴のお嫁さんになりたい』

あれは、いったい何歳の頃だったのだろう。

美國はいつものように隠れて綴と会っていたときに、そう切り出したことがある。

『……突然なんだ』

『今日、お勉強会があったの。むかしむかしのお話でね……ええと、なんだっけ？

人の子がね、喧嘩した妖さんのお嫁さまになったお話なんだけど』

　正直に言えば、人と妖が絡む盟約についての話はまだ難しかった。昔話として読み聞かせられても、完全に理解するには至っていない。

　ただなんとなく、もしお嫁さんになるのなら、相手は綴がいいなと思ったのだ。だから、胸の奥にぽとりと灯るその想いの名はまだ知らないままに、伝えた。

『綴は、大人だし、たまに意地悪だけど、私の話をちゃんと聞いてくれる。あとね、お顔がかっこいいから。私、綴のお嫁さんなら、なりたいなあって思ったの』

『なんだ、顔か』

『うんっ』

　無邪気な子どもの素直さは、ときに残酷だ。

　だが、綴は呆れながらも嫌な顔はせず、むしろおかしそうに吹き出した。

　お腹を抱えながら笑う綴に美國は頬を膨らませて拗ねたけれど、そのときの彼の笑った顔は、美國の記憶に強く強く焼きついた。

『まあ、おぬしがもっといい女になれば、考えてやらぬこともない』

『いい女ってなに？』

『さてな。それは自分で考えろ。だが——そうだな。ヒントはやろう』

　ぽすんと頭を撫でられる。幼い美國はわけもわからぬまま、上目遣いで綴を見つめ返した。彼の顔はいつになく穏やかで、汲み取る必要もないほど優しかった。

『美國。もしも将来、本当に我のもとへ嫁に来る気なら、金木犀を持ってこい』

『きんもくせい？　裏山で育ててるお花？　あれ、綴、好きなの？』

『ああ。秋で一番、強く香る花だからな』

『秋も好きなの？』

『好きもなにも、秋は我のものだ』

――そのときは、少しも言葉の意味を理解していなかったけれど。

数年後、それが綴にとって最大限の歓迎の言葉だったことに気がついたとき、美國は改めて心を決めたのだ。

花緋金風の盟約のもと、秋の生贄になる覚悟を。

人ではなく妖だった美國の初恋の相手――秋の領主の花嫁となる覚悟を。

◇

「……むう」

妖狐が支配する秋に嫁入りしてから、ひと月ほど経った頃――美國は私室でむくれていた。抱えた膝に顎をのせ、今日だけで何度目かわからないため息をつく。

「またそんな顔して。あんたね、そのうち顔がタコになるわよ？」

「だってさあ……」

心底呆れたような顔を向けてきたのは、美國のお世話係である凪だ。

同世代くらいの見た目だが、彼女も当然、狐族の一員。頭にぴょこりと生える狐耳と三尾のしっぽが、妖狐の娘であることを如実に表している。

「なにがそんなに不満なのよ？」

立場的には〝侍女〟にあたる凪だが、その口調は砕けきっていた。

それもこれも、他でもない美國が初日に敬語をやめさせたからだ。堅苦しい関係は嫌だと言ったら、彼女はあっさりと仮面を外して見事なくらい順応したのである。

「だって、凪ちゃん。私が綴に嫁入りして、もうひと月だよ？」

「そうね。で？」

「綴ってば、なーんもしてこないの！　なんかちょっと素っ気ないし、なんなら寝室も別々だし、夫婦っぽいことなーんもないの！　変じゃない!?」

言いながら身を乗り出して、凪に縋りつく。だがすぐ、鬱陶しそうに尻尾で押し退けられてしまった。手触り最高なもふもふが顔に押しつけられるが、美國はむしろその柔らかい感触を楽しみながら唸った。

「変ではないわね。契りを交わす前だし、まだ正式には〝嫁入り〟してないもの」

「それにしたって……なんかもっと……」

幼い頃から抱き続けてきた恋心がようやく実ったはずが、これではあまりにも実感が湧かない。せめて口づけくらい、と思うのは、美國がおかしいのだろうか。

「そんなに不満なら、綴さまに直接言ってみればいいじゃない。べつに無視されてるわけじゃないんでしょ？」

「無視はされないけど、ぷいってされる」

「……はあ。綴さまもたいがい、なんというか……」

綴のツンデレは、なにも今に始まったことではない。昔から素直なときの方が少ないほど回りくどい性格をしていたし、それは美國も重々承知している。

（……でも、最近ツンしかないし。なんか、あんまり嬉しくなさそうだし）

生贄として流れてきたときも、綴の顔はずっと浮かなかった。気乗りしていないのは明白で、だからこそ美國も変に不安を覚えてしまうのだ。

美國は他の花嫁と違い、初めから〝生贄〟という名の〝嫁入り〟のつもりであやかし郷にやってきたのに――これではあまりに思っていた展開と違いすぎる。

「凪ちゃーん、私の心が泣いてるよー」

「うるさいわね、勝手に泣かせておきなさい」

「凪ちゃんの鬼！」

「残念、狐よ」

むう、と美國がまたも頬を膨らませたそのとき、部屋の外から声がかかった。

「失礼します、美國さま。少々よろしいですか」

「ん、八雲さん？　どうぞー」

美國が間延びした返事をすると、音もなく障子が開き、綴の側近である八雲が姿を見せた。床に片膝をついてかしこまる様子は、ひどく清雅で様になっている。

（相変わらず麗しいなぁ。お肌綺麗だし、ほんと羨ましい……！）

後頭部の高い位置で結った長い紫苑の髪。深い濃紺の瞳。加えて藤の花を思わせる雅やかな雰囲気の三拍子は、綴とはまた違った魅力に溢れている。

「お戯れのところ申し訳ありません。実はこれから、綴さまと共に市井まで野暮用を済ませに行くのですが、美國さまもいかがでしょうか」

「行きたいです！」

美國がぴょんっと飛び起きて即答すると、八雲は微笑んでうなずいた。

「では凪、準備を頼みましたよ」

「承知しました。十分ほどで終わらせます」

美國に対してはあれだけ砕けた態度なのに、八雲に対してはまったくべつの顔を見せる凪。その切り替えの早さには、毎回驚く。彼女曰くこれも処世術らしい。

「仕事が早いのは結構なことですが、今日は急ぎではありませんので、ゆっくり準備して構いませんよ。私共は玄関でお待ちしておりますね」

八雲が下がると同時、凪がてきぱきと準備のために動き始める。

急がなくていいと言われたところで、凪に仕事を任せたら迅速かつ丁寧な結果が返ってくるのは目に見えていた。その信頼ゆえの、美國の侍女である。

「袴でいいとして——髪はそもそも短いから、半上げして簪ね。ほら、立って。綴さまと八雲さまをお待たせするわけにはいかないんだから！」

「うぇえ。凪ちゃんって私の扱い雑だよね」

「なに言ってんの。あんたが望んだんでしょ」

ぴしゃりと言い返して、凪は手早く美國の服を剥ぎ取っていく。

（まあ私も、普通の友達みたいでこっちの方が楽だけど。それに凪ちゃんって、どことなく希夜ちゃんに似てるんだよね）

昨年、自分より先に生贄となった親友を思い出して、美國は苦笑する。

つっけんどんなところも、意外と優しい一面を持つところも、希夜っぽい。

だからこそ、美國は凪と一緒にいると安心するのだろう。自然体で話せる相手というのは、異界において非常に貴重な存在なのだ。

「まあ、でも……美國さまなら大丈夫よ」

「え？」

「綴さまは民を大事にしてくれる方だけど、美國さまのことはまた違った意味で気にしていらっしゃるもの。大事に思っているのはたしかだわ」

手馴れた様子で美國の髪を結いながら、凪はいつもより穏やかな声音で告げる。

思わず振り返りそうになった美國を、容赦なく尾で抑え込んでくるあたりは優しくないけれど。だがそれも、凪らしさだった。

「そんなに焦らなくていいんじゃない。どうせこれからずっと一緒なんだから、美國さまがお望みのハレンチなこともそのうちあるわよ」

「は、ハレンチなことは望んでないよ！」

「ふふ、どうだか」

半上げした髪を留めるために簪を挿しながら、凪は吹き出すように笑った。

ぽんと背後から両肩を叩かれて、美國は自然と背を伸ばしてしまう。

「そうよ。あんた、見た目は悪くないんだから、ちゃんと背筋を伸ばして堂々といたらいいわ。はい、いってらっしゃい」

目の前の三面鏡には、和装姿の美國が映っている。橙（だいだい）と紅が混ざり合う色彩が秋らしさを際立てる意匠のものだ。肩上で緩急を描く色素の薄めな香染色の髪とよく調和しており、唇に紅を引かれれば、自分でも一人前の娘に見えなくもない。

十八歳。まだ成長過程のあどけなさは残っているけれど、ちゃんと〝女性〟だ。

不思議なことに、たったそれだけで沈んでいた美國の心は浮き上がる。

「ありがと、凪ちゃん。行ってきます」

着崩さぬよう細心の注意を払いながら、美國は足早に玄関へと向かった。


秋の地が狐幻湖と呼ばれる由縁は、秋の地全体が湖にぽっかりと浮かんでいるからだ。現世でいえば、秋初めから終わりまで、様々な段階の紅葉が生い茂る秘奥の森林のなか、まるで隠されるように狐幻湖は存在する。

湖の上にはいくつかの中島があり、秋の民――三大妖の一派である妖狐族は、そのわずかな陸地に居宅を構え、悠々自適な生活を築いていた。

(何回来ても綺麗な景色だなあ。いつか希夜ちゃんにも見せてあげたい)

中島と中島を繋ぐ道は、すべて朱塗りの反橋だ。そのため狐幻湖には、いくつもの反橋が虹のように連なっており、極めて神秘的で不思議な光景が広がっている。

こんな特殊な形をした地ゆえに、民の移動手段は、橋を渡るか渡り舟を利用するかの二択しかない。端から端まで行くなら舟の方が時間を短縮できるため、基本的に森林の最奥部に位置する長邸から市井まで出る際は、水の上を渡っていく。

(それにしたって、うん。何度やってもこれは……)

渡り舟――とはいっても、数名が縦に並んで乗れるほどの小舟だ。少しでもバランスを崩せば、すぐにひっくり返ってしまうような代物である。

そのためか、綴は自身の足の間に美國を座らせて、がっしりと囲い込んでいた。

「綴、ちょっと苦しいんだけど。私、首絞められてるから。ねえっ？」

「我慢しないか。落ちたくなければ動くでない」

「じゃあせめて、手は首じゃなくてお腹の方にして。落ち着かないし、なんか絵面的にヤな感じだから！」

うしろから首を挟むように回されていた腕を取り、腹部へと移動させる。これはこれで絶妙な位置に手が当たって恥ずかしいが、苦しいよりはマシだ。

そんな綴と美國のやり取りに、最後部で舟を漕いでいた八雲がくすりと笑う。

「初々しいですね。見ているこっちが恥ずかしくなるくらいに」

「なら凝視するな。さっきから視線がやかましいのだ、貴様は」

「こんな世にも奇妙で面白おかしい光景を見ないなんて、側近の名に恥じます」

「側近の意味を履き違える阿呆などいらぬ。クビにするぞ」

「ご冗談を。私がいなくなったら、誰があなたの世話をするとでも？」

八雲は丁寧な口調こそ崩さないものの、明らかに綴をからかって遊んでいる。

売り言葉に買い言葉だ。けれど、それほど気の知れた関係なのだろう。美國はそんなふたりの関係が、なんともほっこり感じられて好きだった。

「それで、今日はなにしに行くの？」

「べつにたいした用事ではない。婚姻祭の段取りを確認しにな」

婚姻祭については、美國もなんとなく知らされていた。なんでも、狐族の長が盟約により人の子を娶った場合に、そのお披露目をする祭りなのだという。ようするに、人の世でいう結婚式と同等の類らしい。

「婚姻祭は、狐族でもっとも盛り上がる祭事なんです。そうそうあることではありませんし、やはり民も久しぶりに気合いが入っておりまして」

「たしかに、毎回装飾が増えてるような気がするかも……」

「ええ。祭りは夜に開幕されますので、家先には下げ提灯、湖には灯篭の火が飾られ、夜闇の空間を照らし出します。湖水と光源の調和が美しい祭りなのですよ」

そうでなくても、幻想的で神秘に包まれた地だ。

湖に浮かぶ家々はどこも玄関周りに金木犀を植えており、散った花弁や鱗粉が水面に浮かぶ。水底まで透き通った湖には人の世では見たことのない虹色の魚が揺蕩い、その鮮やかな橙の花弁を食しながら生きていた。

初めてその光景を見たとき、美國は感動して珍しく言葉を失ったものだった。

「ねえねえ、綴。婚姻祭、楽しみだね」

頭を上げて上目遣いに綴を見ながら、美國はにっかりと笑う。

「婚姻祭が終わったら、ちゃんと夫婦として認められるんでしょ？」

「……化かしを得意とする妖狐は、こと約束事において契約を重んじる。この婚姻も然り。つまり、婚姻祭は祭りと称した契りの儀式となるわけだ」

「もっと楽しそうに話してあげたらどうです？　美國さまが気の毒ですよ」

どこか重々しい口調の綴を見かねたのか、八雲が苦笑した。

まったくだと全力で同意しながら、美國はふたたびむくれそうになる。

（やっぱり、嬉しくないのかな。私との結婚……）

小舟は順調に水上を進み、民たちが居を構える区域へと侵入した。

遊んでいた子ども狐たちがこちらに気づき、「長さまー！」と手を振っている。美國は綴の手を掴んで無理やり振り返しながら、不安な思いを押し込めた。

（でも、その契約を交わすために、今日もこうやって婚姻祭の準備に動いてくれてるわけだし。なにも捨てられるとか、追い返されるとかいうわけじゃないし）

郷に入っては郷に従え、なんて言葉もあるくらいだ。

幽世という異界に生贄として流された時点で、人の世の――人の子の常識は無効化した。美國はこちらの文化に慣れていかなくてはならない。

（まあ、あと少しの辛抱だもんね）

綴とてまったく美國に関わらないわけではないのだ。少なくとも、こうして抱きしめることに抵抗はないように見える。きっと昔より素っ気なく感じるのは気のせいなのだろう。

そう思うことにして、美國はなかば無理やり気持ちを切り替えた。

「長さまー！　八雲さまも、こんにちはっ！」

「はい、こんにちは。いいご挨拶ができてえらいですね」

やがて桟橋に辿り着き、舟を停め降り立つと、今か今かと待ち構えていた子どもたちが一斉に走り寄ってきた。

八雲は温和な笑みを浮かべて、子ども相手にも変わらぬ態度で丁寧に返す。

「今日はなにしに来たのっ？　僕たちと遊んでくれる!?」

「悪いが、今日は構っている暇はなくてな。祭りが終わるまで待っていろ」

一方の綴も、ぞんざいにはしない。

わらわらと集まる子どもたちに返しながら、ふたりは目的の家へ向かって歩いていく。それぞれひとりずつ腕に抱え、ずるいずるいとたかる子どもにも寛容だ。

（ぶっきらぼうなくせに、綴って子ども好きなんだよね。世話焼きだし）

子どもだろうが邪険に扱わないところは、綴のいいところだ。

美國は初めて綴と会ったときのことを思い出す。きっと、こうして普段から積極的に関わっているから、子どもの扱いには慣れていたのだろう。

「ねーねー、美國さま！　遊ぼうっ！」

美國も勢いよく抱きついてきた女の子を、反射的に受け止める。かと思えば、左手を男の子に引っ張られ、膝下に最年少らしき女の子がまとわりついた。

「あはは、みんな今日も元気だねぇ」

「ね～、綴さまがお仕事してる間だけっ！　いいでしょ⁉」

右に左に腕を引かれて、美國はそうそうに引き離すのを諦めた。子どもたちをはいはいと宥めながら、待っていてくれた綴に声をかける。

「綴、ちょっと子どもたちと遊んでいい？」

「……致し方あるまい。あまり遠くに行くなよ。我の目の届く範囲にいろ」

こうなった子どもたちを離すことの困難さを心得ている綴は、ため息をつきながらも了承してくれた。子どもたちは歓喜して、なおのこと美國を振り回し始める。

「あーほら、引っ張らないで！　私はひとりしかいないんだからっ」

正直、綴たちと一緒にいても役に立てないので、よかったのかもしれない。

多くの狐族の民が美國を受け入れてくれている感覚はあるものの、まだ一部の者には――とくに若い娘には剣呑な目で見られることもある。

そういう場でいたたまれない思いをするよりは、慕ってくれている子どもたちと遊んでいた方が、美國も精神的に楽だ。

「美國さま、これね！　これ、やって！」

しばらく子どもたちの遊びに付き合っていると、ある男の子が色とりどりのお手玉を持って走ってきた。どうやらわざわざ家から持ち出してきたらしい。

「わあ、懐かしい。お手玉、私もよく故郷で遊んでた！」

「ぼく、ぼく、上手だよ！　見ててね！」

食いつき気味に言うと、子狐はお手玉を四尾で器用に回してみせる。

四つの玉がくるくると宙に浮かぶのを見て、美國は素直に感心した。近くにいた子たちと揃ってぱちぱちと拍手する。

「すごいすごい！　いつも思うけど、みんな尻尾の扱いが上手だよね」

「ふふーん、でしょでしょ！」

妖狐の尾の数は、有する妖力の強さで決まるらしい。

現在もっとも多いのは、九尾の綴だ。美國が知る限りで次手は七尾の八雲で、一般の民は二尾から四尾の狐が多い印象にある。

「美國さまもやってみて！　ぼくよりたくさんできたら、いいものあげる！」

「え～？　これでも私、こういうのは得意だよ？」

外界との接触を極力絶っていた江櫻郷では、いまだにこうした古流な遊びがたくさん残っている。お手玉や竹馬、おはじき遊びはその定番だ。

さすがに美國は二本の手しかないけれど、負ける気はしない。

きらきらと目を輝かせる子どもたちを前に、美國は意気揚々とお手玉を回し始めた。

――そのときだった。

「綴さま、今日もお麗しいですわね。ご機嫌いかが？」

「八雲さまも相変わらずお美しくあられて」

不意に耳をついたその声に、美國の手元が危うく狂う。

声の方へちらりと一瞬だけ目を遣ると、家先で家主と話していた綴と八雲の周りに、いつの間にか若い女狐たちが集まっていた。

とりわけ目立っていたのは、綴の腕にじっとりと絡まっている女狐で。

「まったく綴さまったら、最近あまりこちらの方にいらっしゃらないから、淋しい思いをしていたんですのよ」

「これでも多忙でな。父殿の様子はどうだ」

「相も変わらず床に臥せっておりますわ。わたくし、心配で心配で夜も眠れなくて」

綴は慣れているのか、とくに気にした様子もなく受け流していた。

だが、聞き耳を立てる美國は心中穏やかでない。胸の奥がこうも靄つくのは、心が狭いからだろうか。けれども、嫌なものは嫌だ。

（そりゃ、綴はモテるだろうけど……っ）

仮にも嫁になる者がすぐそばにいるというのに、あまりにあからさまだ。さすがに看過できず、もう一度様子を盗み見ようとして心臓が跳ねる。

「っ……!?」

その女狐が射抜くような眼光をこちらに向けていたのだ。

図らずもバチッと目が合って、美國はあからさまに狼狽えてしまった。

飛ばしていたお手玉の軌道が、大きくうしろの方にズレる。落ちてくるものを受け止めようと、慌てて美國が数歩足を下げた、そのとき。

「美國さま、危ない！」

「きゃあっ！」

唐突に子どもたちが悲鳴をあげた。直後、右足の踵がずるっと滑り落ちる。

あっ、と思ったときには、そのまま背中から湖へと落ちていた。

焦るあまり、ただでさえ少ない陸地だということをすっかり忘れていたのだ。

息を止める間もなく、ごぼりと水が口腔内に入り込む。汀だというのに湖の底はやたらと深い。いっそ不自然なほど、どんどん身体が沈んでいく。

（苦、しい……っ）

もうだめ。――そう思った、刹那。

水面が激しく波打った。なにかが勢いよく湖に飛び込んできたのだ。

かと思えば思い切り抱き寄せられ、美國はそのまま一気に浮上する。

「っ、ゴホッゴホッ！　ゴホゴホゴホッ！」

水面から顔を上げた瞬間、飲み込んでしまった水を吐き出す。ようやく求めていた空気が一気に肺まで流れ込んでくるが、あまりの息苦しさに涙が滲んだ。

一方、助けてくれた彼に、美國は驚きを隠せず――同時に、うろたえた。

「つ、綴……」

美國と同じく全身びしょ濡れになった綴。彼は顔に張りつく髪を煩わしそうにかき上げると、遅れて湖畔に駆け寄ってきた八雲に鋭く放つ。

「八雲、引き上げろ」

「はい」

綴の片腕に支えられていた身体が、八雲によって軽々と持ち上げられた。

「大丈夫ですか、美國さま。お気をたしかに」

「う、うん。大丈夫だよ」

そう答えたものの、続いて上がってきた綴の表情を見て、美國は硬直した。

「おぬしは……！　水に落ちるのが趣味なのかっ!?」

「ひえっ」

誰がどう見ても危険信号を感じるほどの怒りの形相だった。

「どうしてそう昔から危なっかしい！　舟でもないのになにゆえ落ちる!?」

「ご、ごめんなさいっ」

放たれた怒声のあまりの迫力に怯んで、思わず八雲に抱きついてしまう。だが、それすら気に食わなかったのか、綴は八雲から美國をふんだくった。

そのまま懐に入れ込まれた美國は、もうなにがなんだかわからず、されるがまま人形のように固まるしかない。本気の剣幕で怒った綴は恐ろしいのだ。

「帰るぞ。濡れたままでは風邪をひく」

「え、で、でも、まだ用事終わってないんじゃ……」

「美國以上の用事などあるか！」

凄まじい憤怒だ。だが、それはまさしく美國を心配してのものでもある。

喜ぶのはさすがに不謹慎だと思いつつも、濡れて冷えた身体に相対して胸の奥はほかほかと温かくなり、自然と頬が緩みだす。

「えへへ……」

「なにがおかしい？　ちっ……さては熱でも出始めたか……」

「いや、違うよ!?」

否定してもなお真顔で美國の額に自身の額を押しつけてくる綴は、本気でその心配をしているらしい。

そんな一瞬で発熱するわけもないのに、と美國はつい笑ってしまった。

心配して泣きだしてしまった子狐たちを宥めつつ、美國たちはその場を後にした。

そうして浮かれていたから、気がつかなかったのだ。

綴に絡んでいた女狐たちが、ひどく妬ましげに美國を見ていたことに——。


その日、夜の帳が下りた頃を見計らい、美國はひとり綴の部屋を訪れた。

綴の寝室は、領主の邸でもいっとう奥まった場所に設えられている。普段寝室は別々であることもあり、この時間に訪れるのは初めてだった。

正直、心許ない。やはり、凪についてきてもらうべきだっただろうか。

（……ちょっと緊張する）

大小様々な金魚が精緻に描かれた透かし障子の向こうには、燭台のほのかな灯火が奥ゆかしく揺れていた。部屋の灯り自体は控えめだが、なかで動く気配はする。どうやら寝ているわけではなさそうだ。そう美國は安堵して、声をかける。

「……綴？」

すると、わずかな間の後に「美國か」と嘆息まじりの返事があった。

「入っていいぞ」

ゆっくりと障子を開けて室内を覗き込むと、綴の姿は文机の前にあった。手元のわずかな灯りのみで、なにやら書き物に勤しんでいたらしい。

彼は上体を捻りながら振り返ると、怪訝そうに片眉を上げる。

「どうした。覗いていないで早く来い」

「え、いいの？」

「そこで突っ立っていられても困る。落ち着かぬだろう」

たしかにそうだ。慌てて美國が部屋へ入ると、無言で手招きされた。そろそろと近づけば、自然と腕を取られて問答無用で胡坐をかいた膝の上に座らされる。

自然と横抱きされる形になってしまい、美國は焦りながら顔を上げた。

「珍しくしおらしいな。本当に熱でも出たか？」

「で、出てないよ。でも、あの、謝りに来た」

昼間の出来事を思い出しながら、美國はしゅんと肩を落とす。

正直、まさか湖に落ちただけであんなに怒らせるとは思っていなかった。

もちろん、それは美國を心配してのことだとはわかっているけれど。

「心配かけてごめんね。あと、助けてくれてありがと」

ある程度時間が経ってから、事の重大さが胸にのしかかってきたのである。

もしもあのとき綴が助けてくれていなければ、美國は呆気なく沈んでいたかもしれない。泳げないわけではないはずなのに、あの水に囚われた瞬間、なぜか恐ろしいほど身体の自由が利かなくなったのだ。

さすがにあれは、思い出すだけでも背筋が冷える。

（……引きずり込まれてるみたいで怖かった）

思わず両腕をさすった美國を一瞥し、綴は背中に回していた手を持ち上げた。そのまま頭を引き寄せられ、美國は綴に身を預けるような体勢になる。

触れた後頭部に、綴が身に纏う夜着に重なる玉房結びの感触が伝わった。

（っ……近くない？）

さすがに動揺を隠せず、美國は瞬時に赤らんだ顔を俯ける。

「つ、綴？　どうしたの、珍しい」

尋ねた声への返答はなく、代わりに頭になにかがコツンと置かれる感覚が走る。

それが、綴のしなやかな顎先の感触だと気づくのに、時間はかからなかった。

「──幽世の水は、現世とは似て異なるのだ」

ぽつりとつぶやくように落とした綴は、なんとも苦々しく続ける。

「まず、現世ほど浮力がない。浮くのはせいぜい花弁くらいだ。ゆえに妖が泳ぐ際は妖力を浮力代わりに使うわけだが、おぬしはその妖力すら持たぬだろう？」

暮夜の寂然とした雰囲気を壊さない程度の声音だ。けれど、まるで子どもに言い聞かせるようでもあり、美國は昔を思い出した。

「美國も知っておろうが、幽世――あやかし郷の文化は、かつての現世から学び取り入れ反映させている。それゆえ、構造や見目に関しては似通ったものが多い。だが、この水のようにそもそもの質が異なるものも少なくはないのだ。気をつけよ」

「う、うん」

「……あまり、我を心配させるな」

髪に触れていた手がくしゃりと縮まり、なおのこと密着度が高まる。

なにかを押し殺すような仕草に、美國は申し訳ない気持ちでいっぱいになった。

そして同時に、実感する。――綴が強く美國を想ってくれていることを。

「ごめんなさい。心配させて」

最近の不安も相まって、なんとも面映ゆさを感じながら美國は笑う。

「もうよい。しかし、これからは我の目の届く範囲ではなく手の届く範囲にいろ。勝手にちょこまか動き回られては、こちらの心臓が持たぬ」

どうやら過保護が増大してしまったらしい。だけれど、綴が相手ならこうして縛られるのも悪くないと思ってしまうから困ったもので。

まったくもって〝好き〟とは厄介な代物である。

「……な、なんかこうしてると、昔を思い出さない？」

そわそわとした心地から抜け出せないままに、美國は話の筋を入れ替えた。

「ちっちゃい頃は、よくこうしてもらってたよね」

「自分からよじ登ってきただけだ。小さいのは今でもそう変わらぬしな」

「え～、さすがに十歳の頃に比べたら八年分の成長があるはずなんですけど」

――そう、美國が最後に綴と会ったのは、十歳のときだった。

それ以降、どれだけ待っても綴が美國の前に現れることはなく、時だけが無常に過ぎていった。毎日毎日、欠かさず冥楼河に行っていたせいで、流れてきた他の季節の花々を最初に見つけたのも美國だったくらいである。

「ねえ……綴。どうして会いに来てくれなくなっちゃったの？」

流れてくる花が金木犀ではないたびに、がっくりと落胆して。流される生贄を見送るたびに、口惜しい思いをした。

「私のこと嫌いになったのかなって、すごく不安だったんだよ」

綴の被服をきゅっと掴みながら、美國は尋ねる。

だが、綴は美國と目を合わせることなく、前を向いたまま双眸を細めた。その瞬間、わずかながら空気の質感が硬度を持って張り詰める。

「おぬしは、帰りたいと思わぬのか。故郷に」

「……え？」

返ってきたのは、問うたものとはまったく関係のない言葉。

美國が戸惑いに瞳を揺らすと、綴はようやく美國へ視線を下ろした。

「あの郷には、おぬしを想う者がたくさんいるだろう。両親はもちろん、民にも隔てなく愛されていたはずだ。焦がれぬのか」

淡々としているけれど、押し殺したような表情だった。だが、灯火がなめらかに反射して揺らぐ京紫の瞳には、筆舌に尽くし難い切実さも垣間見える。

あまりにも予想外な問いかけ。さすがの美國も即答できなかった。

だって美國のなかには、〝帰る〟という選択肢が、そもそも存在しなかったから。

「──綴。私は、お嫁さんになりに来たんだよ」

だからこそ、だろうか。

気づけば自分でも驚くほど冷静に、口を開いていた。

ふたりきり。息遣いさえ聞こえそうな夜の静寂で、互いの視線が混ざり合う。

「たしかに、江櫻郷のみんなは〝生贄〟とか言ってるけど。でも、私は最初から、幽世に……綴の秋に嫁入りするつもりで冥楼河を流れてきたの」

秋の金木犀が冥楼河を流れてきたとき、美國は自ら郷長に生贄になると進言した。

絶対に選ばれる自信があったかと言えば、嘘になる。むしろ、不安だった。もしも綴に嫌われていたら、間違いなく拒絶されてしまうだろうなと。

それでも、迷いはなかった。選択は、揺るがなかった。

「江櫻郷が——家族や民のみんなが好きな気持ちは変わらない。でも、私の居場所はもう綴のところにしかないんだよ」

一拍置いて、美國は「それにね」と微笑を浮かべながら続ける。

「私がずっと焦がれていたのは、綴だから」

「っ……」

「会いたくて会いたくて仕方なかった。ずっとずっと綴のこと考えてた。これを焦がれるっていうなら、私は綴に焦がれすぎて心が枯れそうだったよ」

もう二度と会えないのではないか。そんな懸念すら覚えながら。

けれども、毎日のように異界の入口で綴を待つつらさを理解してほしいわけではないのだ。ただ、このどうしようもない淋しさのひと欠片だけでもいい。美國に会えなくて淋しいと綴も思っていてくれたら、と願う気持ちはたしかにあった。

「だから、こうしてね。綴に触れてると、すごく安心する」

だってどれだけ明るく振る舞っても、どれだけ大丈夫だと笑ってみせても、この心を巣食うような寂寥感だけは取り除けなかったから。

「……ああ、これだから——っ」

その瞬間、綴はこらえきれなくなったかのように美國を腕に抱き直し――。

「っ……!?」

口づけた。……ただし、自身の手のひらを一枚、壁のように挟んで。

それは本能と理性が葛藤した結果だったのか、綴は美國の唇を守るように覆われた自分の手を憎々しげに睥睨し、盛大な舌打ちをした。

情緒が霧散してしまったせいで、美國は状況についていけず困惑する。

（え、ええ、っと……？）

一連の流れを硬直したまま受け入れた美國は、目を瞬かせることしかできない。

「つ、綴？」

「っ……まあ、いい。今はこれでも」

ふたたび美國に顔を近づけた綴は、自身の手の甲に唇を押しつけた。

唐突な色香を纏わせる行為――なはずだが、美國からすれば口を手で覆われているため、鼻先三寸にとんでもない美貌が迫っているだけである。

それでも美國は、自身の頬が熱を持つのを感じて、心のなかで悲鳴をあげた。

「婚姻祭を終え、無事に契約したら……覚悟しておけ」

「ん、え、あ……!?」

「我は一度求めだしたら止まらぬタチゆえ、自制しておったというのに。その努力を破りにかかってきたのは美國の方だ。もう我慢はせぬ。よいな？」

……それがなにを示すのかわからないほど、美國も子どもではない。

「うん……」

結局、美國の問いかけには答えてもらえなかったが、今はそれでいい気がしてきてしまった。なんにせよ、美國の危惧が杞憂だったことはわかったのだから。

◇

「いよいよ明日ですね、綴さま」

「ああ……」

「浮かない様子ですが、どうされたのです？　待ち望んでいた日でしょうに。ようやく美國さまに公然と手を出せるようになるのですよ」

八雲の直球すぎる発言に、綴は額を押さえて項垂れ、腹の底からため息をついた。

変に悪意が含まれていないぶん、この男の言葉はタチが悪い。

「狐は誠に厄介なものよ。化かし化かされ――自らもそれが性でありながら嫌悪すら覚える。なにゆえこうも面倒くさいのだろうな？」

「私に言われましても。まあ、妖狐はもっとも嫌われがちな種族ですからね。狐の前で気を抜けば、あっという間に足元をすくわれますし」

不意になにか思い至ったのか、八雲が悟り顔で笑みを湛える。

「――ああ、なるほど？　懸念はそれですか。ようするに、あの純粋無垢な美國さまを狐に嫁入りさせることが心配なのですね。誑かしたのはご自分だというのに」

「貴様はいつも一言余計だな。まったく、いい性格をしている」

「ええ、まあ。狐ですので」

しれっと流した側近は、ややあってわざとらしく首を傾げる。

「とはいえ、最近はずいぶんと心を許されたのではないですか？　来たばかりの頃は妙に素っ気なく――しきれていませんでしたけど、距離を取ろうと努力していたでしょう。ええ、できていませんでしたけど」

「二度も言うな。殴りたくなる」

「大事なことかと思いまして」

ひとまず、手近に積まれていた採れたばかりの毬栗(いがぐり)を投げつけておく。

あっさりとそれは受け止められてしまうものの、思惑通り鋭い棘が手のひらに刺さったのか、八雲がひゅんっと表情をなくした。

「あなたが盟約違反をして現世へ出向いていたこと、告げ口しましょうか？」

「心が狭いな。栗の棘くらいで」

「……チッ」

　なんと顔に似合わない舌打ちか。この従順なようでまったく従順でない側近をどうしてくれようと思いながら、綴はふんと鼻を鳴らす。

「そもそも我の違反に関しては、十中八九、彼奴(きゃつ)にはバレている。なにも言ってこないのは、自分も摘発できる立場ではないゆえだろうが」

「彼奴──管理官兼冬の領主、閨さまですか」

「まあ、さすがに現世で本来の姿になったのはまずかったがな。あのときは危うく妖力で他のモノ共にも勘づかれるところだった」

　花緋金風の盟約に則り、妖は現世へ渡ることを禁じられている。ましてや盟約外で人と関わることも御法度だ。

　それを堂々と犯して現世へ渡り、綴はたびたび美國と触れ合っていたわけだが。

　──一度、ヘマをしたときのことを思い出すと、非常に胸糞が悪くなる。

　状況的に致し方なかったとはいえ、あのとき綴は現世で本来の──九尾の狐としての姿に戻ってしまったのだ。

　本来の姿は、人型を取っているときと比べて妖力の放出が激しい。そのせいで危うく盟約違反が露見しかけたのである。当時はなんとかしらばっくれたものの、さすがに以降は現世へと渡れなくなってしまった。

（次にバレれば、秋の領主の座は剥奪される。そうなれば美國を手に入れることもできぬ上、罰で尾も削がれるだろうな。そちらの方が最悪だ）

まあ、他にも美國に会えなくなってしまった理由はあるのだが――。

「そもそも危険を冒してまでなぜ現世へ？　そんなに面白いものですか、向こうは」

「ああ……貴様は現世を知らぬのか」

「これでもまだ若いもので。私が生まれたのは人妖大戦乱の後ですからね。ちょうど四季領争いの真っ只中、あやかし郷史上最悪の時代でしたよ」

「それはそれで不遇な奴だな」

だが、あれを経験していないのは純粋に羨ましいとも、綴は思う。

「ときに、八雲。これだけは肝に銘じておけ。賢さ以上に秀でるものはないのだと」

「はい？　なんです、急に」

綴は、人がどんな生き物なのか知っている。

だからこそ、今日このときまで続いている花緋金風の盟約が、いかに馬鹿馬鹿しいものなのかわかってしまうのだ。妖に生贄を差し出すなど――もしもふたたび人妖大戦乱が起これば、きっと勝つのは〝人〟だというのに。

「なにも知らぬというのは幸せなことよ。だが、無知では民は守れぬ。我が現世へ出向く理由などそれしかあるまい」

扇文様の和羽織りを手に立ち上がりながら、綴は窓を開け、縁に腰かける。

「我はな、八雲。知っての通り、欲張りなのだ」

見上げた空には、満月よりわずかに欠けた月がぽっかりと浮かんでいた。やや赤みを帯びたそれは、まるで嵐の前のような静けさを孕んでこちらを見下ろしている。

「だが、欲は責任がまとわりつく。生きとし生けるモノはみな、自身の持ち得るものを背負わねばならん。ゆえに我は、我が責任を持てるものしか欲してこなかった」

「……それはつまり、美國さまには責任を持てないと？」

「――否。この秋も、金木犀も、貴様も、すべては我のもの。我が欲したから手に入れたものだ。となれば嫁も同然、我が欲する者を選ぶ。ああ、選んだとも」

珍しく八雲が虚を衝かれたように目を見開いて、こくりと息を呑んだ。

「私もですか」

「当然だろう。側近然り、花嫁然り――我は、我が有するものを、他のなににも選ばせやしない。すべては己で選定する。そのためなら盟約など容易く破るさ」

冥楼河は〝長の求める花嫁〟を流す。なら事前に選んでおけば、きっと己の欲した花嫁を迎えることができるだろう――単純に、そう思ったまでの話。

屁理屈だろうが、そういう仕様なのだ。利用するほかない。

（だが……我の求めたものが我以上に求め返してくれるのは、さすがに長い生のなか

でも初めてだったな。こうまで振り回されるとは思わなんだが）
同じ狐同士でも〝化かされる〟世界。そんな雲のごとく不確かな世界で生きていくと決めた美國は、はたしてどんな気概を見せてくれるのか。
来たる明日を見据え、綴は京紫の双眸を眇め落としながら思いを馳せた。
◇

いよいよ、婚姻祭当日。ようやく日が沈み、天上が群青色に陰り始めた頃、美國は
凪と共に秋の最西部に位置する紅葉殿に来ていた。
この紅葉殿は、主に儀式の準備で使われる女の殿だ。対局する最東部には男の殿で
ある黄葉殿があり、そこでは綴をはじめとした男狐が同じく準備を進めている。
「儀式はまず、お嫁さまが西から、旦那さまが東から領地を一周歩くのよ。最終的に
対面するのは中央の照葉殿。ここで正式な契りが交わされるわ」
凪の言い聞かせるような説明に、美國は緊張を募らせながら顎を引く。
「な、なるほど……」
「衣装は用意したものを着てもらうことになるけど、着付けはあたしじゃなくて着付
け係がやるからね。あたしは向こうとの連携係だから、ちょっと離れるわよ」

慣れない場所で、らしくもなく緊張していた美國は、その言葉に衝撃を受ける。

凪がいることだけが頼りだったのに、そんな、早々にいなくなってしまうだなんて。

「ちょっと。主役なんだから、もっとしゃんとしなさいよね」

美國が見るからに情けない顔をしたからか、凪は苦笑いで腰に手を当てた。

「だ、だって……」

「この婚姻祭が終われば……綴さまと契りを交わせば、正真正銘、あんたは綴さまのものになるのよ。願ってやまないことでしょ？」

化かしが常の妖狐にとって、契約とは唯一の〝絶対〟。これ以上ないほどの安心材料となる契りだ。それは美國も承知していることなのだが。

（綴と夫婦になれるのは嬉しいんだけど……なんだろ、この感じ）

なんとも名伏しがたい、嫌な予感がするのだ。

今ここには頼れる相手が凪しかいない。おそらくこの現状が美國の不安をより煽っているのだろうが、それをこの場で口にするのは憚られた。

「ま、とにかく肩の力抜いていきなさいよ。てことで、あんたたち。あたしは離れるから、あとはよろしくね。――くれぐれも、無礼はないように」

そう言ってそばに控えていた女狐たちを一瞥すると、凪は部屋を出ていってしまう。

最後にちくりと釘を刺しておくあたりは、さすがに凪らしい。

(……凪ちゃんも、なにか感じてたりしたのかな)

部屋に残ったのは、着付け係と思われる女狐たちだ。なんとなく四方から攻撃的な視線を受けているような気がして、美國はその場に立ち尽くす。

そんな美國のもとに、見覚えのある一匹の女狐がしずしずと近づいてきた。

「お初にお目にかかります、お嫁さま。わたくし、琳(りん)と申します」

口許を扇で覆いながら名乗った彼女に、美國は自然と背筋が伸びてしまう。

彼女は、つい先日、綴にぴったりとくっついていた女狐だった。

尾は五本と、民の女狐のなかでは多い数だ。両端が吊り上がる目の下にはとびきり目立つ真っ赤な隈取が三本施されており、なんとも圧が強い。

「えと、あの、初めまして。私は——」

「結構ですのよ、存じておりますから。それよりも準備に参りましょう。急かすようですけど、もう時間がありませんの」

頬が引きつりそうになりながらも名乗ろうとした美國を、琳は容赦なく遮って踵を返した。他の女狐たちを横切り、あろうことか彼女はそのまま紅葉殿の外へ。

美國は慌てて襦袢(じゅばん)姿のまま琳の後を追いかけた。

(ええっ、準備ってここでやるんじゃないの？　誰も追いかけてこないけど)

凪の話では、たしかこれから着付けをしてもらうはずではなかったか。

「ど、どこへっ？」

「お清めに」

美國の問いかけに淡々と一言だけ返し、琳はそれ以降、まただんまりを決め込んでしまった。有無を言わさぬ雰囲気にたじろぎながらもついていく。

（これ、どこに向かってるの？）

最西部にある紅葉殿の裏側。湖に架かる最後の反橋を渡れば、その先は深淵が広がる真っ暗な山道しかない。そこは狐幻湖を囲む、名もなき森林だ。一応獣道程度の足場はあるが、明らかに舗装は施されていなかった。

しかし迷う様子もなく、琳は奥まった場所へと進んでいく。

頭上を覆う枝が増え、月明りによる光源も著しくなくなる。やがて前を見据えるのも難しくなってきたとき、不意に琳が手のひらに青白い炎を浮かべた。

（狐火――）

美國は過去に一度、それを見たことがあった。こんな状況ながらその灯火にひどく懐かしさを感じて、美國は意を決し、やや離れ始めていた距離を詰める。

「琳さんの炎は、白が多くて綺麗ですね」

「っ、はあ？　馬鹿にしてるの!?」

「え、してないですよ!?」

まさかそんな返しをされるとは思わず、美國はぶんぶんと首を横に振った。

「綴の炎は、もっと青かったというか……同じ狐火でも印象が違ったので」

「狐火は妖力の強さで色が変わるのだから当然でしょう。九尾の綴さまほど美しい青はないわ。というか、お嫁さまのくせにそんなことも知らないんですの？」

それこそ明らかに小馬鹿にした態度だ。

軽蔑と侮蔑を含んだ目で嘲笑を向けられて、美國はしょげ込むしかない。

「まあべつにいいですけど。ほら、着きましたわ」

辿り着いた湖の最奥部で、琳は狐火を増やして周囲を照らしてみせる。

「ここは？」

「狐幻湖の源が湧いている場所よ。あそこから水が流れているでしょう」

言われるがままに見てみれば、たしかに凹凸のある岩壁の隙間から、わずかばかりの水が流れていた。そこから細い河となって、湖へと続いているらしい。

「あなたには、ここで身を清めてもらうわ。ひとまずそのまま水に浸かりなさい」

「えっ」

「早く」

またも有無を言わさぬ雰囲気で睨みつけられる。

（そんなこと、綴も凪ちゃんも言ってなかったけど……）

美國はためらうが、見るからに琳は逃してくれなさそうだ。さすがに逡巡したものの、逆らえる雰囲気でもない。仕方なく、覚悟を決めて足先を沈める。

「つめたっ」

氷水とまではいかないものの、なかなかジンと痺れをもたらす水温だ。襦袢が濡れて身体にまとわりつき、あっという間に体温が奪われていく。

「しばらくそこに浸かっておいて。お清めが終わる頃にまた迎えに来るから」

「え、しばらくってここに⁉」

「そうよ。いい？　くれぐれも出てくるんじゃないわよ。じゃ、わたくしは準備で忙しいから行くわね」

態度を激変させた琳は、淡々と言いつけると、さっさともと来た道を引き返していってしまう。呆気に取られた美國は、その場で呆然と立ち尽くすしかない。

（そ、そんなことあるっ？）

狐火の灯火による光源もなくなり、周囲は完全なる闇に包まれていた。

（さすがにこれはちょっと危ないかも。身体の芯から体温を奪われてる感じ……）

どうにか暗闇に目が慣れてきた頃、美國はぶるりと上半身を震わせる。

このあたりはせいぜい美國の腰ほどの水深しかないため、幸いこの前のように溺れる心配はない。だが水源に近いためか、水温はかなり低かった。

この秋は、昼間はとても過ごしやすいけれど、夜は一気に冷え込むのだ。ときには冬の訪れを予感させるほど気温が下がることもある。

今日はそこまで寒くはないものの、そう長くは身体が持たないだろう。

「よし、出よう」

自身が清められているかどうかなんて、美國にはわからないし、知る由もない。

だが、少なくとも本当にこんな状況になるのなら、綴が事前になにも言わないのはおかしいのだ。だって彼は、水が関わることにとても敏感だから。

（……私は、自分の目で見て感じたことしか信じないもん）

琳の言いつけは破ってしまうことになるけれど、自分の身体の方が大事だ。

そう考え、美國が陸へと足を踏み出した——そのとき。

——ざぷん、と。唐突に、美國の身体が水中に沈んだ。

◇

その頃、狐幻湖では、駕籠（かご）に乗せられたお嫁さまと長が、対局側から橋渡を始めていた。お嫁さまには女狐たちが、長には男狐たちがつき、駕籠を囲む。

各色の狐火をゆらめかせながら揃って向かうのは、中央にある照葉殿だ。

狐幻湖には、幾多もの灯篭が浮かんでいる。狐火の青白い炎と灯篭の橙の炎が淡く調和し、湖の水面の上で混ざり合う様は、ただただ美しい。

それらは婚姻祭の雰囲気を幻想的に作り上げ、誰も、なにも、口を挟まない。

やがて照葉殿で落ち合ったふたつの駕籠から、揃いの婚礼衣装を身につけた美國と綴が現れた。対面したふたりは、ひとりぶんの隙間を空けて向かい合う。

「——今日という日をどれだけ待ちわびたことか。ようやく公然とおぬしを我のものにできるな、美國」

「っ……は、はい。私も、この日を待ちおおせておりました」

「そうか。なら——今こそその覚悟、示してもらおう」

妖艶に弧を描きながら口角を上げた綴が、美國の顎をすくいとる。

ほうっと頬を火照らせた美國は、されるがまま綴を見上げて——目を見開く。

次の瞬間、ぱしっ、と綴の手を払い除ける乾いた音が響き渡った。

「な、な、な……っ」

「——ふう、やれやれ。さすがにここまで近づけばバレますか」

思いきり手を払いのけられた綴は、こともなげに肩を竦める。

「我ながらよい演技でしたでしょう？　いかにも綴さまが言いそうなことを並べてみたのですが、ああも自信満々だと気持ちがいいですね。私も見習って、もう少し傲慢に生きてみましょうか」

ふふ、と口許に嫣然と笑みを滲ませ、綴はゆらりと尻尾を揺らす。

美國もまた口をはくはくさせていた。動揺を隠せない彼女の目の下にはうっすらと赤い隈取が浮かび始めている。

「あ、あなたさまは――っ」

その刹那、一瞬にしてかき消えた、綴の姿。

代わりに現れたのは、七本の尾を持つ長の側近、八雲だった。

「狐が狐に化かされることほど愉快なものはないと思いませんか。――琳殿？」

「ひっ……！」

八雲がパチン、と指を鳴らした瞬間、美國の姿が歪み、琳の姿が現れる。

周囲が――とくに女狐たちが混乱し始めるが、その場を支配する八雲の圧倒的な存在感に誰も身動きすらできない。

「化かし合いは狐の本分ではありますが、少々我々を見くびっていたようですね。しかしまあ、たかだか五尾の狐にどうしてあの方が騙されるとお思いで？」

八雲はその顔から表情を消し去ると、普段の温厚な様相からは想像もできないほど低い声で「捕らえろ」と指示を出した。

我に返った男狐たちは、慌てておお嫁さまに変化していた琳を捕らえにかかる。

これに文句をつけたのは、お嫁さまの駕籠を先導していた凪だ。

「あんたたち、馬鹿？　その女だけじゃなくて、今うしろで逃げようとしてる女狐共は全員共犯よ。捕まえなさい。直接手を下していないにせよ、長のお嫁さまを騙そうとした罪は重いわ。一匹たりとも逃がすんじゃないわよ」

「誠にその通りです。あまりにも浅はかで呆れ果てますがね」

八雲が同意し、蔑んだ目で琳をはじめとした数名の女狐を一瞥する。

「ここにいるみなの者も、よくよく覚えておきなさい。九尾の狐は妖狐の〝絶対〟です。あの方に逆らえば命はない。あの方の大切な者を傷つければ、命どころか末代まで呪い喰われるでしょう。この狐幻湖で無事に〝生きていたい〟のならば、決して忠義の心を忘れてはなりませんよ」

八雲は知っている。普段はのらりくらりと掴めない九尾の狐の本性が、いかに残忍で狡猾なものなのか。その底知れぬ恐ろしさを、知っている。

守るべきものは守るが、彼は自身に逆らうものにいっさいの容赦をしないのだ。

ゆえにこそ、八雲は尽くすと決めた。

八雲は彼が上の存在だと、本能のまま認めている。だからこそ、どれだけ生意気な口を叩いても、彼のそばにあることを……側近であることを許される。

――なぜなら、絶対的な〝忠義〟が揺らがないから。

「あの方が愛した者を傷つけられたら——ああ、そう考えるだけでも恐ろしいですね。きっとそのときは、妖狐族の滅亡でしょう」

まったく、とんだ婚姻祭になってしまった。だが、これもまた、化かしを性分とする狐族らしい結末だ。古来より思うように事が運ぶことの方が少ない一族なのだ。

なにはともあれ、きっと今頃、〝本来の目的〟は達せられているだろう。

あの狐の長は、こうなることを最初から予見していたくらいなのだから。

「……なにもわかっていない命知らずが多すぎるんですよ、ここは」

ふっとほの昏い笑みを浮かべて言い放ち、その場の空気が完全に凍りついたところで、八雲は暗幕の垂れかかった空を見上げる。

幾多もの星が瞬く深淵は、いつもより濃い闇を纏っていた。

◇

冷えきった身体が深い水の底に沈んでいく。

指の先から心臓の奥深くまで震え上がるような寒さは、覚えがあった。

（寒くて寒くて、どうしようもなくて……あのときももうだめだって思ったなぁ）

そう——あれは、美國がまだ十歳になったばかりの頃。

『ねえねえ、希夜ちゃん。金木犀って、郷の裏山で育ててるお花？』

学校に向かう途中で、美國は共に通学していた幼馴染の希夜にそう尋ねた。

『うん。花緋金風の金、秋の花。それがどうかしたの』

『あれ、今ちょうど咲いてる時期だよね。採ってきたら怒られるかな？』

『たぶんね。盟約執行のときに季節の花を添えて生贄を出さなくちゃいけないから、ああして育ててるわけだし。なんで？』

——あの頃、綴は頑ななまでに自分を妖だと打ち明けなかった。

とはいえ、冥楼河の河畔に現れる謎の美青年になんの疑いもかけないほど、美國も考えなしではない。なんとなくではあるが、彼は現世のモノではなくあちら側のモノであると察していた。……否、心のどこかでは確信もしていた。

だからこそ、綴の存在については、希夜にも話せなかったのだ。

希夜は、術者の家系に育つ者であったから。

『えっと、あの……み、深風姉が金木犀の花言葉を教えてくれたでしょ？』

『ああ、金木犀は〝初恋〟だっけ。……え、なに、好きな人でもできた？』

『う、うん。だから、お花、あげたくて』

『ふうん……でも、やめときなよ。バレたら、郷のおじさんたちに怒られるし』

——思い返せば、希夜に止められた時点でやめておくべきだったのだろう。

それでも裏山に入ってしまったのは、ただ綴に喜んでほしかったから。

好きな相手が好きなものをあげたい、という乙女心からくる単純な理由だった。

『もうすぐ雨降りそうだし、すぐに行って帰ってこよう。ちょっとだけ、花弁一枚くらいなら大丈夫なはずだよね』

幼かった頃の美國は、とにかく天真爛漫で危機感に欠けていた。

雨天時の山の危険など鑑みなかった。大人にバレたら怒られると思って、誰にも伝えずに裏山へ入ってしまったのも、最悪だった。

『いた、い……』

――結果的に、花を採った帰り道でまんまと雨に降られた美國。

焦って走ってしまったのがいけなかったのだろう。舗装もされぬ道。気づけばぬかるみに足を取られ、急峻（きゅうしゅん）な傾斜面を転がり落ちてしまっていた。

幸いにも骨折はなかったものの、打撲や切り傷で全身はぼろぼろ。加えて落下する途中でぶつけたのか、頭部からは生温い血が流れていた。

痛みから起き上がることもできない。冷たい雨に打たれ、体温が奪われる。だんだんと衰弱していく様は、命をひと欠片（かけら）ずつ削られているかのようだった。

――ああ、死ぬんだ。ここで、たったひとりで、死んじゃうんだ。

ただでさえ人目につかない場所。日が完全に落ちてしまえばもう希望はない。

――せめて、このお花だけでも、渡したかったなあ……。

ぼんやりとそんなことを考えて。想いのすべてを込めた一枚の金木犀の花弁を握りしめたまま、いよいよ意識を手放しかけた、そのとき。

『……見つけた』

不意に、ひどく沈痛な声が降りしきる雨に混ざって落ちてきた。

掠れきった吐息のようなそれに、美國は最後の気力を振り絞って瞼を上げる。定まらない焦点。ひどくぼやけて不明瞭な視界に映ったのは、人ではない。

いくつもの尾をゆらめかせた――大きな大きな、狐だった。

驚愕と、安堵と、少しの恐怖。それらが綯い交ぜになって、美國の心を覆った。

そのとき、自分がどんな表情をしていたのか、美國はわからない。

けれど、美國を見つめるその狐は、とても悲しそうな目をしていた気がする。

『ああ……人の子とは、なんともか弱き者だな。救いようがない』

美國を背中に乗せ、器用に九本の尾を絡ませながら、その狐はつぶやいた。

周囲に浮かぶ神秘を纏った青い炎は、雨に濡れても消えることはない。じんわりとした温かさが美國の体温を徐々に戻していく。

そして、もう大丈夫だという安堵は、いとも呆気なく美國の意識を奪った。気を失いたくないと思っても、身体はすでに限界だったのだろう。

『──おぬしを欲するのは、骨が折れそうだ』

美國が、この狐の──綴の言葉を聞いたのは、それが最後だった。

次に目を覚ましたのは、慣れ親しんだ自宅の布団の上。

綴の姿はどこにもなかった。

それどころか、江櫻郷では民のひとりが美國を見つけて保護した、という話になっていた。だというのに、その〝民〟が誰だったのか釈然としない。

誰も、なにも、覚えてなかった。それはもう不自然なほど。

狐に化かされたか──はたして、誰が最初にそう言ったのか。

けれど、それは比喩でもなんでもなく、ただの事実だと美國は知っていた。あの九尾の狐が綴だと、そのときにはもう確信していたから。

だが、想定外のことが起きた。以降、綴がめっきり現れなくなってしまったのだ。

何度も何度も、冥楼河に向かって呼びかけた。

毎日毎日、彼が現れるのを待っていた。

一年、二年、三年──止まらぬ時だけが無情にも過ぎていった。けれども、冬の花が盟約執行の合図として流れてきたとき、美國はピンときたのだ。

──秋の生贄になればいいのだと。

綴は言っていた。いい女になったら、お嫁にもらってくれると。

ならばそれを信じようと思った。信じるしかなかったから、信じた。それだけが、綴にもう一度会うことができる手段だと思ったから。

（そして綴は、あのときの言葉をちゃんと守ってくれた。私はそんな綴を知ってるから……いつだって、綴を疑うことはしたくない）

そのとき、ふわりと身体が浮き上がり、なにかに包まれる心地がした。

「――美國。いい加減、起きろ」

耳元に……というより、鼓膜を突き破って直接脳内に声が響く。

急激に意識が舞い戻る。重たい瞼を開けたと同時に、美國は硬直した。

ぼやけた視界をいっぱいに埋めたのは、とんでもなく精緻な美貌。さらに追い打ちをかけて、唇になにかが触れるような感覚を覚える。

「……っ!?」

思わず悲鳴にもならない声を漏らすと、勢いよく唇に触れていたそれが離れた。

口づけをされたということも、その相手が綴だということも気づいていたのに、美國の頭は一向にその情報を受け入れようとしない。

ただただ高鳴る心臓が、全身から響いて耳朶に抜けていく。

けれど当の綴は、なにひとつ甘やかな様子はなくて。やつれた顔で食い入るように美國を見つめたかと思うと、憐憫の表情を浮かべた。

「……はあ。やっと、戻ってきたのか……」

美國は綴に抱きかかえられていた。周囲にはいつかと同じように、空間を超越する神秘を孕んだ青い炎がいくつも浮かんでいる。

さらに湖からは、まるで硝煙のように淡い光の粒が立ちのぼっていた。

「まったく、やってくれた。ここまで馬鹿だとは。さすがの我も予想外よ」

「っ、え……？」

「これだから最近の若い狐はな……。人の子の脆さを──危うさを知らぬ」

苦々しく吐き捨てられた言葉に、美國は珍しくその意を察した。

──きっと今、綴はあのときのことを思い出しているのだろうと。

戸惑いながらも綴の頬に手を伸ばし、むに、と薄い表皮を指先で摘まむ。

「……なにをする」

さすがにその突拍子もない行動には虚を衝かれたらしい。

「ごめんね、綴。……私、昔っから心配ばっかりかけるね」

正直なところ、自分になにがあったのかはまだわかっていない。されど、綴がひどく胸を痛めていることは伝わってくる。おそらく表情に表れているよりもずっとその根は深いのだろう。美國とてこれ以上、思い詰めさせたくはない──けれども。

「ねえ、綴。私、ちょっと寒いんだ」

「……水に浸かっていたからな。服は乾かしたが、身体までは温まらぬ」

「うん。だから、あのときみたいにしてほしいな。もふもふに包まれてたら、きっとすぐあったまると思うんだよね」

──狐の姿に、とはあえて言わなかった。

しかしぼかした美國の言葉の意味を、綴は正しく受け取ったらしい。

「……だが、美國。おぬしは我の本来の姿を怖がるだろう」

「え？」

「あのときも、我を見て怯えた顔をしていた」

思ってもみない返答だった。美國はぱちぱちと両の目を瞬かせる。

（あ、でもたしかに……声は綴なのに見た目は狐で、少し怖かったっけ）

なにせ当時はまだ十歳の子どもだ。その差異を受け入れるのにも時間がかかる。

加えて命すら危うい状態だったあのとき、未知のものを見てまったく怯えなかったかと言われれば否定はできない。

「……もしかして、私が怯えてると思って会いに来てくれなくなったの？」

「っ、いや。べつにそれだけが理由ではないが」

「それも理由にあったってことだよね」

ずっと引っかかっていたことが、ストンと腑に落ちたような気がした。

（……嫌われてたわけじゃ、なかった）

　ようやく納得がいったと同時に、全身の力が抜け落ちる。唐突にぐったりと脱力した美國に慌てたのか、綴が「おい？」と焦燥を浮かべた。

「もふもふぅ……」

「っ、くそ……どうなっても知らぬぞ！」

　ほぼ投げやりに声を荒らげた綴が、ぼふんと音を立てて煙に包まれる。

　そうして気づけば、美國は狐に変化した綴の背中——柔らかい毛並みの上に横たえられていた。掛け布団のように尾が被せられ、美國はくすくすと笑ってしまう。

「……怖くないのか」

「ぜんっぜん、怖くないよ。あのときだって最初こそびっくりしたけど、綴だってわかったらすごくほっとしたんだから。うん、覚えてる」

　この絶妙なもふもふ具合、まるで高級シルクのような手触り——最高に寝心地がよい。なんならすぐにでも穏やかな眠りの世界に落ちていけそうだけれど、さすがにこんな状況だ。今は渋々、こらえることにする。

「誤解させてたんだね。私はどっちの姿の綴も好きだよ。心配しないで大丈夫」

「それは……いや、まあそれだけ背中で寛がれたら疑いようもないが」

「うん、だから安心して。あと、改めてね。助けてくれてありがとう、綴」

あのときも、今回も。

そう言葉を続けると、綴はしばし黙り込んだ後、深々と嘆息した。

かと思えば、首だけうしろへ回し、甘えるように鼻先で擦り寄ってくる。

「……この狐幻湖は、水に浸かった者を見定め、気に入れば奥底に引きずり込もうとする――まあ、とにかく厄介極まりない性質があってな」

「え？」

「ようするに、生きておるのだ。この湖は」

悔いを噛みしめるように告げて、綴は闇に浮かぶ京紫の瞳を湖へと向けた。

「人の子はこの世界では異質ゆえ、美國に興味が湧いたのだろう。水底に捉えて逃がさぬようにしていた。我がわずかでも遅ければ、溺れ死んでいたかもしれぬ」

「え、嘘だあ」

「嘘なものか、阿呆め。おぬしを貶めた女狐はよほどの無知よ。少し考えればわかることを……まったく忌々しい」

なるほど、たしかにそんな背景があれば、綴が過剰に心配をするのも納得だ。

つくづく現世と幽世は性質が異なるらしい。見目も在り方も同じなのに、現世ではありえないことがこうして現実に起こってしまうのは、単純に怖い気持ちもある。

「ちなみに、だが。先ほど、流れで契りは済ませてしまったゆえ」

「えっ⁉　あ、も、もしかしてさっきの口づけっ……？」

「……よくわかったな。そう、あれだ」

口づけが契りに必要か否かなど、もちろん美國は知らない。ただあのとき、自分の奥深くにあるなにかと綴のなにかが、一本の糸で繋がったような感覚を覚えたのだ。あれが契りだというのなら、美國はしっかりと感じ取っていたらしい。

「え、ええっとね。その、誓いのキスって、現世だと定番だから。結婚式っていう……こっちの婚姻祭みたいな儀式でもするんだよ。だから、そうかなって」

なんだか早口になってしまった。どうにも言い訳じみているが、それは〝すでに契りを交わしている〟という事実に対する焦りの表れである。

目を泳がせる美國になにを思ったのか、綴はゆらり、九尾を揺らした。

「――それは、知っている」

「えっ」

「昔、おぬしが言っていただろう。嫁にもらってくれるかと訊いた後に」

「そ、そう、だっけ？」

「……覚えておらぬのか？　言っただろう、『結婚式してね』と。その後、結婚式を知らなかった我に、それがどういうものなのかこんこんと説明したんだ」

残念ながら、まったく覚えがなかった。なにせ、ずいぶんと幼い頃の話だ。お嫁にもらってくれるか尋ねたときの返答があまりに印象的だったからか、前後の記憶がごっそり抜け落ちていたらしい。

「その結婚式を終えたら、正真正銘の夫婦なのだと……目をきらきらさせておぬしがそう言っていたから、我はなおのこと、手を出せなかったというのに」

美國を忌々しげに見遣り、綴は拗ねたように前膝を抱えて顔を伏せてしまう。

「なんなんだ……我ばかり振り回されているではないか。もう嫌だ」

「え、ちょっと、綴？　やだ、泣かないで」

「誰が泣くか!!」

ぽんぽんと背中をあやすように叩いた美國の頭を、綴は一本の尾でぱしりと払う。

怒っているくせに、ずいぶんと優しい仕返しだ。

こういう素直ではないところが、どうしようもなく愛おしい。

思わずくすりと笑ってしまいながら、美國は綴の柔らかい毛並みのなかにもふっと身を沈めた。忘れられない、大切な記憶と変わらぬ温もりがそこにあった。

（婚姻祭がどうなったのかなんて知らないけど、綴がここにいるってことは、きっと大丈夫なんだろうし。もう、我慢しなくていいよね）

安心したからか疲れがどっと押し寄せてきて、抗えない眠気に襲われる。

（大好きだよ、綴）

心のなかでぽつりとつぶやきながら、美國はそのまま穏やかに意識を手放した。

――綴と契りを交わしてからいくらか歳月が巡り流れた、ある日。

秋の領主邸は、朝から足音が行き交い、非常に忙しない雰囲気に包まれていた。

「ほら、腕上げて！　帯しめるから！」

「あ、待って凪ちゃん。そっちがいい。赤じゃなくて橙の方」

「はいはい、これね。もう、早くしないと出発の時間になっちゃうでしょ」

凪に怒られながらもなんとか着付けを終わらせて、美國は綴のもとへ向かった。

私室で八雲と打ち合わせをしていた綴は、美國に気づくと目許を綻ばせる。

「ほう。よい色だな、その帯」

「ふふ、でしょ？　やっぱり秋はこれだよね！」

「ああ。まだ少し時間がかかる。こちらで待っておけ、美國」

綴は胡座をかいた自身の膝をぽんぽんと叩き、美國を手招いた。もはやなんの疑問を持つこともなく綴の膝の上へ収まると、資料から顔を上げた八雲が苦笑する。

「この光景も見慣れてきましたね。ですが、くれぐれも花緋金風の宵でいちゃつかないでくださいよ。秋としての威厳を忘れずに」

「ふん、そんなもの関係ない。噂によれば、他の地もみな嫁を溺愛しているようだからな。どうせ似たようなものよ」

花緋金風の宵とは、あやかし郷の中心部にある共有地のことだ。そこには宵宮という御殿があり、不定期に各季節の長が集まって四季領会議が執り行われている。

今日は、いよいよ明後日に迫った四季領会議のために、宵宮へ向かう日だった。

前回の四季領会議は、冬に生贄が捧げられた年。よって、今回の会議は実に六年ぶりなのだとか。この間、幾度か開催が延期されていたらしい。

「希夜ちゃんとも会えるんだよね？　深風姉もいる？」

「夏と春の嫁たちか。まあ、会議時には会えるはずだが……」

ぽすんと美國の頭を撫でつけながら、綴は八雲へ気怠げな視線を流した。

「たしか史上初だろう。四季の花嫁がこうして同時期に揃っているのは」

「ええ。これまではどこかしら欠けていましたからね。あやかし郷が四季にわかたれてからは初めてかと」

そこで美國も、ようやく思い至る。

「そういえば、あまりにも盟約執行が相次ぐから、また人妖大戦乱が起こるんじゃないかって江櫻郷の人たちが恐々としてたよ」

冬から始まり、春、夏、そして秋。生贄として流された身からすればそんな気配は微塵も感じないけれど、現世の人間からこちらの事情は計り知れない。

「無理もないですね。とりわけこの連鎖は、冬から始まっていますし」

「冬はこの地が四季領にわかたれてから、初の盟約執行だったからな。あの妖かぶれの男の考えることはわからぬ。――で、美國。いったいなにを思い出した？」

顔が強ばっていると指摘され、美國は思わず目を泳がせた。

親友の希夜やお姉ちゃん的存在だった深風のことならまだしも、冬の花嫁の――彼女のこととなると、美國は形容しがたい複雑な気持ちを抱いてしまう。

……郷での彼女の不遇な扱いを知っているからこそ。

「ねえ、綴……。冬の花嫁――霞さんは、ちゃんと大切にされてるんだよね？」

「そう聞いているが」

「そっか。なら、話してもいいかなあ……」

少し迷いながらも、美國は眉を下げて続けた。

「……私、霞さんと面識ないんだ。だけど、あの小さな江櫻郷で、それは本来ありえないことなの。子どもの頃から、郷民はみんな親戚みたいな感覚になるし……なにより〝一度も姿を見たことがない〟なんておかしいんだよ」

「姿を見たことがない？」

綴が怪訝そうに眉をひそめる。八雲も資料を片付けながら、やや両目を眇めた。

「霞さんは――郷では〝呪われた子〟って言われてたの」

「呪われた、ですか？　呪術かなにかに？」

「ううん、そういうのじゃない。ただ、霞さんが……なんというか、〝普通〟じゃなかったからかな。この言い方も、私はどうかと思うんだけど」

自分で言っておきながら、美國はなんとも嫌な気持ちを抱いた。

それは当時、周囲が彼女のことを語る際に口にしていた言葉だった。否、美國にはとても口にできないひどい表現も多々あったけれど。

「たぶん、人ならざるモノ――よくも悪くも妖の存在を信じてる江櫻郷の人たちだから、余計に過敏なんだよね。普通から外れたものを忌避しがちっていうか」

美國自身は、彼女とはいっさいの面識がない。それゆえ美國にとっては綴以上に遠く、幻のような存在だった。

けれど、はっきりと〝違和〟を感じたのは、あの日――。

「私、霞さんが冬の生贄として流される日に、初めて彼女の姿を見たの。……あのね、真っ白な髪と真っ赤な瞳を持った人だった。言葉に表せないほど綺麗で、まるで物語に出てくるお姫さまみたいだって思ったよ。――でもね」

郷長や深風、そして美國より小さな子どもたちを除く郷民のほとんどは、彼女にまるで恐ろしいものを見るような目を向けていた。

「ただ髪と瞳の色が特殊なだけなのに、霞さんはずっと郷で蔑まれてたんだ。とくに盟約を信じ込んでる古い大人たちの風当たりはすごかったみたい」

幼い頃に両親を亡くした彼女は、ゆえあって郷長に引き取られて以来、その見目のせいかずっと家にこもっていたらしい。人前に姿を現すことはないため、美國や希夜のように若い者はそもそも〝見たことがない〟場合も少なくなかった。

その事情を知ったとき、美國は心底〝人〟が恐ろしく感じたものである。

「――推測だが。あの男はそれを知って、花嫁に受け入れたのかもしれんな。我と同じように〝選択〟したのだろう。あれは〝視る〟妖ゆえ」

ぽつりと思案気につぶやいた綴は、ゆらりと尾を左右に揺らしながら続ける。

「とはいっても、まあ問題ないはずだ。こちらでは見目など些事に過ぎぬ」

「そもそも妖は、外見に〝普通〟という概念を持ちませんしね。これだけ多様な見目の妖がいるなかで、彼女が特別浮くということもないでしょう」

八雲がそう補足し、穏やかに微笑む。

「まあ、それも推測です。すべては四季領会議で直接確認してくるのみですよ」

「そ、そうだね。会ったら……ちゃんと謝らないと」

きっと彼女は、美國のことを認識もしていないだろう。否、そもそも〝人〟に対して嫌悪感を抱いている可能性もある。対面することすら拒絶されるかもしれない。

だとしても、美國はこの後悔を見て見ぬふりはできそうになかった。

「あまり重く考えるな、美國」

美國を片腕で抱えながら腰を上げた綴は、その口許に不敵な笑みを浮かべた。

「おぬしは秋の花嫁として堂々としていればいいのだ。困ったことがあれば、我が助けてやる。――化かしは狐の専門分野ゆえな」

「綴……うん、ありがと」

床に降ろされた美國は、言われた通りに背筋を伸ばして綴を見上げる。

「綴のお嫁さんとして恥ずかしくないように頑張るよ、私」

「ああ。期待しているぞ」

くつくつと喉を鳴らして笑いながら、綴が美國の頭を撫でる。

いつも通り――昔と変わらない。それでもこんな日常を、ずっとずっと、待ち望んでいた。この日常を取り戻すために、美國は人の世を捨て、綴に嫁入りしたのだ。

胸がじんわりと温かくなるのを感じながら、美國は顔を綻ばせた。

冬幕　風待草

四季領会議を目前に控えた時分、冬ではハグレモノ賊の襲撃に頭を悩ませていた。

「閏さま、あいつらいい加減どうにかならんのですか！」

「ちょっとアンタ、やめなよ！　閏さまだって毎日自ら戦ってくれてるってのに！」

「そりゃあ承知してるけどよぉ、このままじゃあ商売あがったりだ……！」

正当な訴えに早くも頭痛を覚え、閏は悄然と額を押さえた。

冬の地――別名、妖楼閣。人の世では風待草ノ里と呼ばれているここは、種族を問わず妖が数多く居着く場所である。

かつて幽世で勃発した四季領争いにより、春、夏、秋の地が独立して、最後に残った地。ゆえに四季領ではもっとも敷地面積が広く、比例して民の数も多い。

そのため、もともとここは日々賑わいが絶えない地だったのだ。風待草――梅を描いた高楼が立ち並ぶ様は、冬特有の厳しい寒さも感じさせないほどに。

（降り積もる雪の白も、風待草の紅と調和して妖楼閣ならではの艶と甘美を生んでいたというのに……民の笑顔がなければ、それも際立たないね）

店こそ経営していても、客入りは著しく少なく、活気がない。

こんなにも領地全体の空気が澱んだ状況に直面するのは、長らく冬の領主を務める閏でさえも初めてのことだった。

（いや……そこはかとなく、あの頃を彷彿とさせる部分はあるかな。四季領争いの直

後、みなが平和を忘れてしまった、あの混沌期を）

　そもそも冬において、種族間によるいざこざは日常茶飯事だ。

それゆえ領地の経営体制は大規模で、警備隊や治安部隊も存在する。冬独自の法も定められており、民である限りはこの法に則り生活を送らなければならない。

　そんな〝秩序〟で統括された場所が、最近になってこうも乱されているのは、他ならぬハグレモノ賊の度重なる襲撃による影響だった。

（竜族の生き残りが、情けないね）

　店内を彩る小鏡のつるし飾りが回るたび、自分が映り込む。

　頭部を飾る角、首のうしろで結われた薄浅葱の髪、白群の瞳——。

　竜族を顕すその角と瞳の色を見ると、決まって前代の姿が脳裏をよぎる。朧。かつて閨が仕えていた者。あやかし郷の標であった、白竜の兄。兄が命を散らしてから、はたしてどれほどの時が経ったのか。いつしか現存する竜族は、閨ただひとり。このあやかし郷で唯一の存在となってしまった。

（誇り高き竜族としての矜持は捨てず、前代から受け継いだこの地を守る。そんな理想を描くのは簡単だけれど、何事もそううまくはいかないな）

　絶えず忖度を迫られるなかで、閨は常に辿るべき未来を探し続けている。だが、悠長に選別して悩んでいる暇さえないのが現状だった。

「こちらにおられたのですね、閨さま」

思わず嘆息したそのとき、背後からかかった声に閨は振り返る。

小さな身体で駆けてくる愛しの姿に、鬱屈としていた気分が瞬く間に霧散した。

「ああ、霞。用事は終わったかい？」

「はい、ただいま戻りました」

花緋金風の盟約により閨の花嫁となった霞。

あやかし郷に来てから六年、今年で齢二十二。雪のような月白の髪と深い灯火に似た赤眼は、相も変わらず彼女の透明な儚さを引き立ててやまない。

「ご店主さま、奥さま、ご無沙汰しております」

閨のもとまでやってきた霞は、丁寧に頭を下げると柔らかく相好を崩した。

その天女のような微笑みに、店主たちも毒気を抜かれてしまったらしい。一瞬にして険しかった顔から強ばりが解けて、へらりとした笑みが浮かぶ。

「相変わらずべっぴんさんだなぁ、姫さまは」

「ええ、ええ。そうだ、姫さま！　ちょうどさっき、べっこう飴を作ったところだったのよ。持ってきてあげるわね」

「あ、いえ、そんな……お気遣いなく」

霞は謙虚にも遠慮するが、奥方は強引に棒にからめたべっこう飴を持たせた。ついでに飴状のものも、ぱんぱんになるほど袋に入れて手渡している。

（ふふ、もう立派な大人の女性なのに、完全に子ども扱いだね。かわいらしい）

そんな姿を微笑ましく見守りながら、閏は霞を抱き上げる。右腕に座らせ楽な体勢にすると、霞は少しばかり困ったような表情を浮かべて眦を下げた。

「閏さま？」

「長く歩いて疲れたはずだから、休憩だよ。介と密火は？」

「あ、おふたりなら外で見張りを。いつ襲撃があるかわからないからと……」

その返答に閏はひとつうなずくと、霞を抱えたまま店主と奥方に向き直った。

「今後のことは改めて対策を講じるから、もうしばし耐えてほしい。万が一、襲撃の兆候があったらすぐに警備兵へ報告を。数を多くして巡回させているからね」

「あ、ああ。……その、申し訳ねえ。さっきは感情に任せて怒鳴っちまって」

肩を落として謝罪してきた店主に、閏は首を横に振りながら目許を和らげる。

「いや。民の不安は当然のものだから、あなたがたの訴えは正しいよ。そしてそれを正面から受け止めるのも領主の仕事だ」

恐縮しきる店主と奥方に別れを告げて、閏は霞と共に店を後にする。だが、店から出てすぐにその違和感に気づいた。領地内が嫌にざわついていたのだ。

――と、頭上から「旦那！」と鋭い声。

同時にストッと軽快な音が響き、目の前に何者かが膝をついて着地する。

「……なにかあったようだね」

口許を黒橡の布地で覆った彼の名は密火だ。朱の盆という妖で、普段は主に霞の護衛を任せることが多い閨の側近のひとりである。

「ええ。今しがた、西部にハグレモノ賊が現れたと警備隊から一報が入りまして。ひとまず介さんが助太刀に向かいました。どうされます？」

端的に報告しながら、密火は険しさを帯びた三白眼を閨へ向けてくる。普段はのらりくらりとしているが、さすがにこういった局面においては頼りになる男だ。

「ならば、私も援護に行こうか。密火は霞を連れて私邸に戻っていて」

素早く指示を出したとほぼ同時、不意に霞がはっとしたように振り返った。

「……え？」

「霞？　どうかしたかい？」

なにかに気を取られているのか、霞の表情にみるみる戸惑いが浮かぶ。

だが、彼女の目線の先を追うように見てみても、なにもない。

（いや……わずかに、妖力が）

力で払い除けるべきか逡巡した閨だったが、勢いよくこちらを向いた霞が存外真剣な顔をしていたので、行動に移す寸前で踏みとどまる。

「閨さま、そちらは囮だそうです」

「囮？」

「はい。先に東部へ入り込んでいるモノがいると、菊丸くんが教えてくれました」

菊丸という名に、閨は自分の眉が八の字に下がるのを感じた。

確信に近い信頼ゆえの進言。加えて、その意思が強い眼差しは、閨が霞の言葉を邪険にしないと疑わないからこそ生まれるものだろう。

内心ため息をつきたくなりながら、閨は無言で自身の額に妖力を集めた。そこにある〝第三の目〟を意識し、閨は妖術を展開する。

（――ふむ、なるほど。嘘、ではなさそうだ）

森羅万象を司り、時を超えて生きるといわれている竜の妖術は〝遠視〟。己の意識のみを空間に飛ばし、離れた場所を視ることができる力だ。

この力を利用すれば、どこにいても領地の様子を確認することは容易い。

「さざらと紫洛か。これはまた、厄介な組み合わせを送り込んできたね」

閨が視たのは、ふたりの女妖が領地外れの蔵の前に立つ様子だった。しかし幸いにも周囲に民の姿はない。見る限り、今のところ重大な被害は出ていないようだ。

（目的はあの蔵のなかかな。西部に気を取られている間を狙ったと）

もたらされた情報が事実であるとわかり、閨はなおのこと複雑な心境に陥る。

菊丸はハグレモノ賊に所属する河童の妖だ。なぜか霞に懐いており、ときおりこうして霞の前にのみ妖術で姿をくらましながら現れては助言してくれるらしい。

(少なくとも霞に対しての害意はないようだけど、過度な干渉は困りものだね。仮にもハグレモノ賊だろうに、仲間を裏切る行為をして大丈夫なのか)

まあ、彼を心配をしたところで、閏がなにかできるわけでもない。ひとまず霞に危害を加えることはなさそうなので、今は放っておいても構わないだろう。

「わかった。では、そちらは警備隊と共に私が向かうよ」

「閏さま」

「大丈夫、霞は密火と戻っていて。あの場所が一番安全だからね」

私邸には閏自ら強化した結界が満遍なく張ってある。あれを破れるのは、閏と同等以上の妖力を持ったモノだけだ。

霞は一瞬迷うように視線を泳がせたけれど、すぐにこくりとうなずいた。

「わかりました。お帰りをお待ちしております、閏さま」

彼女が浮かべた笑みはあまりに儚く、それでいて咲き綻んだ花のように綺麗で。

優しく地面に降ろしながら、閏は満たされた気持ちで微笑み返した。

「ありがとう、霞。そういえば、今日の〝好き〟は見つけられたかい?」

「はい。今日の〝好き〟は──このいただいたべっこう飴です」

「うん、いいね。後で私もいただこうかな」

「お茶を用意しておきますね。たくさんありますし、みんなで食べましょう」

ふわりと花笑み、霞はうなずく。

（これはこれは。早く帰ってこなければならなくなったな）

初めの頃は能面を貼りつけたような顔ばかりしていたのに、今では一挙一動がこんなにも愛らしくて困ってしまう。

巡る歳月と共に育まれてきた夫婦間の愛は、変わらず冷めやらず。むしろこうして閏の心に潤いを与え続けている。やはり霞を選んだのは間違いではなかった。

「では、行ってくるよ」

「はい、いってらっしゃいませ。どうかお気をつけて」

天使の輪が光る雪路の髪ごしに口づけを落とし、閏は軽く地面を蹴った。何度か左右の楼閣の瓦部分に足をつけ、そのまま頂上まで飛び上がる。高楼並びで道が開いていないぶん、冬での移動は屋根上を飛ぶ方法がもっとも効率がいい。

「――ああ。この空の様子だと、今夜は大雪になりそうだ」

つぶやいた閏の声は冬の凍てつく寒さと混ざり合う。瞬く間に空気に溶け消えたそれを聞いていたものは、誰もいない。

◇

『実はね、霞。考えてみたのだけれど、私と〝好き〟探しをしてみないかい』

それは霞が冬の地に来たばかりの頃、閨が言い出したことだった。

『冬の地を一緒に散歩しながら、いいなと思うものを見つけるんだ。そうだね、毎日ひとつずつでいい。──私の見回りに付き合うと思って、どうかな？』

今思えば、現世にいた頃と同様に引きこもっていた霞を連れ出す口実だったのだろう。あまり気乗りはしない霞だったが、旦那さまを相手に断ることもできなかった。

『……閨さまの、仰る通りに』

──こうして始まった、〝好き探し〟の習慣。

毎日、閨と冬の地を巡り、ひとつだけいいなと思うものを見つけていくだけ。

けれど最初は、そのひとつを見つけることに苦労した。その頃の霞にとって、世界のすべては限りなく灰色で、どうでもいいものでしかなかったから。

目に映るものを、とくに気に留めたことなどなかった。好きも嫌いも、自分がなにをいいと思うのかもわからなかった。

──けれども。

『あの、小さな花……』

『ああ、風待草かい？　うん、いいね。あれはね、かつて人から〝永遠に続く冬の地にも春の温かさが訪れるように〟と願いを込めて贈られた花なんだ』

『温かさ、ですか』

『そして人と妖を――私たちを繋いでくれた花でもある』

閠はそんな霞を責めることはなく、ほんの少し意識を向けたものを〝好き〟として汲み上げてくれた。ひとつずつ、丁寧に。なにひとつ取りこぼすことなく。

『……雪、も。いいと、思います』

『そうか、それは冬の領主としては嬉しいね。冷たいし寒いって嫌がられることも多いから。ちなみに、どんなところがいいと思うんだい？』

『……白くて、きらきらしているから』

『ふふ、素敵な理由だ。雪の白は霞の髪の色にそっくりだから、私も好きだよ』

閠は決して、霞と無理やり距離を縮めようとはしなかった。

その散歩の時間以外は、いくら霞が引きこもっていようともなにも言わない。どれだけ霞が不甲斐なくとも、たったの一度も蔑むことはなく見守るばかり。

そんな閠に対し、霞はずっと戸惑っていた。

霞を霞として認識する相手。

霞の醜い容姿を〝好き〟だと言ってくれる相手。

それは江櫻郷にいたとき、唯一、霞が怖いと思わなかった人物のようだった。

『ふふ、気づけばこの冬の地にもずいぶん君のいいと思うものが増えたね』

『……え？』

『顔を上げて、まっすぐ見てごらん。この世界は、君の〝好き〟で溢れているから』

その習慣を始めてから、一年ほど経った頃だろうか。

閏がなにげなく口にした言葉で、霞は天地がひっくり返ったような感覚を覚えた。

視界が勢いよく晴れて、毎日繰り返してきた日々が濁流のように瞼の裏に流れていく。道行く先、一年間で霞が見つけた〝好き〟が瞬く間に色づいていく。

風待草。雪。楼閣。喧噪。店先の暖簾。冷たい空気。吐き出す息の白さ。民からもらった風車。商品のおはじき。閏が買ってくれた紙傘。

民の笑顔。賑やかな市井の喧噪。姫さま、と呼んでくれる民の声。

『……わた、しの……〝好き〟……』

なにもかも灰色だった世界が、いつしか鮮烈に色づいていた。

それはあまりにも眩しくて、あまりにも予想だにしないことで――。

『……霞？　どうしたんだい』

ぽろり、ぽろり、と。

不意にこぼれたひとしずくは、いくつも連なって霞の頬を流れていく。その場で立ち尽くしながら静かに涙を流し始めた霞に、閠はひどく驚いたようだった。

『ごめんね。なにか悲しいことでも思い出してしまったのかな』

まるで自分のことのように悲しげな顔で、閠は霞の前に膝をつく。端麗に織り上げられた着物が汚れるのも構わず、身体の小さな霞と目線を合わせるように。

『ちが、うのです……っ』

――閠はいつもそうだった。

どんなときも霞と同じ目線で物事を捉え、同じ世界を共有してくれた。

だから、霞も知ったのだ。彼が普段なにを見ていて、なにを守ろうとしていて、なにを大切にしようとしているのか。

今、霞の前に広がる世界には、霞の〝好き〟だけではなく、閠の〝好き〟もたくさんあった。それを霞はちゃんと覚えている。ひとつ残らず、覚えているのだ。

だって、彼が好きだというものを、霞も好きだと思うようになったから。

彼の好きは、いつの間にか、霞の好きになっていたから。

『……閠、さま。今日の、わたしの〝好き〟……見つけました』

『うん？』

『閠さま、です……っ』

苦しいくらいに締めつけられる喉を振り絞って、彼の名を紡ぐ。

はっとしたように目を見開く闇を前に、霞は流れる涙をそのままに続けた。

『いつもわたしの隣を歩いてくれる闇さまが、好きです。わたしの手を引いてくれる闇さまが、好きです。すべての民を大切に想っているところも、冬の地を心から慈しんでいるところも、好きです。っ……それから』

『霞……』

『──わたしに居場所をくれた闇さまが、好きです……っ』

ずっとずっと、この世界でひとりきり。ひとりぼっちなのだと思っていた。

誰にも存在を望まれず、ただ生きていることさえも否定されて。

そんな霞を、闇は受け入れてくれた。生贄という形ではあったけれど、自身の花嫁として冬に迎え入れ、〝好き〟に溢れた温かい居場所を与えてくれた。

『……そっか。霞は今日、私のことを好きになってくれたんだね』

『っ、いいえ。今日じゃありません。きっとわたしは、闇さまがわたしをあの世界から救ってくれたそのときから、闇さまのことが好きでした』

『ふふ、それはそれは。言葉にできないくらい嬉しいな』

──霞は、闇に出会って知ったのだ。

生きているということは、こんなにも呼吸がしやすいものだったのかと。

灰色ではない世界は、こんなにも色に染められた美しい場所だったのかと。

『私も、霞のことが好きだから。今日の〝好き〟は達成だ』

……好きという気持ちは、こんなにも愛しく優しさに溢れた想いだったのだと。

◇

大量のべっこう飴を邸のみなで食した夜。

淡い灯火のもと、霞は隣で横になる閠の方を向いて静かに尋ねた。

「閠さま、眠れませんか？」

「……そうだね。少し考えごとをしていたら目が冴えてしまった」

閠もまた、霞の方へ身体を横たえた。

ひとつ結いが解かれてしなやかに流れた長い薄浅葱の髪が、燭台の火に混ざり、淡い揺らぎを生む。古雅に落ち着いた瞳は、月明りに似た憂いに沈んでいた。

おもむろに伸びてきた手がそっと霞の頭を撫でて、そのまま頬へと添えられる。

「君も眠れないのかい？」

「わたしは……閠さまが気になってしまって」

冬が目に見えてハグレモノ賊に襲われるようになったのは、ここ数ヶ月の話だ。

領主である閠はずっと働き詰めで、毎日のように各地を走り回っている。

（きっと相当お疲れでしょうに、夜もあまり眠られないから……）

なおも考えごとに囚われている夫は、ぼうっと霞を見つめたまま微動だにしない。

いつかの自分に近いものを感じて、霞のなかには不安が芽吹く。

「ハグレモノ賊のこと、ですか。それとも、四季領会議のことでしょうか」

「……そうだね。強いて言うなら両方かな。どちらも根本的には同じ悩みだから」

「同じ、と言いますと……」

さすがにその言葉の意図を汲むことはできなくて、霞は答え淀む。

「君も知っての通り、私が目指していたのは〝かつてのような人と妖が共存する世界〟だ。人妖盟約を制定した兄上から引き継いだ考えのもとね」

「はい、人妖大戦乱が起こる前の現世ですね」

「そう。けれど、きっとそれはもう実現不可能なこともわかっているんだよ。人の世は一から十まで変わってしまって、もはや妖という存在すら完全に忘却されかけている。そんななか、臆病な人の子が我らを受け入れるとは思えないし」

悲観するように紡ぎながら、閏は霞の頬に触れていた手を引いた。

冷えきった指先の感覚だけが残って、霞はわずかな心細さを覚えてしまう。

「だから兄上には申し訳ないけれど、私は今の世で望める平和を目指したいんだ」

「今の世で望める、平和……」

　閏は、人と妖が共存していた頃を知るだけでなく、人妖大戦乱や四季領争いを漏れなく経験している。だからこそ、誰よりも〝平和〟を強く望む妖だった。

「……今度の四季領会議では、史上初めて四季の人と妖が揃うことになる。とりわけ、それぞれの領主と花嫁の関係性が良好という条件下でね」

「はい。閏さまはそこで盟約廃止に向けた話し合いがしたいと、前に仰っていましたよね。それも、閏さまが見据えた平和に向けてのものですか？」

　閏は声には出さず、うなずきだけで返す。横たえていた身体を仰向けに戻して、格子組の天井を見つめながら、かろうじて霞が聞き取れるほどの嘆息を落とした。

「同じ世で共存が叶わないのなら、いっそ完全に隔絶されてしまった方がいい。人の世から妖に対する意識がなくなった今、迷わず次の段階に進むべきなんだよ」

　閏が盟約に対して好意的でないことは、霞も知るところだった。今の盟約は妖が一方的に人を搾取しているようで気が乗らないと、前に話していたこともある。だからこそ、冬はあやかし郷が四季領にわかたれてから霞を迎えるまで、一度も人から生贄を求めなかったのだとも言っていた。

「けれど、こちらもこちらで荒れているし、己の力不足に情けなさを感じてね。どうしても優先的に解決しなければならないのは、ハグレモノ賊との交戦だから」

「閏さまは、ご立派にやっておられると思いますけど……。でも、そうですね。そろそろ民のみなさんも限界が近いように見受けられます」

「うん。今日もさざらは捕らえたけれど、紫洛は逃してしまった。残念ながらさざらは凱赫の情報に詳しくないようで、あまり進展はなかったよ」

凱赫はハグレモノ賊の頭領の名だ。霞はまだ一度も相見えたことはないが、話に聞く限り、この妖界でも指折りの妖力の持ち主らしい。

「その、さざらさんという方は、どうしてハグレモノ賊に？」

「わからない。そもそもハグレモノ賊は、四季領に馴染めずはぐれたモノたちの呼称だ。その圧倒的な強さから凱赫が頭角を示しているけれど、実態としてはそこまで仲間意識はないと思われる。まあそれがむしろ、厄介なのだけどね」

重々しい口調だった。霞はきゅっと指先を内側に握り込んで、目を伏せる。

こんなにも悩んでいる夫を前にして、なにもできないことが歯がゆかった。気の利いた言葉をかけることすらできず、途方もない無力感に苛まれてしまう。

（わたしは妖と戦う力もなければ、民を守る力もありません。こうして夫の心の拠り所になれているかも……正直、不安です）

けれどどうにか元気づけたくて、霞は起き上がり、しずしずと閨のそばに寄った。

「閨さまは、とても優しい方です。でもきっと、その閨さまの優しさは、妖の世界では諸刃の剣なのでしょうね」

前代からその地位を引き継ぐと同時に、朧の思いも共に背負った閨。その忠実なまでの至誠さは、閨の領地経営を見ていれば嫌というほど伝わってくる。

(本当に、閨さまは……風待草そのもののような方です)

風待草の花言葉は〝優美〟や〝高潔〟──そして〝不屈の精神〟。

彼はいつだって民のために動く。いつだって民を守るために力を奮う。なににも屈さないその揺るがぬ姿勢には感服するし、妻として誇らしくもある。

──だけれど。

「閨さまが、いつも誰かを想いながら平和という未来を望んでいることは知っています。ですが、わたしは、閨さまにも幸せになってもらいたいです」

「霞……」

「だって閨さまは、こんなわたしなんかを地獄から救ってくれた方だから」

思わず俯いたそのとき、起き上がった閨にそっと引き寄せられた。

とん、と額が閨の肩に触れて、霞は戸惑いながら顔を上げる。

「ありがとう、霞。でも、今のはいただけないな。もう何度も言っているけれど、自分を〝なんか〟なんて卑下してはいけない」

「……閨さま」

「それに、私はもう十分幸せだよ。救われているのは私の方だしね。霞がこうしてそばにいてくれるから、私は心を折らずにいられるんだ」

霞の髪をひと房取り、口許に引き寄せながら、閏が雅に口端を上げた。

「だからどうか、私がこんなにも愛している花嫁を悪く言わないで。でないと私は、また君が消えてしまうのではないかと不安になってしまう」

「っ、ごめんなさい」

——霞は一度、消えようとしたことがある。

否、正確には一度ではない。そういう思いを抱いた経験なら数え切れないほどだ。

それを〝視ていた〟閏には、すべてを知られてしまっている。だからこそ、下手にごまかすこともできずに、霞は素直に謝った。

「でも、あの、大丈夫です。わたしはもう、消えたいとは思っていませんから」

「本当に？」

「はい。閏さまがいる限りは」

過去が巡る。

あれはまだ、霞が〝呪われた子〟だった頃の話だ。

◇

(——だってあなたは、わたしに生きる意味を与えてくれた方ですから)

『ごめん、ごめんね……。私がこんなふうに生んでしまったから、悪いの……っ』

――これは絶望を浮かべた母の言葉。

『妖が呪いをかけたんだ……俺があの郷の出身だから……！』

――これは絶望に囚われた父の言葉。

真っ暗な闇のなかでうずくまる霞に、手を差し伸べてくれる者はいない。

与えられる言葉も、向けられる瞳も、嫌悪が満ちる。救いはなかった。存在を否定されるたびに、霞の心には鋭利な棘が深く深くめり込んだ。

今度は違う声が響きだす。

『両親が亡くなったっていうのに、あの子ずっと無表情なのよ。なんだか怖いわ』

『ああ……あの姿、見ているだけで呪われそうだな。不気味だ』

これは、突如事故で他界した両親の葬式で参列者が話していた言葉だ。

直接、霞に向けられたものではない。

けれど、それはたしかな刃となって霞の心に治ることのない傷をつけた。またも繰り返される言葉の刃に、古傷がふたたびずきずきと痛みだす。

けれど、不意にそれがやんだ。

『そなたが霞か。わしはそなたの父親の出身地である江櫻郷の長をしている者だがな。

このたび、そなたを引き取ることになった』

『人は臆病なのだ。そして、弱い。だから、身を守るために異質なものは恐れるようにできている。そなたには気の毒だが、それは〝人〟にとってなにより大事な感情だ。恐れを知らないと、取り返しのつかない過ちを犯すことになるゆえな』

『――霞よ。そなたはこの生きづらい世で、どう生きる選択をする？』

これは厳しくも温かく見守ってくれていた、郷長の言葉。彼は霞を江櫻郷に迎えてくれただけでなく、たったの一度も霞を蔑むことはなかった。

ほんの少しだけ、張り裂けそうだった胸の痛みが和らいでいく。

また、声が変わった。

『霞ちゃん、元気？　ふふ、今日も来ちゃった』

『どうして毎日来るのって……もちろん霞ちゃんに会いたいからよ。朝から晩まで妹と弟に振り回されてるから、こうして霞ちゃんと静かに過ごす時間が癒しなの』

『霞ちゃんの髪は真っ白で雪みたいに綺麗ね。瞳も鮮やかで羨ましい』

『私ね、霞ちゃんの髪も瞳も大好きなの。初めて霞ちゃんを見たとき、冬の妖精さんだって思ったもの。あ、もちろん霞ちゃん自身もね。今度――いつかでいいから、霞ちゃんが外に出られるようになったら、一緒にお買い物に行こうね』

うずくまる霞の髪を優しく撫でてくれる少女の名は、深凪という。

彼女は霞にとって、初めてできた友人だった。江櫻郷にいた頃、彼女だけは霞を怖がらずに自分から会いに来てくれたのだ。

霞が顔を上げると、穏やかに微笑んでいた深風は溶けるように消えていく。

――次に現れたのは、霞の大好きな相手だった。

『初めまして、私の花嫁さん。ようやく会えたね』

『内緒だけれど、私は遠視を使って現世を見ていたんだ。長い間、ずっと。そして自分の意思で、霞を花嫁に迎えると決めたんだよ』

『この冬で、君が心から生きたいと思えるように、私がそばで君を守るから。だからどうか、そう怯えないで。私はいつだって、霞の味方でありたいんだ』

霞を〝選んだ〟闇は、頑なに心を閉ざし続ける霞に根気よく寄り添ってくれた。傷つく部分すらなくなってしまった心をゆっくりと時間をかけて癒し、その言葉通りに霞を守り続けてくれた。この六年、片時も離れることなく。

『私は霞を愛しているから。君を守る理由としては、十分すぎるくらいだろう？』

闇が霞を抱き上げた瞬間、その足元から次第に深淵が晴れていく。

触れ合った箇所の温もりがじんわりと霞の心を包んで、長らく蝕まれていた痛みから完全に解放される。それはあまりにも心地よく、霞の冷えきった指先までも行き渡って、最終的にふたりぶんの体温が合わさった。

『──大丈夫。君の居場所は、もうここにあるのだから。安心して帰っておいで』

◇

霞が目を覚ますと同時、額に優しく押しつけられていたものが離れていく。

ぼうっとする頭のまま隣に端座していた彼へ視線を動かし、霞は目を瞬かせた。

「うるう、さま?　おはよう、ございます……?」

「おはよう、霞。少々うなされていたようだけど、気分はどうだい?」

「気分……は、大丈夫、です。なんともありません」

少しずつ覚醒し始める頭を叱咤して、よろよろと起き上がる。

閏はまだ夜着のままだったが、格子窓の向こうに覗く空は、すでに明るく白ばんでいた。朝日の位置からしても、いつも起きる時間と大差ないくらいだろう。

「閏さま、もしかしてずっとここにいてくれたのですか?」

「ほんの数刻ほどだよ。目覚めたら霞が苦しそうだったから、もしや熱でもあるのかと思ってね。でも、幸い風邪をひいたわけではなさそうだ」

「は、はい。大丈夫です」

いつもなら起きてすぐに身支度を始めるのに、自分の準備は後回しでそばにいてくれたらしい。安堵が浮かぶ表情に、霞は申し訳なくなって眉尻を下げた。

　けれど、霞がなにか言葉にするよりも先に、彼は緩やかに首を揺らす。

「これは普通のことだよ、霞。愛する妻をこうして誰よりもそばで心配するのは、むしろ夫の特権なのだから気にしないで」

「っ……はい。ありがとうございます」

　頬に伸ばされた手に擦り寄って、霞ははにかむ。

　今、こんなふうに触れ合える相手がいるのは、霞にとって奇跡のようなことだ。

　最近は幸せに浸りすぎて過去の苦難すら忘れかけていたけれど、皮肉にも悪夢が思い出させてくれた。〝今〟がいかに、恵まれているのかを。

（きっと、昨日あんな話をしたからですね。もう大丈夫なのに、ただでさえ大変な閏さまを心配させてしまいました）

　かつての霞は――人でありながら、人としての在り方を知らなかった。

　だがあの頃、世界のなにもかもに絶望していた幼い霞は、もうどこにもいない。

「閏さま、本日のご予定は？」

「いつも通りの街の見回りと――そうだね。昨日襲撃された蔵のあたりの様子を見に行ってくるよ。私も少々暴れてしまったから、修繕費が嵩（かさ）みそうでね」

　軽い口調で肩を竦めてみせる閏につられて、霞もくすくすと笑ってしまった。

そんな霞を見て安心したのか、閨は目を細めると霞を撫でる。

「あまりよく眠れていないはずだから、霞はもう少し寝ていなさい。密火と真白には私から伝えておくよ」

「いえ、そんな。わたしは……」

「せめてその顔色がよくなるまではね。大丈夫、もう悪い夢は見ないよ」

霞をふたたび褥に寝かせると、閨はたしなめるように霞の額に手を当てた。

（あったかい……）

閨の手は、ほんのりとした温もりを霞に与えてくれた。ただこうやって触れられているだけで、霞はこの上なくほっとして身体の力が抜けてしまう。

手放しに安心できる。閨がいると思えば、もうなにも怖いとは思わない。

「ん……閨、さま」

「うん？」

「お帰りを、お待ち、しておりますね」

今にも眠りに落ちそうになりながら。けれども、せめてこれだけはと振り絞った声をしっかりと聞き取った閨がぱちくりと目を見開いた。

それから、すぐにどこかこそばゆそうな笑みを浮かべてうなずく。

「必ず帰るよ。霞が待っていてくれる限りはね」

「……はい、必ず」

そこで霞の意識は限界を迎えた。

今度はもう嫌な夢を見ることもないだろう。眠れないときはいつも閨がこうしてくれるから、霞はこの睡眠がどれだけ深いものかもう知っているのだ。

「おやすみ、私の愛しい花嫁」

うつつが途切れる寸前、霞の額になによりも優しい閨の口づけが落とされた。


「やっぱり顔色戻らんねえ、姫さん」

密火の声に、我に返った霞は慌てて俯けていた面を上げた。部屋の隅で片足だけ折り曲げてこちらの様子を窺っていた密火は、霞と目が合うなり苦笑する。

「夢見が悪かったと聞いてるが。そんなに悪趣味なもんだったのかい」

「いえ、その……悪趣味、というか……」

こんなにもはっきりと夢の内容を覚えているのは、あれが単純に〝過去の記憶〟だからだろう。正直、あまり思い出したくない記憶だ。

（ここへ来て、わたしもだいぶ自分の姿を受け入れられたはずなのですけどね……）

生まれてこの方、霞は異質な色を持った髪と瞳に悩まされてきた。

けれど、幽世に来て――閨に嫁入りしてから、少しずつでも自己肯定感は改善していったように思う。とくに〝好き〟なことを見つけられるようになったのは、霞のなかで目に見えた変化だった。

一方で、過去の自分は意識して忘れるようにしていた。現世にいた頃の記憶は、どれも苦く刺々しい。鋭利な刃は、その傷は、今もなお霞の心を深く蝕むから。

思わず密火から目を背けたそのとき、廊下をとことこと駆けてくる音が聞こえた。

「姫さまっ！　姫さま〜っ」

霞と密火がそちらを向くと、ひょこりと小さな女の子が顔を見せる。

まだ五歳児程度の背丈しかない彼女。笑顔で霞に飛びついてきたかと思えば、両手で霞の腕を取り、慌てたようにぐいぐい引っ張り始めた。

「姫さま！　来て！　いいものあったよ！」

なにやらはしゃいだ様子の彼女は、真白という。将来的に雪女となるべく修行中の雪ん子で、霞の専属お世話係をしてくれている妖だ。

水に透けた氷のような薄青の髪を左右でお団子にしており、大変かわいらしい。

「ちょ、ちょっと、真白さん？」

真白に引っ張られるまま立ち上がり、霞は彼女と共に部屋を飛び出す。おろおろと振り返ると、密火もやれやれと頭をかきながらついてきてくれた。

「真白ね、面白いもの見つけたのっ。きっと姫さま、喜ぶ！」

「面白いもの、ですか？」

「でも、きっとすぐ消えちゃうから、早くしなきゃっ。すっごくきれーなの！」

そのまま連れていかれた先は、楼閣の上部に位置する窓辺だった。ぴょんっと小さな身体を器用に窓辺にしがみつかせた真白は、覗き込むように上体を乗り出す。

「あそこ！　ほら、見てみて、姫さま！」

「わあ……もしかして、氷紋ですか？」

「うんっ！　とってもきれーでしょ？」

真白が落ちないよう支えながら、霞も窓の外へ身を乗り出す。そんな霞を「あんたらなぁ」とまとめて密火が支えてくれた。

隣接した楼閣の屋根一面に浮かぶ氷紋。それは寒さで凍った薄氷が溶けて染み出すことで生まれる氷の紋様のことで、常に寒冷地であるこの冬でも滅多に見られない現象だ。朝露と光に反射した水蒸気がまるで妖精の粉のようにきらきらと舞い、なんとも幻想的な雰囲気を醸し出している。

「姫さま、元気出たっ？」

にこにこと問われて、霞はようやく真白の意図に気づく。

（わたしの元気がなかったから、元気づけてくれようと……？）

二度寝して目覚めてからも、ずっとどんよりとしていたから、心配をかけてしまったのだろう。申し訳ない気持ちでいっぱいになりながら、深く顎を引く。

「ありがとうございます。おかげさまで、とっても元気が出ました」

今にも転がり落ちそうな真白を降ろして、霞はその小さな頭を撫でる。

「心配かけてごめんなさい。密火さんも」

「いや、俺はべつに構わんけどね。誰しも気分が落ちるときはあるし」

「密火さんも？」

「ん？　あー、俺はないね。へこんでてもしゃあないって切り替えちまうから」

おどけるように肩を竦めてみせる密火に、霞も強張っていた身体の力が抜けた。

密火らしい考え方だ。けれど、それが彼の強さなのだと、霞は思う。

「……昔の夢を、見ていたんです。あまり思い出したくないことを思い出して、心が沈んでしまっていて。すぐ切り替えられたらよかったんですけど……」

「ああ、現世の頃のか」

「はい。でも、思い出せてよかったこともありました。わたしにとってはとても大切な思い出なのに、ここでの生活が幸せで、つい忘れてしまっていたみたいです」

冬を越えた春の地にいる友人のことを想って、霞は口許を緩ませる。

(深風さんが生贄にならなくてよかった、と思っていたのに……結局彼女はこちら側に来てしまいました。なんとも、皮肉ですね)

けれど、彼女の幸せは彼女だけのものだ。少なくとも噂では、春の領主に愛されて幸せに暮らしていると聞いている。ならば霞が口出しできるものではない。

それもまた、運命であったのだろうから。

とはいえ、現世にいた当時になにも返せなかったことを考えれば、せめて感謝は伝えたいと思うのだけれど。

「わたし、怖いのです。今度の四季領会議で、各季節の花嫁に会うことが。とりわけ、春の花嫁──深風さんには合わせる顔がなくて」

「……合わせる顔がない？　嫌な思いをさせられてた、とかじゃねえのか」

「いえ、そんな……深風さんにはむしろ助けられていました」

「なら、なんで怖い？」

静かに問い返されて、霞はきゅっと顔を歪めながら俯いた。

「その、わたしが冬に流されるとき……深風さんに、とても悲しい顔をさせてしまったんです。きっとわたしが死のうとしていることを悟られていたのだと思います」

深風はとても聡く、心優しい女性だった。相手のことをよく見ているから、ほんのわずかな感情の機微も見逃さない。不完全な霞からすればできすぎた人でもあった。

「それで、悲しませたことを後悔してるのかい」

真白は「死のうと!?」と硬直しているが、密火はぴくりとも表情を変えない。

さすがに閨の側近として、長らく冬を守り続けているだけある。こんなことでは動じないらしい彼に、霞は心底ほっとした。

(変に同情されても、話せませんからね)

密火はここへ来た当時の霞を知る者ゆえ、想像に難くないのかもしれないが。

「あの頃のわたしは、すべてがどうでもよくて。冥楼河が幽世へ繋がっているだとか、妖に生贄として差し出されるだとか、真実がどうであれ〝終わりにできる〟ならそれでいいと思っていました。……捨てたのです、命を」

生贄として流されたときも、幽世という名の冥府に行くつもりだったのだ。

まさか本当に妖の世界に繋がっているなんて思っていなかったし、ましてや花嫁として迎えられるなど想像もしていなかった。

「ですが、結局わたしは、こうして現世の頃を忘れるくらい幸せに生きています。いつも笑顔を絶やさなかった彼女に、あんな顔をさせておきながら」

心優しい彼女のことだ。とても心配していたに決まっているのに。

「……正直、どんな顔で深風さんと再会したらいいのかわかりません」

ならば、こちらに来てすぐ会いに行けばよかったのだろう。だが、一向に勇気が出ないまま実行には移せなかった。そうして歳月だけが過ぎゆき、今に至る。

「難儀ですね。罪悪感を抱え込みすぎると、どうもこじらせてしまって。ただ彼女に会うと考えただけで怖いです。いえ、罵倒されるだけなら、まだいいのですけど……」

もしも久しぶりに再会した深風が、霞を見て拒絶反応を起こしたら。

そう考えるだけで、霞は身体が震えそうになる。

「……深風さんは、みんなと違うわたしを受け入れてくれた数少ない方だったから」

どうにか絞り出した声は、あまりにも小さいものだった。

「姫さま、泣かないで」

おろおろと霞を見上げていた真白が、目いっぱいに両手を伸ばして霞の服を掴む。

よほど真白の方が泣きそうな顔をしていた。

(だめですね。本当に、心配ばかりかけてしまって。こんなふうにわたしを想ってくれる相手がいる今、いつまでも過去に囚われているのはよくないです)

霞はせり上がってきたものを呑み込んで、真白に笑ってみせる。

大丈夫だと、いつもの閨を真似して彼女の頭を撫でようとした、そのときだった。

「っ——！　伏せろ！」

——ガッシャアアアアン！

なにかに気がついた密火が鋭い声を発した次の瞬間、凄まじい衝撃音を立てて建物がまるで突き上げられるように激しく揺れた。

とっさに真白を抱き寄せた霞だったが、あまりの横揺れに体勢を崩してそのまま転がりそうになってしまう。しかし寸前、密火に真白ごと抱き上げられた。

「姫さん、ちょいと走るぞ。真白のこと落とさんようにな！」

早口で告げながら、黒檀色の双眸が眇められる。

目にも留まらぬ速さで駆け出した密火に、霞はなんとかうなずいてみせた。

なにが起きているかはわからない。だが、異様な事態であることはたしかだった。

激しい喧騒や、内外から響き渡る悲鳴。あちこちから耳を塞ぎたくなるような嫌な音が聞こえてくる。

壁が崩れているのか、建物が欠けたと思われる瓦礫が大量に窓の外を落ちていった。

それを目視してしまった霞は、いよいよ事態の深刻さを吞み込んだ。

（どうして……結界は⁉）

この建物は冬の地でもっとも強力な結界が張られている。害意を持って近づけば、建物に触れた瞬間に弾け飛ぶ仕様のはずだ。

だというのに、こんなにも建物が破壊されているということは――。

「まさか、結界が破られて……⁉」

「ん、完全にやられちまってるねえ。……はは、最悪だ」

珍しく切羽詰まった面持ちで低く言い捨てた密火は、階段まで走ると立ち止まり、揺れの合間を見計らって霞と真白を降ろした。

かと思えば瞬時に身体を翻し、パンッと両手を合わせ打つ。密火が作り出した妖術による炎の壁が、霞たちの周囲を守るように囲んだ、その直後。

——ガッシャアアアン!!

ふたたび鼓膜が破れそうな音が轟いたかと思うと、すぐそばの壁に穴が空いた。

——否、正確には、壁を破壊しながら飛び込んできたモノがいた。

「っ……おーおー、こりゃまた派手なご登場だねえ。——餓者髑髏(がしゃどくろ)さま?」

「がしゃ、どくろ……」

通常よりも高いはずの室内をいっぱいに埋めるほどの巨躯。真っ黒な襤褸(らんる)を纏ってはいるものの、はみ出した部分からは剥き出しの骨が見えていた。

骸骨そのもの。特徴的な姿ゆえに、彼が何者なのかはひと目でわかる。

名を凱赫——言わずもがな、ハグレモノ賊の長だった。

「ひ、ひぇっ」

可哀想なくらいに震える真白を抱きしめ、霞は密火の背越しに凱赫を睨みつける。

だが、何本も生えた骨手の一角に吊るされていた妖の姿を認めた瞬間、

「菊丸くん……っ!」

思わず、抑えていた悲鳴が漏れた。

全身傷だらけでぼろぼろの彼は、間違いなく河童の菊丸だった。意識がないのか

ぐったりとしており、霞の悲鳴にもまったく反応を示さない。

「やはり、こいつか」

地の底から空気を震わすような低音でつぶやいた凱赫は、菊丸を無造作にその場に投げ捨てる。またもや霞は悲鳴をあげそうになり、慌てて両手で口を押さえた。

(どうして菊丸くんがあんなことに……っ)

けれど、地面に落ちる際に菊丸は呻き声を漏らしていた。

彼がまだ生きていることに胸を撫で下ろしながら、しかしこんな惨いことをした凱赫に対して形容し難い怒りが湧く。

「仲間、なのに……なんてことを……！」

「は……裏切り者には制裁を。当然のことだ。この鼠のせいで、我らの計画は台無しになってしまった」

凱赫が前足を振り上げ、転がったままの菊丸を踏み潰そうとする。

だが、瞬時に抜刀した密火が地面を蹴り、目にも追えぬ速さでその足を一振りで切り落とした。剣戟により綺麗に真っ二つに分断された骨が、ごろんと地面に転がる。

しかし凱赫は、痛覚を持たぬのか、焦る様子もなければ悲鳴のひとつもない。

その様子に舌を打ちながら、密火は菊丸を片腕に抱え、霞のもとへ舞い戻る。

「菊丸くん……！」

「う、うぅ……」

苦しげに呻き声をあげるだけで目を開けない菊丸に、霞は焦る。見た限り致命傷になるような目立つ傷はないけれど、彼の顔は血の気をなくして土気色だった。

「大丈夫だ。ずいぶん妖力を消費しちゃあいるが、死ぬほどじゃねぇよ」

「ほ、本当に？」

「ああ。それより姫さん、申し訳ねえがさすがにアレ相手じゃ分が悪い。正直あんたを守りながら戦えるほど余裕ないんで、真白と逃げてくれると助かるんだが」

霞たちを背中に隠し、刀で構えをとったまま、密火が口早に告げる。

「ここで俺があいつを食い止めてる間に。この建物もいつ崩れるかわかったもんじゃねえし、とりあえずどこからでもいいから外へ出てくれ」

「っ、密火さんは……？」

「俺は構わんでいい。これでも実戦向きなんでね」

密火をひとり残していくだなんて、という気持ちが先行しそうになるけれど、ぐっとこらえる。彼の言う通り、霞たちがいては足手まといになるだけだ。

「――それに、こんだけの騒ぎだ。すぐに旦那が帰ってくる。俺は側近として、それまでの繋ぎにならなきゃならん。わかってくれるな？」

「……っ、はい」

結界を破るほどの妖力を持つ凱赫の強さは計り知れない。これ以上好き勝手に暴れられたら、どれほどの被害が出るかわかったものではなかった。

密火の判断は、間違っていない。——霞を、民を、確実に守るための選択だ。

「真白、しっかりしな。雪ん子根性見せて、姫さんを守ってくれよ」

「う、うんっ！　真白、頑張るっ！」

「おっし、いい子だ。行け！」

密火が走り出した瞬間、目の前で爆発的な妖力の殴り合いが起こる。

肌が焼け焦げそうな熱さの火の粉が舞い散るなか、霞は菊丸を背負い上げ、真白と共に階段を下り始める。だが、早々に足止めを食らってしまった。

二階ほど下りたところで、階段が大きく抜け落ち途絶えていたのだ。先ほどの衝撃で崩れたのだろうか。これでは先には進めない。

呆然とする霞に、真白が廊下の方へ走りながら「こっち！」と声を張った。

「真白に任せて！」

窓辺によじ登った真白は、両手を合わせて椀を作るように広げ、口許に添える。

なにをするのかと思えば、すうっと深く息を吸い込んで〝雪〟を吐き出した。それは瞬く間に結晶となり、螺旋状(らせんじょう)に下の階まで続く氷の滑り台を作り出す。

「ま、真白さん、すごいです……！」

微細な雪の粉が散り舞う。真白はこれ以上ないくらいのドヤ顔で振り返った。

「えっへへ、将来は雪女になるんだもんっ！　行こ、姫さまっ」

真白に急かされるがまま、霞は菊丸を膝に乗せてどうにか滑り台へ腰を下ろした。

上階では未だ激しい破壊音が絶えず響き渡っている。うしろ髪引かれる思いはあるけれど、霞の行動ひとつで未来が左右されかねない局面だ。

（っ……密火さん、どうかご無事で）

彼の強さを信じつつ、霞はひと息に氷の滑り台を滑りだした。

◇

「……？」

領地の最東部——昨日の暴れ跡が残る蔵前を視察していた閏は、突如として響き渡った轟音の余波と、肌に感じた膨大な妖力に動きを止めて振り返る。

私邸のある方角だ。その瞬間、形容しがたい嫌な予感を覚えて閏は顔をしかめた。

だが、遠視を使おうと両目を閉じたそのとき、

「閏！」

不意に響いた鋭い声と同時に、身体をぐいっと強く引き寄せられる。

目を開ければ、今しがた自分が立っていた場所に数本の苦無が刺さっていた。

「あ〜あ。外しちゃった」

続いて非常に面倒臭そうな声音が落ちてくる。その発信元を追って見上げると、いつの間にか蔵の屋根の上に見覚えのあるひとりの女妖が立っていた。

派手に着崩した着物と、水に濡れて蛇のようにうねる髪。その艶やかな妖力も勝って独特な怪しさを醸し出す彼女は、つい昨日取り逃した濡れ女の妖だった。

名を紫洛。凱赫の右腕だとか愛妖だとか、様々な噂が立っているハグレモノ賊の一員だ。保有する妖力についても上位に当たるため、敵としての危険度は高い。

「……助かったよ、介。少し気が逸れていた」

「姫君が気になるのはわかるが、周囲への警戒を怠るな。おまえらしくもない」

「面目ないね」

一方で、閨を引き寄せたのは側近の介である。閨の前代——人妖盟約の創設者、朧が長だった時代に、閨と共に側近を務めていた覚という妖だ。

今でこそ主従という形ではあるものの、関係的には相棒の方が適切であった。

「さて……昨日ぶりだね、紫洛」

「ふん。アンタと話す義理はないよ。今日のアタシの目的は——」

「ああ、うん。おおかた、私たちの足止めだろう？」

紫洛の言葉を容赦なく遮りながら、閏は乱れた服装をさっさと整える。

その表情にいつもの穏やかさはどこにもない。

「こんな場所まで波動が伝わってくる妖力——間違いなく凱赫だね。まさか彼が自ら乗り込んでくるとは思わなかったけど、なにかあったのかな」

「答える義理はないね！　ともかく、アンタたちにはここで——ッ」

「ああ、いいよ。そのへんで」

容赦なく言葉を遮ると、ほぼ同時。刹那のうちに紫洛の背後に移動した閏は、彼女のうしろ首へ手刀を落としていた。

呆気なく気絶して崩れ落ちる身体を受け止め、冷ややかな眼差しを落とす。

「申し訳ないけど、君の相手をしている暇はないんだ」

「……閏。そいつは俺が」

「うん、任せるよ。そのへんに小童もいくらか隠れているから、よろしくね」

先ほどから、閏たちを囲んであまたの妖力が跋扈（ばっこ）しているのを感じていた。

おそらくはハグレモノ賊の手先だろう。紫洛がやられたことで出てくるタイミングを逃してしまったのか、姿こそ見えないが困惑していることが伝わってくる。

妖力量こそ閏よりわずかに劣るものの、介はもともと戦闘に特化した妖だ。この程度の相手ならば、なんの問題もないだろう。

「――おまえは、おまえの守るべきものを守れ。だが、優先順位は見誤るなよ」

「そうだね。大丈夫、私は兄上のようにはならないから」

抱えていた紫洛を託し、閠はふわりと宙に浮かんだ。身体が青白い光を帯びて、みるみるうちに変化していく。やがて白銀の鱗を纏い、白群の瞳を携えた竜の姿が現れると、介はまるで太陽の光でも見るかのように目を細めた。

「霞がいる限りは負けないさ。――あとは頼んだよ、介」

「ああ」

介が満足そうにうなずくのを一瞥し、閠は踵を返した。

果てしない蒼穹に向かい、大きく尾をなびかせて一息に舞い上がる。

（……どうか無事でいておくれ、霞）

◇

真白のおかげでなんとか楼閣から脱出した霞は、その光景に呆然としていた。

領地内は逃げ惑う民が我先にと押し寄せ、混乱に満ちていた。反対方向に逃げようとする民と民がぶつかり合い、怪我をしている者も多く見られる。

（これじゃあ、余計に被害が広がります……！）

今はまだ密火があの場で足止めをしてくれているから、民への被害はない。けれど、仮に押し切られてしまったら、瞬く間にこのあたり一帯が戦火に包まれてしまうだろう。そうなる前に民を安全な場所へ避難させなくてはならない。

霞はぐっと唇を噛みしめて、おぶっていた菊丸を道脇に寄せて降ろす。

「真白さん、菊丸くんをお願いします」

「えっ！　ひ、姫さまは!?」

「わたしはこの混乱を止めに行ってきます」

なにができるかと問われたら、正直、なにもできないとわかっていた。けれど、霞は今や冬の花嫁だ。たとえ妖術のひとつも使えない無力な人の子だとしても、領主の妻として民を支え、民を導く立場にある。

この状況で怖いからと逃げるばかりでは、妖の世界で生きていくことなどできやしないのだ。そんなことくらい、霞はもう嫌というほど身に染みていた。

（……わたしが閏さまのお力になれることは、本当に本当に少ないです。でも、だからって、怖いからとうずくまって泣くような情けない妻にはなりたくありません）

あの頃には、もう戻らない。霞はこの幽世で、自分を愛してくれる閏の隣で生きていくと決めたのだ。その決意は、覚悟は、簡単に揺らぐようなものではない。

「みなさん、落ち着いてくださいっ！」

逃げ惑い、ぶつかり合う混沌のなかの民に、あらん限りの声を張る。

だが、霞の声など混乱に満ちた喧騒のなかでは一瞬でかき消されてしまった。それでもめげずに前へ踏み出して、もう一度、声を張り上げる。

「落ち着いてくださ——っ！」

だが、行き交う誰かの身体が勢いよく当たってしまった。

バランスを崩した霞は、途端に民の波に呑まれてしまう。妖は総じて体躯の大きなモノが多い。ただでさえ小柄な霞など、ひとたまりもなかった。

足先が地面から浮き、自分がどこにいるのかさえわからなくなってしまう。

（っ……気持ち悪い、です）

ときおり、誰かの肘や膝が身体にくい込み鈍い痛みをもたらす。それでもどうにか抜け出そうともがいていたら、唐突になにかに腕を掴まれ、身体を引き寄せられた。

「……ほんと、馬鹿。なにやってんのさ」

頭上から降ってきた呆れたような声と共に、押し潰さんばかりの圧迫感が消える。

ぽかんとしてその声のもとを辿れば、なんとそこには菊丸がいた。

「き、菊丸くん……？　目が覚めたのですか⁉」

「うん。いや、実のところずっと意識はあったんだけど、妖術の反動で動けなかったんだよ。ちょっとへマしたっていうか？　まあ、失敗しちゃってさ」

菊丸は霞をしっかりと抱えたまま、ひょいひょいとうまく妖の波を抜ける。脇道で地面に降ろされると、半べそをかいていた真白が駆け寄ってきた。

「ひ、姫さま、大丈夫っ？」

抱きついてきた真白を受け止めつつ、霞は困惑したまま菊丸に問いかける。

「いったいなにがあったのです……？」

「んー。凱赫サマに、おれが情報漏らしてんのバレちゃったんだよね」

「情報……って、もしかしてわたしに？」

ハグレモノ賊が冬の領地を襲い始めてからというもの、菊丸はことあるたびに霞に危険を知らせてくれていた。自らもハグレモノ賊の一員にもかかわらず、である。

それは裏切り者の行為と捉えられても無理はない。けれども彼は、以前助けてもらった借りを返しているだけと言いながら手を貸してくれていたのだ。

「べつに、あんたのせいじゃない。いつかはバレるってわかってたし。んで、まあ殺されそうになったから、ちょっと自分に妖術をかけて凱赫サマを騙したんだよ」

「自分に、妖術？」

「おれの妖術は、幻覚を視せる力〝幻視〟。だから、凱赫サマに〝おれが死傷を負っている〟ように視せたんだ。見破られないために妖力を極限まで使ったら、ちょっと反動で動けなくなっちゃったんだよね」

霞は彼の能力を知っていた。とはいえ、まさかそんな使い方があるとまでは思っておらず、大いに面食らいながら感心する。

「妖術って、すごいのですね……」

「まあね。そういうわけで、実際の傷はたいしたことないよ」

それでも、菊丸の顔色はひどいものだ。無理をしていることは手に取るようにわかる。きっと霞を助けるために、無理やり身体を動かしてくれたのだろう。

申し訳なくて顔を俯けると、すぐさま「ちょっと」と剣呑な声が飛んでくる。

「今はへこんでる場合じゃないでしょ。この状況をどうにかしたくて、無謀なことしようと立ち向かったんじゃなかったの？」

「それは……でも、わたしの声は届かなくて」

「そりゃ霞は妖力ないからね。存在感皆無だし、声ちっちゃいし、届くわけがない」

容赦ない切り返しに、霞は追撃を食らった気分だった。

だが、菊丸はただ事実を述べているだけだ。そこに他意や悪意はないと霞もわかっている。その証拠に、霞を見る菊丸の瞳は嘘の欠片もなく真剣そのものだった。

「残念だけど、あんたひとりじゃ無理だよ。今この状況を収められるとすれば、領主サマくらいだから」

「ですが、閨さまは」

「うん、いないね。だから、あんたが〝閨サマ〟になればいい」

今度こそ菊丸がなにを言っているのか図りかねて、霞はぴきりと硬直した。

「仕方ないから、おれが力を貸してあげるよ。みんなが霞を〝閨サマ〟に見えるようにしてあげる。まあ、今のおれのなけなしの妖力じゃ三十秒が限界だけど」

「そ、そんな、だめです！　ただでさえ動けなくなっていたくらいなのに……っ」

「遠慮してる場合じゃないでしょ。冬が破滅してもいいわけ？」

そう言われては、霞もぐっと言葉に詰まるしかない。

改めて周囲を見回しても、この混沌とした状況を収めるには、菊丸の提案に乗るのが最善だということは一目瞭然だった。

「……どうして」

こんなにもぼろぼろで、絶対に身体はきついはずなのに。

「どうして、こんなにもわたしを、助けてくれるのですか」

震えた声で問えば、菊丸は戸惑ったような反応を見せた。気まずげに視線を逸らされて困惑していると、ややあって菊丸が後頭部をかきながら口を開いた。

「……最初に助けてくれたのは、霞でしょ。六年前、まだあんたがここに来たばっかの頃。初めて会ったときのこと覚えてないの？」

「お、覚えています。もちろん」

霞が菊丸と出会ったのは、この冬の地に来てまだ間もなかった頃。まだ閨とさえ打ち解けておらず、感情を失った人形のような生活をしていた時期の話だ。与えられた私室に引きこもり、ただ窓から妖楼閣の様子を眺めるだけの鬱屈な日々を送っていた霞に、あるとき菊丸が接触を図ってきたのである。

「最初は興味本位だった。幽世でも人の子を迎えるのは久しぶりだったしね。どんなもんかと思って、忍び込んで見に来たんだよ」

本来、結界が張ってあるこの楼に、ならず者は近づけない。入ることはおろか、そばに寄るだけでも弾かれる。だが、菊丸はそもそも包囲網に引っかからなかった。つまり彼は、霞に害をなすために近づいたわけではないのだろう。ゆえにこそ、霞も最初は菊丸が幽世を騒がせている賊のモノだとは思っていなかった。

「……菊丸くん、出会ってからしばらくは姿を見せてくれませんでしたよね」

「そりゃあね。でも、だからあんたはおれとしゃべってくれたんでしょ」

「それは……はい」

姿は見えずとも声は聞こえる。そんな不思議な相手。だからこそ、彼に対する恐怖心は薄れるのが早かったのだ。あの頃は、とくに。

「おれ、あんたと自分を重ねてたんだ。ひとりぼっち同士だなって」

河童が四季領争いで多大な犠牲を払った一族であることは、霞も聞いていた。

菊丸がその死線を抜け、どうにか生き延びたひとりだということも。

「居場所がなくて致し方なくハグレモノ賊に入ったけど、正直あいつらとは反りが合わないし。あんたと出会う前はほんと荒んでたんだよ、おれ」

どこか懐かしむような口調に、霞もつられて当時のことを思い出した。

（たしかに。あの頃の菊丸くんはいつもどこか淋しそうで、自分と同じ妖をひどく憎んでいるようでした。その節は、今もありますけど）

会話のなかで、彼の苛烈さが滲むことも少なくなかったように思う。

妖が人とは異なる価値観を持ったモノなのだと、霞は菊丸を通して知ったのだ。

「――霞は、おれの姿を見ても態度を変えなかったしね」

菊丸は思い出に浸るように睫毛を伏せて、一言ずつ噛みしめるように告げた。

そうして、仕方なさそうな、ほんの少し諦めた顔で笑う。

「それがどれだけ、孤独だったおれを救ってくれたか……あんたはわかんないだろうけど。とにかく、おれにとってあんたは、唯一の〝友達〟なんだよ」

「とも、だち……」

「そう。だから、あんたが困ってるなら力になりたいの。納得したよね？」

なかば強制的に言い含められて、霞はこくこくと首を縦に振る。

「まっ、こんな姿じゃ言い訳じみてるかもしんないけど、おれは四季領争いの〝生き残り〟だよ。そう弱くないし、変な心配は無用だから」

淡々と述べながら、菊丸は霞をひょいっと肩にかかえた。かと思えば、軽く地面を蹴って跳ね上がり、民衆の頭上を越えて向かい側の屋根に飛び乗る。

「っ、え……!?」

突然身体が浮き上がった霞は、思わず漏れそうになった悲鳴を噛み殺した。けれど、すぐに降ろされた先で領地の状況を目にし、一周回って混乱が落ち着いてくる。そうだ、今は感情に振り回されている場合ではない。

(……菊丸くんがここまで言ってくれているのに、わたしが怖気づいていたらいけませんね。閏さまが戻ってこられるまでは、どうにかお繋ぎしなくては)

今もなお戦ってくれている密火のためにも、霞は覚悟を決めた。

確認のためか、ぎゅっと菊丸に手を握られる。それを大丈夫だという意思表示で握り返せば、不意に自分の身体に煙のようなものが巻きつく感触がした。

その瞬間、弾かれるように霞の方を見上げる冬の妖たち。

彼らは霞の姿を認めると、一様にぎょっと目を剥いた。

「ほら、もうみんなには、霞が〝閏サマ〟に見えてるよ。さすがに妖力までは再現できないから、偽物だと気づかれる前に頑張れ」

耳元で囁かれ、霞はこくりとうなずいた。

（わたしが閨さまになる、だなんて――そんなの想像もできません。でも、あの方がこういうとき、どんなふうに民を守るのかはわかります）

閨に地獄から救われ、菊丸という友達ができ、密火や真白、介という〝霞〟を大切にしてくれる者たちと出会った。

この冬の地はもう、霞の大好きな居場所だ。

閨が率いる地に相応しく平穏で、冬の気候を吹き飛ばすように賑やかで、多くの妖が日々楽しく行き交う幸せな日常をこれ以上失いたくはない。

たとえ無力でも、今、自分にできることをしよう。

大切なものを守るため、この先の未来を守るために、霞は大きく息を吸い込んだ。

◇

『――閨。次の長は、おまえに任せるよ。すべてを見通し受け入れてきた心優しいおまえなら、きっとわたしが望む未来を実現できるはずだから』

そんな言葉と共に冬の領主の座を託されてから、途方もなく長い年月が流れたような気がした。妖にとっては、たいした時ではない。ほんの一息の休息とも言える、取るに足らない時間だったはずなのに。

けれど、そうまで長く感じたのは、閨がずっと人の世を視ていたからだろう。

なにひとつ変わり映えしない幽世と比べ、現世は、目に見える形で変わってゆく。

一日、一日。景色も、会話も、常識も。かつて人と妖が手を取り合い暮らしていた
あの頃を忘却していくと共に、人は人だけの世界を確立させていった。

間違いではないのだろう。

隔絶された世界は時の流れ方が異なる。時の価値観も、生の在り方も根底からまったく違うものだ。ならば、人が妖の存在を忘れることも道理と言える。

それは両世界の均衡を保つために働いた、一種の摂理なのかもしれない。

(だとしても、私は兄上が目指していた世界を引き継いだ身。人と妖がふたたび手を取り歩んでゆける世界を望まなければならなかった)

けれども、現実はどんどん理想とはかけ離れてゆくばかりだった。

否、たしかに、人妖大戦乱の再来は防ぐことができているかもしれない。

朧が残した盟約は、今もなお世界の安寧を担っている。

だが、人と妖の関係はその場を揺蕩ったまま、後にも先にも進まず、歴史の残留物のごとく掠れかけてそこにあるだけ。いずれはその盟約に込められた真意すらも、時間のなかに溶けて消えてしまうのではと——そう危惧するほどには、変わらない。

ゆえにこそ、進むべきだと思った。

両者の世界を完全に隔てて、盟約という繋がりも断ってしまうべきだと。

——だが、その光景を見た時、閨はその選択の浅はかさを思い知った。ようやく兄の望む未来を理解して、初めて己の心で同じ思いを抱いた。

ああ、人と妖が手を取り合う世界はなんと尊いのか、と。そう感じたのだ。

(……まことに、人とはどうしてこんなにも強いのだろうね)

細雪がちらつき始めるなか、民を導く人の子がそこにいた。

まっすぐに前を向いて、声を張り上げて、存在を示している。毅然とした態度で妖たちに避難指示を出すその霞の姿は、出会った頃からはまるで想像もできない。

(共に生きても生きなくても、人は自らの力だけで未来を切り拓いていく。けれど、共にいるからこそ築かれるものもあるのかな)

心のなかで詰まっていたなにかが、ほろりとこぼれて梳いたような気がした。そして同時に、締めつけられるような切なさが胸に満ちる。

(強くて、脆くて、美しい。きっとそんな人の子だから、兄上も愛してしまったんだね。私が等しくそうであるように、妖は人の気高さに弱いんだ)

閨は長いこと、自らの花嫁となる相手を、遠視で現世を彷徨いながら探していた。人と妖を繋ぐ存在——理不尽な盟約を執行してまで惹かれる相手を。

閨が夫となり、妻として迎えなければならないと思う、唯一無二の相手を。

——そうしてようやく見つけたのが、霞だ。

彼女は人でありながら人の輪に入れず、世界に失望し、生を諦めた娘だった。

霞が江櫻郷にやってきてから、閨はずっと彼女のことを見ていた。

できることなら、彼女には人の世で幸せになってもらいたかった。せっかく人として生まれたのだから、妖とは無縁の世界で生きる意味を見つけてほしかった。

だからこそ、彼女が本当に〝手放そうとする〟までは見守ると決めていた。

だが、もし手放したら。もし霞が、自分を、命を捨てようとしたら、閨は盟約のもとで彼女のすべてをもらい受けようとも決めていた。

「霞」

竜の姿から人の姿に戻り、たん、と軽く霞の背後へ舞い降りる。

彼女が振り向くよりも先にうしろから抱き寄せると、驚いたように上を向いた霞が目を丸くした。とっさに出たのだろうその表情に、閨はつい笑ってしまう。

「閨さま？」

「遅れてすまないね。怪我はないかい」

「わたしは大丈夫です。ですが、あの、密火さんが……」

閨の姿を見てほっとしたのか、霞は目を潤ませながら訴えてくる。

「うん、すべて把握しているよ。私がいない間、よく頑張ってくれたね」

閨は遠視で状況をすべて確認していた。よって凱赫と密火が戦っていることも、霞が菊丸の力を借りて民を導こうとしたこともわかっている。

「菊丸くんもありがとう。ようやくお姿が拝見できて嬉しいな」

霞の手を握ったままだった菊丸は、自分に向けられた視線にぎくっと肩を跳ね上げて後ずさった。その際に手が離れ、霞は「あっ」と声をあげる。

「き、菊丸くん、手を離したらわたしの姿が……」

「そんなのとっくに見えてるよ。言ったでしょ、おれの妖術はもう限界だって」

「えっ？　でも、みなさん、ちゃんとわたしの声を聞いてくれてますよね？」

どうやら霞は、まだ自分が閨として見えたままだと思っていたらしい。

「最初だけだよ。術はもう切れてる。妖たちはみんな、もとに戻ったあんたの……領主の花嫁の指示だとわかって聞いてるんだ」

「最初は私だと思って聞いていた民も、霞ならばと信じて指示に従っていたんだろうね。なんといっても、君は愛すべき冬の姫君だから」

領主の花嫁の地位は領主に次ぐもの。ゆえに霞の言葉は、十分に領主の代名となり得るのである。

その点、菊丸の術は、妖力を持たぬせいで存在感が薄れてしまう霞に〝目を向けさせる〟役割としては最適なものだった。

「本当に助かったよ、ふたりとも。これだけ民がちゃんと避難してくれたら、被害が最小限で済む。あとは私に任せて」

「わ、わたし、お役に立てましたか」

「うん、もちろん」

「っ……よかった」

わざわざ訊くまでもないことなのに、霞は相変わらずだ。

それでも、冥楼河を死ぬつもりで流れてきた頃の霞に比べれば、ずいぶんと生き生きとしている。ほっとしたような表情には、わずかながら自信も垣間見れた。

その変化を嬉しく思いながら、閏は菊丸に向かって告げる。

「菊丸くん。満身創痍のところ無理をさせて悪いのだけど、霞と真白を連れて避難をお願いできるかい。これから少々、荒事になるからね」

「……それはいいけど。あんたに、凱赫サマが倒せんの？」

「ふふ。まあ、結界を破られてしまった時点で、私は妖力勝負には負けてしまっているからね。不安に思うのも当然だ。でも、問題ないよ」

明確な答えは告げずに微笑んでみせれば、ひどく胡散臭そうな目を向けられた。

しかし、それ以上追及しても仕方がないと諦めたのか、菊丸は霞を自分の方に引き寄せてべっと舌を出す。

「べつに負けてもいいよ。そしたら、霞はおれがもらってあげるから」

「え、嫌ですよ、菊丸くん。わたしは閠さまのものですから」

「うるっさいな、そこは振り回されときゃいいの！」

振り回されているのははたしてどちらなのか、閠はくすりと笑ってふたりの頭を撫でる。まあ、案の定、菊丸にはすぐにパシッと払いのけられてしまったけれど。

「撫でるなし！　あんたのそのヨユーそうなとこ、ほんっと腹立つ！」

「ふふ。とはいえ、どう煽られても、私は誰にも霞を渡す気はないよ」

余裕だと言われれば、否定はしない。なぜならこれは、それほど強い繋がりが霞と閠の間に築かれているからこそ生まれるものだから。

それでも、釘だけは刺しておく。閠もまた、男としての矜持があるのだ。

「ばーか！」

菊丸はまたも悔しそうな顔をしつつ、霞を抱き上げて屋根から飛び降りた。一連の様子をあわあわと見守っていた真白の手も取り、振り返ることなく走っていく。

なんやかんや言っても、彼は信頼できるだろう。

飛び降りる際に目を回していた霞が心配だが、一刻も早くここから離れた方がいいという状況は変わらない。閠は心を殺して、そのまま彼らを見送った。

(やれやれ。私も見た目だけならまだ若いのだけれどね)

子どもの姿をした河童を前に思うことではないなと苦笑しつつ、閨は半分以上崩壊している私邸の楼閣を見上げた。

まさか冬で一番安全であるはずの場所が、こんな様になり果てるとは。

「今日はみんな、過重労働だな」

襲撃の目的を思案しながら、軽く地面を蹴り、閨は一息に飛び上がる。

凱赫と密火が戦っている場所まで上昇すると、タイミングがよいのか悪いのか、閨の方に勢いよく密火の身体が飛んできた。

「おっと」

危なげもなく受け止め、閨は「おや」と眉尻を下げる。

「遅れてすまないね。ずいぶん派手にやられているけど、大丈夫かい？」

「見てわからんですか……。どこも大丈夫じゃねえです」

ふたり同時に地面に降り立ちながら、閨は苦笑を返した。

(仕留めることはできなかったようだけど、格上の妖相手には上等かな)

天上も床も壁も無残に崩壊し、調度品や窓硝子はもはや見る影もない。この悲惨極まりない様子を見れば、どれほど激戦であったかは火を見るよりも明らかだ。

「久しぶりだね、凱赫。それで、今日はどうしたんだい？　君が自ら捕らわれた仲間を取り返しに来るとは思えないのだけど」

むせ返るほどの邪気を孕んだ暗雲が立ち込める空間。その中央で、数本の骨を周囲にばらばらと撒き散らし立つ凱赫を見遣る。

「……ふん。どいつもこいつも役に立たぬ。もう待ち飽きたゆえ、自らこの地を手に入れに参ったのだ。だが、思いのほか小バエが楽しませてくれるのでな」

小バエとは、察するに密火のことだろう。

ちらりと横目を流せば、密火はやってられないとばかりに肩を竦めた。

「こちとら危うく死ぬとこだったんですがねぇ」

頭部や脇腹から出血した状態で言うことではないが、ひとまず大丈夫そうだ。

まあ、遠視で確認した際も、そこまで危機的状況ではないと判断したために霞を優先したのだが。

「密火は私の優秀な側近だからね。そう簡単にやられるようなタマではないよ」

「お褒めの言葉どーも。でも、今はそんなんいらねえんで。……ったく、あんたが怒ってるときに褒められても嬉しかねえんですよ」

「おや、バレたか」

閏は穏やかに答えながらもその顔から表情を削ぎ落とすと、腰に下げていた刀を静かに抜いた。刃が擦れる音が空間に静かに木霊(こだま)する。

凱赫の気配がぴりっと糸を張ったが、閏は構わず刀を一閃(いっせん)。それだけで身体が吹き飛びそうなほどの爆風が起き、散乱した瓦礫が放射状に転がっていく。

「……まったく、刀を抜くなんていつぶりだろうね」

相手は、ハグレモノ賊の凱赫だ。妖力だけなら四季領長すらも凌駕する。

そんな彼が〝どの地も手に入れられなかった〟のは決定的な理由があった。

「さて、死に等しい妖よ。――ここからは、私が相手になるよ」

「ふっ……。いくらでもかかってくるといい」

その瞬間、空気が揺れた。凱赫が凄まじい勢いで閏に迫ったのだ。

振り上げられた骨の足を軽く鍔でいなし、閏は横に飛んだ。

「密火。西の祭場に民と霞たちが避難しているから、君はそちらの様子を見てきてくれるかな。ついでにその傷も治療しておいで」

次々と襲いくる追撃を片腕の刀一本で受け流しながら、密火に指示を飛ばす。

「承知しましたけど。ほんと……俺、あんたとは戦いたくねえですわ」

密火はげんなりしたように言い、奇妙な顔をしながら両腕をさすった。

「はいはい。ほら、早く行きなさい。そろそろ巻き込まれるから」

「わかってますよ。んじゃ、お先に」

さっさと外へ飛び降りた側近を横目で見送って、閏は改めて凱赫と向き直る。

（相も変わらず、歪で悲しいモノだね）

生死――それはすべての生きとし生けるものが辿り巡る運命だ。

生を得たものは、いずれ死を迎える。その理は、たとえこの幽世でも覆らない。

だが、餓者髑髏はもともと〝死〟から生まれた妖だった。人妖大戦乱や四季領争いで散った多くの命。それらが生み出した強い怨念により作られたモノなのだ。

「――私はね、凱赫。醜い戦乱が生んだ悲しい存在である君を、ずっと憂いていたんだよ。君の存在は、多くの妖たちの想いでできているから」

「皮肉にしか聞こえんな。おかげで余は長いこと苦しめられた。生を辿る貴様にはわからぬだろう……この、耐え難い苦しみは」

凱赫がひときわ強い妖力を全身から放った。

憎悪。それは黒い瘴気（しょうき）となって溢れ、瞬く間に空間を暗黒に染め上げる。

目を細めた闇は凱赫と距離を取った。自身の妖力で襲いくる禍々しい瘴気を払う。

「身を蝕む怨念が――なにかを恨み、憎んで散っていった魂の残響が延々と訴えかけてくるのだ……。ただただ憎い、恨めしい、呪ってやりたいと、その思いだけを募らせていた。きっと貴様を喰らうまで、この苦しみからは解き放たれぬ」

憎い、憎い、と戯言（ざれごと）のようにつぶやく凱赫は、すでに己の瘴気に呑まれかけていた。

口からこぼれ出るその思いは、はたして彼自身のものなのか、彼を作り出した幾多もの悲しい嘆きによるものなのか――それは闇にもわからないけれど。

（命と共に昇華されなかった残滓だけの想いが、彼を苦しめているのなら、あまりにも救われない。彼も、〝彼ら〟も、彷徨い続けることになる）

凱赫の瘴気からは、数多の命の欠片が感じ取れた。薄い皮すら纏わない骨だけの体には、戦に散った多くの亡者たちの姿が重なっている。

だが、これは閏にしか視えないものだ。ハグレモノ賊の仲間でさえ、彼の本当の苦しみはわからないだろう。

いったいどれほど負の感情に蝕まれてきたのか考えると、ひどく心が痛む。

「……残念だけどね。私を殺しても、その想いはなくならないよ」

ぽつりとつぶやき、閏は静かに刀を収めた。凱赫に向かって手を伸ばしながら妖力を拡大させ、周囲の瘴気をまるごと呑み込んでいく。

亡者の声が響いた。苦痛の呻きにも悲鳴にも聞こえる声だ。

（生に在る私の妖力は、彼らにとっては痛みでしかない。口惜しいね）

できることなら、彼らの声を大切にしたい。無理やり滅してしまうのではなく、無念に残ってしまったその思いを受け止めて、ゆっくりと昇華してあげたい。

だが、凱赫の苦しみを考えれば、それも酷なのだろう。たしかに閏は今回の襲撃に怒りを抱いているが、かといって彼に生き地獄を味わわせたいわけではないのだ。

「うん、そうだね。ならば私なりの方法で、君たちを救おうか」

「っ……な、にを」

　狼狽える凱赫を前に、閏はパンッと両手を合わせる。

　その直後、閏の身体から、瘴気を押し退けるほどの妖力が溢れ出た。それは青白い光の糸となり、瞬く間に凱赫の全身の骨に巻きつき始める。凱赫は暴れるが、その程度でちぎれるほど柔くない。――なにせこれは〝閏の妖力の塊〟だから。

　そのまま呻き回る凱赫の巨躯を包み込む。やがて――。

「生きとし生けるものはね、みな、終わりを迎えると大地に還るんだ。だから君も、そろそろ苦しいものから解き放たれて、還っておいで」

　糸は少しずつ光の粒となって弾け、空に昇っていく。包み込んだ凱赫が浄化されているのだ。いつしか呻き声もなくなり、あれだけの巨躯も光と共に消え失せた。

　周囲に漂っていた瘴気も、空間に溢れた閏の妖力により一掃されている。

「……君の苦しみは、私が受け取るよ」

　閏はすべてを見通し、時を駆ける妖――竜だ。

　その力をもって彼が辿る時を超越した。ようするに、彼の時そのものを生まれる前に戻したのだ。無論、彼が生まれる原因となった亡者の想いの残滓は、同時に閏の妖力によって浄化している。凱赫の存在を保っていたその核がなくなってしまえば、戻した時が流れても凱赫が生まれることはなくなるだろう。

(ごめんね。私にはこんな形でしか、君を救うことはできないから)

否、存在をなくしてしまった以上、救いだとも言い切れないのだけれど。

それでも、閨は感じたのだ。彼はこうなることを望んでいたのではないかと。

解き放たれることのない苦しみから、いい加減、逃れたかったのではないかと。

だから、せめてもの手向けだ。

「――どうか安らかにお眠り、凱赫」

◇

「姫さん、ここにいたのか。……菊坊まで」

ひょっこりと部屋を覗いたのは密火だ。霞の隣でくつろいでいる菊丸を認めると、
呆れたように眉を八の字に寄せて肩を竦めた。

「なぁにー？　おれがいちゃ悪いわけ？」

「んなことは言ってねぇよ。だがほどほどにしとかんと、旦那が拗ねるぞ」

ハグレモノ賊襲撃事件から数週間が経った頃、霞たち一行は宵宮にいた。

この宵宮は、あやかし郷の中心部にある共有地、花緋金風の宵における古の宮殿で
あり、主に政――とりわけ四季領会議の際に用いられる場である。朧の後継である閨がこの場

の管理者を担っているため、霞も何度か訪れたことがある場所だ。

今回はハグレモノ賊との戦闘で住まいが崩壊してしまったがために、やむなく霞は予定より早く宵宮に移り、衣食住を賄っていたのだが。

「そーいや、今日来るんだっけ？　閏サマ」

「ああ。四季領会議はもう明後日だからな。明日には四季領主と花嫁さまが揃うだろうよ。……菊坊、ここにいて大丈夫なのか？」

「あー、だめかも。一回、春に手ぇ出して目の敵にされてるし」

心底どうでもよさそうな返事だったが、隣で聞いていた霞はぎょっとする。

「春って、まさか深風さんを……!?」

「いやでも、未遂だから！」

菊丸は慌てたように手を振り、胡座をかきながら気まずげに目を泳がせた。

「嫌な人間なら凱赫サマの贄にしてやろーって思ってたけど……あのヒト、霞のこと心配してたからさ」

「心配、ですか……？」

「ん。だから、やめた。あんたのこと友達だって言ってたし、もしかしたら前に話してた〝唯一受け入れてくれた人〟かもなって思って」

くらり、と目眩がする。霞は震えた胸を服の上からきゅっと握りしめて俯いた。

その反応に焦ったのか、菊丸が腰を浮かせる。

「っ、え？　なに、もしかして違った!?」

「いえ……そうです。深風さんです。間違いないです」

「な、ならなんでそんな泣きそうな顔するわけ？　この会議で会えるんでしょ？」

おろおろとする菊丸に、霞はなにも答えられない。俯くばかりで唇を噛みしめていると、不意に頭の上にぽんとなにかがのった。

「なあ、姫さん」

はっと顔を上げれば、密火が腰を屈めて目線をまっすぐ合わせていた。いつになく優しげな表情と柔らかい声音が、不安定な霞の心に揺さぶりをかけてくる。

「この前は言いそびれたけどさ。やっぱ、ちゃんと言っとくわ」

「密火さん……？」

「姫さんの不安に思う気持ちも、気まずく思う気持ちもわかる。だがな、きっとそれは向こうも同じだ。むしろ置いていかれた方がつらいかもしれねぇ」

密火はなにかを思い出すように、自嘲気味に目を瞑る。霞の頭から手を離し、しばしその手を眺めてから、ぎゅっと指を丸めて握りしめた。

「菊坊もだろうが、俺も四季領争いで仲間を多く失った身でね。だからこそ、置いていかれた側の気持ちは痛いほどわかっちまうんだが。……この救いようのない喪失感ってのは、まあ結構しんどいもんだぞ」

――その言葉に、かつての深風が浮かべた沈痛な表情が脳裏をよぎった。

いつも明るくて、笑顔を絶やさない彼女からは、まるで想像もできないほど思い詰めた表情。そのときばかりは、迷い子のようだった。

「今の菊坊の話を聞くに、春の花嫁さまは相当に姫さんのことを心配したんだろう。姫さんは最初の生贄だったし……なにより、来た頃の姫さんであちらさんの時が止まってんならなおさらな。俺だって当時の姫さんには気を揉んだんだから」

「っ……」

「きっと向こうは今でも不安だろうし、あんたのことを心配してるはずだ。せっかくまた会えるんだから、話さないともったいねえと俺は思うがね。姫さんもなにか伝えたいことがあるんじゃねえのかい？」

諭すように問いかけられ、霞は言葉に詰まった。せり上がってくるものがきつく喉を締めつけて、考えれば考えるほど視界が歪んでいく。

「……あり、ます。伝えたい、こと」

どうにか絞り出した声は、自分でも聞き取れないほど震えていた。

そんな霞の背中を戸惑いながらも撫でてくれる菊丸は、やはり素直ではないだけで根は優しいのだろう。けれど、今はその優しさが、古傷に沁みて痛かった。

「大丈夫だって、伝えたいです。わたしは、この冬の地に来て、幸せだって」

「ん、いいな」

「その……闐さまがたくさん、わたしを愛してくださって。密火さんも、介さんも、真白さんも、菊丸くんも、みんな大事にしてくれるって――」

それから、と霞は詰まりながらも続ける。

こらえきれなかった涙が頬を流れたが、それはすぐに密火の指によって拭われた。

「……なにより、わたしはもう死にたいなんて思っていないと、伝えたいです」

霞の言葉に菊丸が目を見開き、密火が安心したように微笑んだのと同時――部屋の扉が、がちゃりと開いた。

いっせいに振り返ると、そこにあったのは穏やかな笑みを浮かべる闐の姿。思いがけない登場に、霞はぽかんと口を開けて硬直してしまう。

「たしかに、私のいないところで泣かれると拗ねたくなってしまうね。君の涙を拭うのは、いつも私でありたいのに」

ゆっくりと歩いてきた闐は、驚いて言葉を失っている霞を抱き上げると、そっと目尻に口づけた。まさか闐が現れると思っていなかった霞は、彼の胸元を掴む。

「う、闐さま。ご到着は夜になると……っ」

「予定ではね。でも、民のみんなが優秀で思いのほか早く修繕が終わったんだ。それに、あんまりぐずぐずしていると霞を取られてしまいそうだったから」

そう言って閏が振り向いた先には、露骨なふくれっ面を晒した菊丸がいる。

菊丸は軽快に立ち上がると、閏に向かって「べーっ」と舌を出した。

「霞！　おれ、こいつ嫌いだからもう行くよ」

「えっ、どこへ？」

「どこって、もとの住処に決まってんでしょ？」

襲撃事件以降も、ずっと霞についていてくれていた菊丸。

閏直々に賜った歓迎の言葉もある。てっきりこのまま冬に移り住んでくれるのかと思っていた霞からすれば、それは予想もしていない返答だった。

「ちょ、そんな顔しないでよ。さすがにハグレモノ賊が他の季節と接触すんのはまずいってだけで、霞がどうとかじゃないからね!?」

そのショックが現れていたのか、菊丸は慌てたように言い繕う。

「でも、もうハグレモノ賊は……」

「あー……それ？　いや、残念だけどさ、たとえ頭領がいなくなってもハグレモノ賊はなくなんないよ。おれたちみたいなハグレモノが存在する限りはね」

「そ、そうなのですか？」

閏や密火はわかっていたのか、黙ったまま顔を見合わせる。

「まあ、しばらくは大人しくしてるだろーけど。だからこそ今はもとの住処が快適になってそうだし、とりあえず帰って様子見てくるから」

「……わかりました。でも、また、会えますよね？」

「当たり前でしょ。ちゃんと、会いに行くよ。……友達としてさ」

そういうことだから！と閨に向かって捨て台詞を吐いた菊丸は、あっという間に部屋を出ていってしまった。相変わらずのすばしっこさに、口を挟む暇もない。

「どういうことだよ……。てかあんた、俺らのこと監視してましたね？」

「おや、バレたか」

「なんで最近開き直ってんだろうなあ、この御方は……」

深いため息をついた密火は「まあいいや」とどこか投げやりに首を竦める。

かと思えば、自らも菊丸を追うように扉の方へ歩き出してしまった。

「俺はそのへんの警備してくるんで、あとはおふたりさんでどうぞ。仲睦まじくね」

ひらひらと手を振って、密火は振り向きもせず本当に出ていってしまう。

「どうやら気を遣わせてしまったみたいだね」

「そ、そうなのですか？」

「うん。まあ、なんにせよ、私としては待ち望んでいた時間だ」

霞を抱きかかえたまま、閨は近くの揺り椅子に腰を下ろす。

「さて、霞。存分に泣いていいよ」

「えっ」

「これなら私がいくらでも拭ってあげられるからね」

横向きに座らされた霞は、慈愛に満ちた顔でそう告げられ、たいそう困惑する。

妙に毒気を抜かれて、涙はもう完全に引っ込んでしまっているのだ。

「あの、大丈夫です。もう泣きません」

「そう？　残念だ。霞は本当に、私の前では全然泣いてくれないね」

霞は面食らった。まさかそんなふうに思われているなんて心外である。

（……いえ、でも、たしかにそうかもしれません）

どこか淋しげにも見える閨の表情に、霞は焦る。どう弁解すべきか悩むけれど、ここは素直に思ったことを伝えた方がいいような気がした。

「う、閨さまに泣いているところを見せたくないわけではなくてですね」

「そうなのかい？」

「はい。ただ……閨さまはいつもわたしに安らぎを与えてくださるから、一緒にいると心が安定するのです。泣くよりも先に、大丈夫だとほっとしてしまうというか」

霞は閨に全面的な信頼を置いていた。それはあの日、霞が捨てようとした命を拾ってくれてから今日まで共に過ごしてきた時間ゆえの信頼だ。

どれだけ霞が拒絶しようとも、変わらず愛し続けてくれた閏だからこそ、霞は閏の前で不安になることはない。彼だけは、手放しですべてを委ねられる。

「なら、それはそれでいいのかな」

「はい。いいのです」

くすりと笑った閏は、霞の髪に口づけてそっと自分の方へと引き寄せてくる。

霞も霞で、遠慮なく身体を預けながら柔く微笑み返した。

「怖いかい？　他の花嫁と会うのは」

「……そうですね。でも、会いたいという気持ちもあります。深風さんはもちろんですが、夏や秋の花嫁さんとも。せっかく同じ世界に嫁入りした者同士ですから」

「そうか。やはり強いね、霞は」

その言葉に、霞は小さく首を横に振る。

「ここまで閏さまが待ってくださったからですよ。わたしが大丈夫だと言わなければ、今回の四季領会議もまた延期してくれていたのでしょう？」

実のところ、四季領会議はもっと前から予定されていたことだった。数年前、春に花嫁が迎えられたと吉報が入ったときには、すでに話は出ていたのだ。

けれど、霞の心の準備ができていないことを感じ取った閏が、その予定を先延ばしにしたのである。夏や秋の花嫁のときも同じパターンで延期されていた。

今回ようやく開催が決まったのは、他ならぬ霞が行いたいと進言したからである。

「私はね、霞。たとえ勝手だと言われても、霞を守るためならば何度だって延期するよ。最悪、花嫁を除いた会議もできるしね」

「……ありがとうございます。でも、わたしはもう大丈夫ですよ。閏さま」

「うん。だから、決めたんだよ」

きっと、この御方にはなんでもお見通しなのだろう。霞が言わずとも、閏はすべてわかってくれている。その上で、伝えるべきことは誠意をもって伝えてくれる。だから霞は、いつも心の底から安心できるのだ。

「今回はハグレモノ賊のこともあるから、きっと長い会議になると思う。その間、いくらでも他の花嫁と話す機会はあるはずだ。頑張っておいで」

「はい。ちゃんと、伝えたいことを伝えてきます」

かつて、あれほど孤独だった霞は、いつしかこんなに温かい場所で生きている。

閏という愛すべき夫がいて、密火や真白、介という家族がいる。

菊丸という、妖の友達もいる。

（……わたしの〝好き〟は、きっとこれからも増え続けてゆくのでしょうね）

背中を押してくれた彼らのためにも頑張りたいと、強く思う。

これからもここで生きていきたいと、心から思う。

そして願わくば、人と妖が共にある世界がふたたび訪れたらいい。

霞が閨の隣でかけがえのない幸せを見つけたように、人と妖を繋ぐ数多の縁はきっとこれから先も永遠に存在するのだから――。


そして、四季領会議当日。

春、夏、秋の領主と花嫁が待つ会議部屋に向かいながら、閨は遠視を使った。

それは遠くを視る力ではなく、閨が持つ本来の力――未来を視る力だ。

閨は頭のなかに映った光景を見て、自然と目許を緩ませる。

雪のような髪と椿色の瞳を持った冬の花嫁を、三人の少女が囲んでいる。

穏やかな春に似た少女に思いきり抱きしめられた霞は、ひどく泣きそうな顔で、けれど幸せそうに笑っていた。

（……大丈夫そうだね）

夏の涼しい青が似合いそうな少女と、秋らしい明るい紅葉を纏う少女も、戸惑う霞の手を取り楽しそうな表情を浮かべている。

そんな少女たちを微笑ましく見つめるのは、自分も含めた各季節の領主だ。癖の強いモノばかりなのに、愛する者を見つめる瞳だけは、みな同様の色をしていた。

（奇跡の四季揃いが、人と妖の平和を繋ぐ一歩目になるかもしれないな）

まだ見えぬ未来のこと。けれど、見据えることはできそうな未来。

新たに生まれた理想を描きながら、閠は緊張した面持ちで隣を歩く霞の手を取った。

いつものように、変わらず。

驚いたように閠を見上げた彼女に微笑みかければ、霞は数回ぱちぱちと目を瞬かせた後、心底安心しきった顔で穏やかな笑みを返してきた。

「さあ、参ろうか」

「はい、閠さま」

人と妖の間に生まれた四季の縁を未来へ繋ぐため――。

手を取り合った閠と霞は、互いに強く願いながら、共に扉を押し開けた。

了

あとがき

はじめまして、琴織ゆきです。

この度は数ある書籍のなかから本書をお手に取ってくださり、誠にありがとうございます。本書を通じてあなた様との縁が生まれたこと、大変嬉しく思います。

ここからは多少のネタバレを含みますので、未読の方はご注意くださいませ。

妖領主様と人の子花嫁の四季婚姻譚、いかがでしたでしょうか。

四季それぞれの恋愛物語ながら、全体を通してやっと一作となる――そんな本作の構成上、登場キャラクターもわたし史上最多で（メインだけでも八名！）、非常に貴重な経験をさせていただいた作品となりました。あとがきを書いている今、ようやくほっとしたような、ひと山越えたような気持ちです。

さて、ひと口に恋愛といっても、さまざまな形がありますね。

出会い、別れ、繋がり、距離の縮め方、歩み方――想いの在り方でさえ、なにひとつ同じものはなく……。それはなにも恋愛に限らずですが、心あるところには数多の物語が生まれ続けるのだなと、わたしも本作の執筆を通してしみじみと感じました。

まだまだ、それぞれの道行の途中にある四季夫婦。

願わくば、これから彼らが歩んでゆく未来が、どうか明るく、そして幸あるものになるように——作者のわたしも温かく見守っていきたい所存です。

ところで話は変わりますが、本作は『担当様：とくに春と夏が好きです』『妹：秋のふたりが推し！』『母：やっぱり冬かな』など、読後の感想が季節で大きくわかれる印象がありました。四季譚という構成ゆえでしょうか。あまり経験のないことだったので、なんとも新鮮で不思議な心地でおります。

本書を読んでくださったあなた様にも、もし推しの季節、お気に入りのキャラができましたら、ぜひお手紙等で教えてくださると嬉しいです。（読者様はどうかな、と執筆中からつい気になってそわそわしておりました）

最後になりますが、担当様をはじめとした、スターツ出版の皆様。春の深風と朔弥をえも言われぬほど美しく精緻に描いてくださった、桜花舞様。デザイン、校正のご担当様。本書の刊行にあたりお力添えいただいた、すべての皆様。そしてなにより、本書をお手に取ってくださったあなた様へ、心より感謝申し上げます。

読後、どうかあなた様の心に、わずかでも温もりが届いていますように。

それでは、またどこかでお会いできる日を心待ちにしております。

琴織ゆき

この物語はフィクションです。実在の人物、団体等とは一切関係がありません。

琴織ゆき先生へのファンレターのあて先
〒104-0031　東京都中央区京橋1-3-1　八重洲口大栄ビル7F
スターツ出版（株）書籍編集部 気付
琴織ゆき先生

春夏秋冬あやかし郷の生贄花嫁

2022年11月28日　初版第1刷発行

著　者　　琴織ゆき　

発行人　　菊地修一
デザイン　カバー　北國ヤヨイ（ucai）
　　　　　フォーマット　西村弘美
発行所　　スターツ出版株式会社
　　　　　〒104-0031
　　　　　東京都中央区京橋1-3-1　八重洲口大栄ビル7F
　　　　　出版マーケティンググループ　TEL 03-6202-0386
　　　　　（ご注文等に関するお問い合わせ）
　　　　　URL　https://starts-pub.jp/
印刷所　　大日本印刷株式会社

Printed in Japan

ISBN　978-4-8137-1357-9　C0193

スターツ出版文庫　好評発売中!!

『余命　最後の日に君と』

余命を隠したまま恋人に別れを告げた主人公の嘘に涙する（『優しい嘘』冬野夜空）、命の期限が迫る中、ウエディングドレスを選びにいくふたりを描く（『世界でいちばんかわいいきみへ』此見えこ）、大好きだった彼の残した手紙がラスト予想外の感動を呼ぶ（『君のさいごの願い事』蒼山皆水）、恋をすると寿命が失われる病を抱えた主人公の命がけの恋（『愛に敗れる病』加賀美真也）、余命に絶望する主人公が同じ病と闘う少女に出会い、希望を取り戻す（『画面越しの恋』森田碧）――今を全力で生きるふたりの切ない別れを描く、感動作。

ISBN978-4-8137-1325-8／定価704円（本体640円+税10%）

『だから私は、今日も猫をかぶる』　水月（みずき）つゆ・著

母が亡くなり、父が再婚したことがきっかけで〝いい子〟を演じるようになった高２の花枝七海。七海は家でも学校でも友達といるときも猫をかぶり、無理して笑って過ごしていた。そんなある日、七海は耐え切れず日々の悩みをＳＮＳに吐き出す。すると突然“あお先輩”というアカウントからコメントが…。『俺の前ではいい子を演じようと無理しないで。ありのままでいて』そんな彼の言葉に救われ、七海は少しずつ前へと進みだす――。自分と向き合う姿に涙する青春恋愛物語。

ISBN978-4-8137-1327-2／定価660円（本体600円+税10%）

『鬼の生贄花嫁と甘い契りを三～鬼門に秘められた真実～』　湊 祥（みなとしょう）・著

鬼の若殿・伊吹から毎日のように唇を重ねられ、彼からの溺愛に幸せな気持ちいっぱいの凛。ある日、人間界で行方不明者が続出する事件が起き、被害者のひとりは、なんと凛の妹・蘭だった。彼女はかつて両親とともに凛を虐げていた存在。それでも命が危うい妹を助けたいと凛は伊吹に申し出、凛のためなら一緒に立ち向かうと約束してくれる。狛犬の阿傍や薬師・甘緒の登場でだんだんと真実に迫っていくが、伊吹と凛のふたりの愛を引き裂こうとする存在も現れて…⁉　超人気和風あやかしシンデレラストーリー第三弾！

ISBN978-4-8137-1326-5／定価671円（本体610円+税10%）

『後宮薬膳妃～薬膳料理が紡ぐふたりの愛～』　朝比奈希夜（あさひなきよ）・著

薬膳料理で人々を癒す平凡な村娘・麗華。ある日突然、皇帝から呼び寄せられ後宮入りすると、そこに皇帝として現れたのは、かつて村で麗華の料理で元気になった青年・劉伶だった。そして麗華は劉伶の専属の料理係に任命されて…⁉　戸惑う麗華だったが、得意の料理で後宮を癒していく。しかし、ただの料理係だったはずが、「麗華を皇后として迎え入れたい」と劉伶のさらなる寵愛を受けて――。薬膳料理×後宮シンデレラストーリー。

ISBN978-4-8137-1328-9／定価682円（本体620円+税10%）

書店店頭にご希望の本がない場合は、書店にてご注文いただけます。